血の極点

ジェイムズ・トンプソン
高里ひろ 訳

集英社文庫

目次

主な登場人物

カリ・ヴァーラ　警部。国家捜査局で特殊部隊を指揮する
ケイト・ヴァーラ　カリの妻。ホテル〈カンプ〉支配人で、現在育児休暇中
アヌ　カリとケイトの娘
ミロ・ニエミネン　カリの部下。巡査部長
スロ・ポルヴィネン（スイートネス）　カリの部下。通訳
ミルヤミ　ミロのいとこ
イェンナ　スイートネスの親戚かつ恋人
ロヴィーセ・タム　エストニア人の少女
ユリ・イヴァロ　国家警察長官
オスモ・アハティアイネン　内務大臣
ヤン・ピトカネン　国家安全情報部（SUPO）諜報員
ヴェイッコ・サウッコ　事業家
フィリップ・ムーア　サウッコのボディーガード
ローペ・マリネン　真正フィン人党の指導者
セルゲイ・メルクロフ　駐フィンランドロシア大使
エレーナ・メルクロワ　セルゲイの妻
サーシャ・ミコヤン　ロシア人外交官
アイ　スイートネスのいとこ。16歳
ヤーコ・パッカラ　フリーランスの記者
ヤリ　カリの兄。神経科医
トルステン・ホルムクヴィスト　精神科医

＊この物語はフィクションです。登場する名称、人物、場所、事件は作者の想像の産物もしくは架空のものとして使用されており、実在する人物（生死を問わず）、会社、団体、事件や場所とは無関係です。類似点はすべて偶然です。

血の極点

本書をG・P・パトナムズ・サンズの担当チームに捧げる。彼らはヴァーラ警部シリーズを成功させるためにとりわけ尽力してくれた。非常に才能豊かなグループであり、彼らがわたしのために努力し、出版業界についてわたしに知識を授け、教育してくれたことに、深く感謝している。ここに名前を挙げるのは親しく仕事をしたパトナムの人たちだが、このほかにも会社や部署を移った人たちや、たくさんの裏方の人たちがいた。それぞれ自分のことだとわかってくれるだろう。編集者のセーラ・ミニッチ、マーケティング・マネジャーのリディア・ハート、広報のヴィクトリア・コメーラには特別な感謝を捧げる。そして社長のイヴァン・ヘルドにも。彼はわたしによくしてくれた。

そしていつものように、アヌッカに。

プロローグ

七月三日。暑い夏の日曜。俺が望むのは、いくばくかの平安と静寂だけだというのに。だが自宅を攻撃され、世話と保護を必要とする乳児をかかえて、これだけはしたくないと思っていたことをするはめになった。スイートネスとミロに助けを請う。部下か共犯者か――俺の人生における彼らの役割は、見る者の世界観によって変わる。

俺はぼろぼろだ。膝とあご――以前も撃たれた箇所――への銃弾で壊れた。コルチゾン注射と鎮痛剤がなければ、杖をついて歩くことも、叫びださずに話したり食ったりすることもできない。五カ月前に受けた脳腫瘍摘出手術からもまだ回復しきっていない。手術はうまくいったが、深刻な後遺症で、〝感情の鈍麻（フラット）〟と呼ばれる無感情の状態になった。

腫瘍が摘出されてあいた場所をあたらしい細胞が埋めつつあり、感情がいくらか戻ってはきたが、まだ妻と子への愛情と、その他ひとりかふたりへの好意しか感じられない。それ以外の人間に覚えるのはいらだちだけだ。妻のケイトは心的外傷後ストレス障害（PTSD）で感情の制御がきかなくなり、俺を捨てて家を出ていった。

そうした、どれかひとつでも気がおかしくなりそうな問題がいくつも重なったせいで、判断力が鈍り、行動が左右されている。俺の判断力と行動には以前から問題があった。何もかもきっとひどい終わり方をするだろう、そしてそれは予感というより前兆だ。災いの徴候と前触れは俺の周囲、視界のすぐそとにあり、俺がそちらをふり向くたびに、幽霊のように消えてしまう。

一

　六月が終わった。俺はほとんど外出しなかった――歩くのが難しかったからだ。だがあの日はあまりにもひどい気分で――ケイトが出ていって二週間ほどが過ぎ、気持ちが滅入り、傷は痛んだ――新鮮な空気を吸って日光を浴びれば、何かいい考えが浮かぶかもしれないと思った。精神医療従事者はよく、外出して気分をあげることを勧めている。

　二カ月ほど髪を切っていなかったから、近所の理髪店に行き、三十年あまり慣れ親しんだ軍隊風の丸刈りにした。それで左頭部に目の上の生え際まで走る十センチほどの傷が見えるようになった。顔の醜い銃傷を覆うガーゼはとれていたが、まだ傷は治ってはいなかった。理髪店の鏡を見つめながら、これで片足を引きずる自分が黒いロングのトレンチコートを着たら、B級映画に出てくるゲシュタポそのものだと思った。

　それから通りの先にある行きつけのバー、〈ヒルペアハウキ〉に行った。気分がよくなるんじゃないかと思ったからだ。居心地のよい静かな店で――音楽さえ流れていない――輸入ビールを数多く揃え、客はほぼ常連ばかりだ。周囲で会話が交わされていたが、何も話さなくてもよかった。この店ではビールを飲みながら新聞を読んでも、おしゃべりする気分でなければ黙って座っていてもいい。

常連客のほとんどは顔見知りか、向こうが俺を知っていて、怪我(けが)について尋ねてくることもないから、気が楽だ。俺はバーの〝ドッグ・コーナー〟の席に行った。L字形のバーカウンターのそばに四角く区切られたそこではペット連れが許されている。ドアの近くに置かれた小テーブルの下に、水の入ったボウルがある。店員は犬のおやつまで用意している。俺はビールとコッシュ――フィンランド産のウォッカ、コスケンコルヴァの愛称――を頼み、バーのスツールに腰掛けた。

若い酔っぱらいが入ってきた。大声でわめき、注目を集めたがっていた。半分フィンランド人で半分イギリス人の、マイクという名前のバーテンダーは酒を出さなかった。酔っぱらいはマイクをヴィットゥ・パー(あほう)と呼んだ。マイクは大男で、そういう客には慣れているのに、俺は首を突っこんだ。「黙れ」俺は言った。「俺にこてんぱんにされたくなかったら」

そのろくでなしは三メートルほど離れた場所に立っていた。俺を見て、笑った。「いいか、〝フランケン〟野郎。おまえが俺をこてんぱんにできるのは醜男コンテストだけだ」

俺はかっとなった。マイクがバーカウンターに身を乗りだし、俺を見て、やめろと首を振った。気づくと、アンクルホルスターに差した三インチ銃身のコルト四五に手を伸ばそうとしていた。そんなことをするつもりはなかった。

「いやな日だったのかい?」マイクが尋ねた。

われに返り、ジーンズの裾をコルトの上にかぶせた。「ああ、そうかもしれない」

「次はもっと気分のいい日に来たらどうだ」それは質問ではなかった。出て行けということだ。「そんときは俺がビールをおごるよ」彼はやさしく言った。それには怒れなかった。何より、彼は正しかった。

俺は帰ろうと立ちあがった。

こちらを見ることもせず、ばか野郎は言った。「またな、フランケンシュタイン」

帰るふりをしてドアに向かい、ふり返って、両手で杖をバットのように振った。杖の握りの金色のライオンの後頭部が完璧にやつの腎臓に命中した。ばか野郎はばたりと倒れ、悲鳴をあげて丸まった。俺は〝ドッグ・コーナー〟にいる客たちに軽く敬礼し、ご機嫌ようと言って家に戻った。

歩きながら、このような精神状態の自分は危険人物で、ほかの人間といっしょにいるのには向かないと自覚した。自分を隔離することに決めた。しかしそれは長続きしなかった。

二

午後六時半。ピザは配達され、食欲が湧くのを待つ。チェック。食べる動作を可能にする精神安定剤、鎮痛剤、筋弛緩剤を服用。チェック。肘掛け椅子の横のサイドテーブルの上にコッシュをコップ半分、これは薬の効果を高めるためだ。足元にボトル。チェック。

薬とアルコールをいっしょにのむなという注意書きを気にするのはばか者だけだろう。精神安定剤も麻薬も酒といっしょのほうがいいに決まっている。薬はそれほど強いものではなく、コデイン三十ミリグラムと、一日八錠までのタイレノール。強い鎮痛剤を避けたのは、依存とその治療が間違いなくついてくるからだ。これ以上余計な問題はいらない。精神安定剤にも依存性はあるが、それであごのこわばりを緩めなければ食べることも話すこともできない。医師にも言われたが、機能と不能のバランスをとる必要があった。

その時点で、俺は疼痛(とうつう)処理の専門家になっていた。アルコールによる酔いと鎮痛剤でなんとか生きていた。製薬メーカーのウェブサイトで、一日にどれくらいの量なら酒といっしょに服用しても重要臓器を壊さないか調べた。前にただの風邪で公立保健センター――別名〝やぶ〟センター――にかかったとき以来、医師の指示を二重にチェックするようにしている。もしあのとき指示どおりに薬を服用していたら、肝臓移植が必要になっていた。

万一気を失ってもいいように、猫のカットに餌と水をやり、トイレを掃除する。チェック。これでまたひと晩、酔っぱらって内省にひたる準備はできた。だがその前に、みずから課して閉じこもっている贅沢な牢獄を点検することにした。

四階にあるアパートメントの居間の向こう、台所の隣にある食堂は少し高くなっていて、ディナーパーティーができるようにと買った十人掛けのオークのテーブルが置かれている。台所の設備はつや消しのステンレス。冷蔵庫とＩＨクッキングヒーターは最新モデルだ。金で買える最高のものとまではいかないが、それに近い。バスルームは少し狭いが、ヘルシンキのアパートメントではましなほうだろう。小型電気式サウナがついていて、たいていの家とおなじように、蒸気で汗をかくよりも洗濯物を乾かすのにつかっている。寝室はふたつ、そのひとつがケイトと俺の寝室で、寝心地のよすぎる大きなベッドがあり――起きだすのがつらい朝もある。もうひとつが娘のアヌの部屋だ。

食堂の向かいにソファーがあり、テレビとオーディオを置いた棚に向いている。ソファーに座ると、左側の壁に窓が並び、右側の壁は床から天井まで自作の本棚が並んでいる。本棚には本と音楽がぎっしり詰まり、あふれそうになっている。ＣＤのコレクションは五百枚以上、レコードは千枚以上ある。ソファーの前、大きな窓のそばには俺の椅子が、四十二インチフラットスクリーンテレビとステレオにたいして斜めに置かれている。夏のあいだ、この椅子の場所はあまりよくない。東に面する窓からは、朝からずっと、向かいのビルの陰に入るまで日が射しこむ。日光が厚手の赤いカーテンを照らして、まるでアムステルダムの娼館の飾り窓のように赤く光らせ、透ける日差しで座っている俺を汗だくにする。

ほとんどの人間は夏好きだ。夏はあまりにも短く、咲いてもすぐに枯れてしまう花のようだから。人びとは大騒ぎする。「たのしめるうちにめいっぱいたのしもう。夏だ。夏だ。祝おう！」社会的圧力もある。もし誰かが、サマーコテージに行ってベリー摘みやバーベキューなんてしたくないと言いはったら――都会に留まって、一日十四時間パティオで飲んだくれるのにつきあわなかったら――その人間は頭がおかしいと見られる。人びとが休暇をとる六月と七月は国が活動停止する。仕事は終わらない。夏なんてくそくらえだ。もし俺が花になるなら、百合になる。百合は夜に花開く。

北極圏にある俺の故郷キッティラから越してきたとき、俺たちはあたらしいスタートを切るために古い家具を処分した。それらは俺が長年かけて揃えたものだった。だからこのアパートメントのものはほぼすべて新品で、ケイトといっしょに選んだ。俺の、ではなく俺たちのものにするために。

室内を点検したのは、自分を罰し、苛(さいな)む行為だった。ここは家族で住むための家で、妻に出ていかれた男のひとり暮らし用ではないと確認した。

俺はゆったりした、青い光沢のあるビロード張りの肘掛け椅子に座った。ほとんどこの椅子で生活していると言ってもいい。痛みにうめき声をあげないように歯を食いしばってから、悪いほうの脚を引きあげ、椅子の前に置いた揃いの足台に乗せた。膝の同じ箇所を二度撃たれて、まったくつかいものにならない。二十年前、最初に撃たれたときからずっと、ひどく足を引きずっていた。顔もそうだ。あごの同じ箇所に二度目の——最初のは二年ほど前——銃弾を受けたせいで、コッシュで薬を流しこまなければならないざまになっている。その傷が顔の神経束を傷つけ、その痛みのせいで話すことさえ困難で、薬なしではものを噛めない状態だが、毎食スープなんて我慢できない。

みずからに課した隔離は二週目に入り、出かけるのは基本的な食料の買い出しくらいだった。ほかの人間とのつきあいを試したこともあった。兄の夏至の日のパーティーに行って酔っぱらいに囲まれたが、ひとりでうちにいるよりもさびしく感じた。

松葉杖をつくと何も持てなくなるから、つかうのをやめた。つまらない見栄も理由のひとつだ。弱っているような印象を与えたくない。必要なものはすべてそばにあった。ばあさんがつかうような二輪の買い物用カートも。俺は足を引きずりながら左手で杖をつき、右手でカートを引いた。

サイレンサー付きコルト四五口径がシートクッションの下にあり、グリップが突きでていて、すぐ手が届くのを確認した。俺は四度も撃たれてから二度と丸腰にはならないと誓い、銃にも射撃にも興味はないのに、特訓してうまくなった。だがそもそも、警官としてよほどまぬけでなければ、これほど多く被弾することはない。自分がいまさら賢くなるとは思えないから、武器は必要だ。

レジの店員と配達員に礼を言ったのを別にすれば、もう何日も誰とも話していない。妻のケイトはもう一週間も電話にも出ないし、メールにも返信しない。俺には娘に会う権利があるにもかかわらず。俺の率いる三人組は警察とはいえ、目的のためには手段を選ばずというマキャベリズムを採用しており、犯罪捜査班といってもそれは婉曲表現だが、その部下ふたりは、最後の事件のあと、何度も電話とメールをしてきた。

　事件の後ケイトがアヌを連れて出ていった。腹は立たなかったが、こわかった。ミロ・ニエミネン巡査部長とスイートネス――本名をスロ・ポルヴィネンという表向きは国家捜査局(NBI)の通訳だがじっさいは俺の用心棒――は、現在のような状態で俺がひとりでいることを心配していた。何発も被弾して、身の回りのこともままならず、そしてこれは言わなかったが、家庭の問題で動揺していて、平気なのかと。

　しばらく無視していたが、ついに、だいじょうぶだから放っておいてくれ、いずれ連絡するからとメールした。ミロはそれを尊重してくれた。彼は自分の問題をかかえている。手根管を撃たれて右手首の橈骨(とうこつ)神経が切れ、右手が麻痺(まひ)した。引き金を引く大事な指をふくめて、ほとんど動かない。

　ミロにとって右手は銃の手だった。あの銃弾に幻想を打ち砕かれるまで、自分を拳銃の使い手だと思っていたのだから。たぶん西部開拓時代のアンチヒーロー、フィンランド版ワイアット・アープになりたかったのだろう。おまけにミロは、アドリアン・モロー――ケイトにソードオフのショットガンで撃たれてまっぷたつになった男――に耳を切り落とされ、再接着手術を受けた。耳は変な角度でくっつき、もともと自己像にコンプレックスをいだいていたから、鏡を見るのがいやになっているはずだ。どれほどささいなものでも、奇異な外見に反射的にぎょっとする人びとの反応も。俺はよく知っている。

スイートネスは無傷だった。彼は生まれつきの殺し屋で、四五口径のホローポイント弾を二個の弾倉がからになるまで至近距離から犯人に撃ちこんだ。ミロと俺はどちらも、誰かを傷つけることも、まして撃たれたときに自分の身を護ることもできなかったのに。

　俺たちは盗んだ金で金持ちになった。スイートネスは良心はかけらもないが、身長一九〇センチ、体重一二〇キロの巨体に釣りあう大きな心をもっている。俺のメールを無視して、ビール三ケース、コスケンコルヴァひと箱をもって、童顔をほころばせて訪ねてきた。俺が彼を雇ったのは、そのつらい経験に同情したから、その素朴さと正直さ、暴力をふるう能力を買ったから、そのとき俺が酔っていたからだった。その決断を後悔したことはない。

　スイートネスは「アルコールでもタールでもサウナでも治らないなら、それはもう死んでいるということだ」ということわざを固く信じていた。俺たちのどちらもタールがなんの役に立つのか、それをどう癒やしにつかうのかはわからなかった。しばらくいっしょに座って酒とビールを飲み、たわいもない話をした。俺は彼に、そっとしておいてくれるなら、必要なときには電話をするし、何も必要でなくても人と会いたくなったら連絡すると言った。彼はうなずいた。

　彼を送りだしてドアを閉めてから、自分がどれほど彼の満足、幸福、単純さに羨望を感じているかに気づいた。多くの人間は、その図体と童顔でスイートネスの単純さを愚かさと勘違いして、スタインベックの『二十日鼠と人間』に出てくるレニー・スモールのように扱う。だがじつは彼は機敏で目ざとく、五カ国語を流暢に話す。もう話はついていたし、俺は返信しなかったが、彼は一日に三度、「確認のため」メールしてきた。いったい何を確認しているのか、よくわからなかったが。

スイートネスは俺を父親のように慕っている。最初に会ったとき、彼は途方に暮れていた。彼の兄はバーの用心棒ふたりに殺された。事故だったが、やつらに分別があれば防げたはずだった。スイートネスはくず野郎の父親に用心棒を殺せとけしかけられて、カッターナイフで刺し殺そうとした。彼はそいつらに切り傷をつけ、病院に入院していたふたりに父親がとどめを刺した。その罪で長期禁錮刑に服している。

スイートネスの本性は戦闘員で、天職は殺し屋だ。友人だから、俺はそれで彼を批判する気はない。だが彼を雇ったときに、大学または応用科学大学（ポリテクニック）以上の教育を受けることを条件にした。非合法の特殊部隊がずっと続くはずがない。

俺の望みはただひとつ、妻と子をとり戻して家庭のバランスを修復することだ。ケイトは〈カンプ〉に泊まっている。いまは育児休暇中だが、彼女が支配人をつとめているホテルだ。俺の最後の事件はひどい終わり方をして、彼女をとんでもない目に遭わせた。ケイトはおそろしい光景を目にし、巻きこまれ、重大な精神的ダメージを受けていまも苦しんでいる。それは俺のせい、俺の明らかな判断ミスのせいだ。

彼女は情緒障害を起こし、ひとりでいられるような状態ではない。俺は彼女が自傷するのではないかと心配した。アヌを連れて、アメリカ、もしかしたら故郷のアスペンに逃げ帰るのではないかとも思った。彼女を帰ってこさせる方法を考えるのに何日も費やした。どれも実行可能に思えなかった。

グラスがほぼからになった。もっとコッシュを飲むか、それとももう食べるか。口をあけてとじる。まだかなり痛む。コッシュだ。

すさまじい音と突然の痛みに肝を潰した。割れたガラスが部屋に散らばった。半分に切った煉瓦が大きな窓を割って飛びこんできて、部屋を横切って本棚にあたり、床に落ちていた。窓のそばに座っていたのに大きなガラス片が刺さらなかったのは運がよかったが、細かな破片で十カ所以上切った。うちの猫はよく、俺の頭近くの背もたれの上に寝ているから、もしそこにいたら、死んでいたかもしれない。

俺は椅子に血をつけないように気をつけながらなんとか立ちあがり、杖をついて玄関まで行って、スニーカーをはいた。カットが脚を切ったりしないように、寝室に閉じこめて錠をかけた。途方に暮れて部屋を見回した。割れたガラスは念入りに掃除しなければならない。かがんで床にしゃがみこむ動きが必要だが、いまの俺の状態では不可能に近い。全部拾うのは不可能だ。

煉瓦を拾いあげた。黒い油性マーカーで「おまえには一千万通りの死に方がある」と書かれていた。頭のいかれた億万長者から政府高官まで大勢を巻きこんだ狂言誘拐事件で、ミロとスイートネスと俺が入手した一千万ユーロのことだろうか。

とにかく自分でできるだけのことはした。台所からゴミ箱を持ってきて、いいほうの足で大きなガラス片を集め、ゴミ箱に入れた。膝があまり動かないから、脇を下にして横になり、肘をついて、片手でガラス片を拾いあげなければならなかった。

それから掃除機を出してきて、よたよたと操ろうとしてみた。自分の椅子は家具用のアタッチメントをつけて徹底的にきれいにした。もうじゅうぶんと思えるくらい掃除機をかけ、まだちいさなかけらが光っているのは見えるが、ほとんどのガラスをとり除き、自分にできるだけのことはやったと思った。このアパートメントを買ったとき、俺は床を寄木張りに張り直した。その床にガラスによる深い傷が残った。なによりもそのことに腹が立った。

俺の切り傷はどれも浅く、出血はすぐにとまった。それでも、万一傷が開いたときのために、椅子に古い毛布をかけた。どっと疲れた俺はビールを取ってきて、コッシュのお代わりを注いだ。座ってよく考え、俺にこんな嫌がらせをする被疑者を絞ろうとした。候補者が多すぎて、まともな推測さえ不可能だった。

掃除していたせいで薬とアルコールをいっしょに飲んだ効果が出る時間をのがしてしまった。ピザを食べないまま、眠りに落ちた。

三

俺が肘掛け椅子に座って背もたれに寄りかかっているときのカットのお気に入りは、俺の膝の上に乗り、胸の上に寝そべって見上げるようにする姿勢だ。かわいがるか、せめて背中をなでろということらしい。カットは俺が寝るのをいやがる。かまってもらえないからだ。毎朝、退屈でしかたなくなると椅子の背にのぼり、俺の後頭部やうなじに爪をたてる。俺の頭部はまるで小型の齧歯類に齧られたように傷だらけになる。その日の朝もそうだった。

俺が起きて満足すると、カットは二番目に気に入っている姿勢になった。椅子の背の上から、前脚を俺の首に巻きつけ、うなじに顔を押しつけて寝る。水のスプレーをつかって爪とぎをやめるようにしつけようかと思ったこともあったが、できなかった。なんといっても、カットはいちばんの友だ。それにばかで頑固だから、何も学習しない。

しばらくカットを寝かせてやってから立ちあがり、杖を頼りに足を引きずって台所に行き、コーヒーを淹れた。そしてまた足を引きずって戻り、バルコニーに出てコーヒーを飲みながら煙草を二本吸った。せめてもの品位を保ち、室内で一服して家を煙草くさくすることはしたくないから、そとに出たときには立て続けに煙草を吸うことが多い。なかに入って部屋を見回した。部屋の隅や家具の下に猫の毛の束やガラスのかけらがたまっている。この部屋は徹底した掃除が必要だが、俺はいちばん埃のたまる家具の下や部屋の隅や幅木の際に掃除機をかけられない。

電話をかけて窓ガラスを取りかえてもらう必要もある。クリーニングサービスにも電話して、部屋を元通りにしようと心に決めた。

ラジオをつけると、少し前に大ヒットした曲が流れていた。ペトリ・ニュガルドの『セルヴァ・パイヴァ』——〝しらふの日〟。泥酔のよろこびを賛美する歌だ。俺は腹を立て、ジョニー・キャッシュの『アメリカン・レコーディングス』をかけた。

朝の分の薬をのんだ。痛みがやわらぎ、筋肉のこわばりがとれ、あごを動かしてもあまり痛まなくなった。朝食にはプロテインドリンクを飲んだ。これ以上体重を減らさないように。俺が新聞を読むあいだ、カットは俺の上で伸びていた。玄関ドアの錠が回る音がした。俺はシートクッションの下からコルト四五口径を取りだした。

夫を捨てていった妻の多くは来る前に電話をかけ、着いたら呼び鈴を鳴らす。ケイトはなんの断りもなく入ってきて、拳銃を向けられているのに気づいた。

俺はコルトをシートクッションの下の定位置に戻した。ケイトはそれを指差した。「頭がおかしくなったの？」彼女のそんな目つきを見たのははじめてだった。

「最近のできごとで用心深くなっているんだ」

ケイトはやむをえない状況で男を殺した。彼女は俺たち全員の命を救った。だがその心的外傷で解離性昏迷におちいった。

　ケイトを出ていかせるべきではなかった。だがどうすればとめられた？　かかりつけの精神科医にしばらく入院させてくれと頼めばよかったのかもしれない。あんなショックを受けた状態で家を出るのは入院適応になったはずだが、ケイトがうちを出ていくのを見たショックで、俺は何もできなかった。その後しばらくのあいだ、彼女はよそよそしく、冷たかったが、安定しているようだった。俺は何度もうちに帰ってきてくれるよう頼んだ。彼女はだめとは言わなかったが、そのたびにまだ準備ができていない、ひとりで考える時間が必要だと答えた。それは受けいれられた。無理もないと思った。

　彼女が急激に悪化しはじめたとき、俺はそれがどういうことかわからなかった。ＰＴＳＤ。彼女は電話をかけてくるようになった。たいていは深夜に。俺が彼女の人生を台無しにしたと怒鳴ることもあった。泣きながら赦してほしいと言うときもあった。俺はいつでも彼女に愛していると伝え、うちに帰ってきてくれと頼んだ。彼女は三日か四日おきに一時帰宅して、俺にアヌを会わせてくれた。最初の二回ほど、俺がアヌをあやすあいだ、一時間か二時間、彼女は黙って座っていた。三回目には、俺が話しかけても反応しなかった。帰る前に俺に両腕を回して、長いあいだ泣いていた。

　四回目はひどかった。ほんとうに相手をよく知っていれば、話すことも、それどころか動くことも必要ない。その目を見るだけでなんでもわかるものだ。ケイトの目つきで彼女がまずいことになっているとわかった。彼女はきのうの夜、午前二時に電話をかけてきた。どうしたのか聞きだそうとしたが、彼女は何も話さなかった。「ごめんなさい」以外の言葉は出てこなかった。俺は一時間以上、彼女が泣きわめくのを聞いていたが、彼女は「じゃあまた」とも「おやすみなさい」とも言わずに電話を切った。俺はこわくなった。電話をかけ直してみた。電源が切られていた。だがいま、訪ねてきた彼女は、話ができるようになっていた。

アヌはベビーカーに乗っていた。ケイトは俺の前にベビーカーをとめ、ぱんぱんに膨れたバッグを横に置いてから、俺が犯行現場でするように、アパートメントを検証していった。ゆうべ俺が寝る前に飲まなかったコッシュとビールが、椅子の脇のテーブルの上にあった。間の悪いことに、恋人を殺したことを歌った『デリアズ・ゴーン』が低音量でかかっていた。酒と音楽であまりいい状況には見えない。

ケイトはビールとコッシュのほうをあごで示した。「朝から飲んでるのね」声に不安がにじむ。「いま酔っているの?」

「飲んでいない。きのうの飲み残しだ」

もちろん、そんなふうに言えば、酔いつぶれたように聞こえる。彼女は割れた窓ガラスを見た。彼女が部屋に入ってきてすぐにそれに気づかなかったことが、気になった。観察力がどこかしら機能していないのだろう。彼女の声の調子が不安から警戒に変わった。「いったい何をしたの? 酔っぱらって割ったの? 切り傷があるわ。自分を傷つけたの?」

「まさか」俺は言った。「俺はそんなばかなことはしていない。もしそうだったらガラスはうちの床ではなく、そとの歩道に落ちていただろう」

　ケイトはこの明らかな事実を理解できないようだった。その目を不審げに細めて、もう窓のことは忘れたように話題を変えた。「あなたはアヌの父親で、面会の権利がある。だから連れてきたのよ。ちゃんと動けるの？」

「ああ」

「ひどい顔をしてる」それはただの観察だった。その声から感情は読みとれなかった。

　彼女は俺の答えを待たなかった。「ここはひどい状態だわ。それに子どもにも安全じゃない」

「誰かが窓から煉瓦を投げこんだんだ。俺は掃除しきれなかった。まだそんなに動けない」

　彼女は掃除機を出してきて十五分で床を完璧に掃除した。ゆうべ俺が一時間以上かけてやったよりずっときれいになった。それから掃除機を片付けて俺の前のスツールに座った。

「具合はどうなの？」

　どうしてそんなことを訊くのかわからなかった。前に来たときにも俺の状態と診断について説明したのに。それでも彼女の気がすむならと説明をくり返した。

「いずれは回復するはずだ。足の引きずりは悪化するかもしれないし、顔の神経は傷ついている。神経が修復されるか、されるとしたらどれくらいかはわからない。手術が必要か、もしそうだとして、手術でよくなるかどうかもわからない。現時点でのいちばんの問題は痛みがひどいことだ。自分が回復しているとは思えず、悪化しているように感じる。それは想像のせいなのだろう、痛みに参っているんだ」

「かわいそうに」心から言っているようだが、俺が彼女をいちばん必要としているときに帰ってきて助けてくれるほどかわいそうだとは思っていない。だがいまは俺のことはどうでもいい。心配なのは彼女の精神状態だ。

「最近トルステンには会ってるか？」俺は尋ねた。

トルステン・ホルムクヴィストはケイトの精神科医だ。指折りの名医との評判で、俺も以前は彼の患者だった。

「わたしと医者のあいだのことは、あなたには関係ないわ」

「たしかにそうだ」俺は言った。「ただ彼に会っているかどうか訊いただけだよ」

「ええ、あなたの頭のおかしいいかれた妻はちゃんと定期的に治療を受けているわ。それで満足？」

今度は皮肉。彼女の感情は一瞬で極端から極端に振れ、とてもついていけなかった。ありとあらゆる理由が考えられたが、俺にたいする気持ちがここまで厳しくなった具体的な理由は何か、なぜこんな急に変わったのかを知りたかった。「ケイト、なぜ俺にそんなに怒っているんだ？　なぜうちに帰ってこない？」

彼女はほほえみ、ゆっくり首を振った。まるで俺が明快たる真実もわからぬ愚か者だというふうに。「あなたは刑事でしょ。なぜ推理できないの？」

それは無視した。「きみの病気の原因になった島でのできごとを思いだしたのか？」

「そのことは話したくない」

俺は彼女が事件のことを思いだしたとは思わなかった。よくて断片的な記憶しかないはずだ。思いだしていたら、俺が座るときに拳銃を手元に置くことを疑問に思わないだろう。だが深追いはやめた。

「フィンランドの窓が大嫌いだって、言ったことがあったかしら？」彼女は言った。「横に蝶番（ちょうつがい）があって四十五度しか開かないなんて、どんな窓よ？」

「冬の生活が中心で、三重ガラスが必要な国の窓だ」

「大きな窓だけは例外ね」彼女は言った。「大きく開くけど、あまりにも低い位置についているから誰かが落ちそうで、あけっ放しにはできない」

「一年じゅう日光が貴重で、できるだけ日当たりをよくするためだ。それに大きく開かなかったら窓拭きができない」

「あなたたちはなんでも自分たちが正しいと思っているのね」

「違う。ただの実用性だ」

「窓というのは上に広くあいてこそ、家の換気になるんじゃない」

「建物の管理組合に言っておくよ」

彼女は俺の言うことを聞いていないようだった。「いくつか用事をすませたいの。二、三時間アヌを見ていられる？」

俺の声はいつの間にか皮肉な調子になっていた。気をつけて愛情をこめて言った。「ああ、ダーリン、だいじょうぶだよ」

彼女は愛情表現に不意を突かれたらしく、どう反応していいかわからないようだった。ケイトは俺に怒っていてほしがっている感じがした。自分の怒りを正当化するのに俺の怒りを必要としているみたいに。だが俺は怒っていなかった。ただ不安で悲しかった。彼女は少し時間をかけて気をとり直し、また話しはじめたとき、その声の調子が変わっていた。理性、そしてひょっとしたら愛情さえ、感じられた。「誰かを呼んでここを片付けて

「きょう人に頼んで掃除させるよ。きみとアヌが次に来るときまでにきれいにしておく。アヌと会える時間を決めてほしい。きみがとつぜんアヌを連れてくるのではなく、一週間に二、三度決まった時間を」

俺にしてみたら当然のリクエストを彼女は無視した。「台所にピザの箱が十一個あったわ。ビールの缶は数えなかった。あなたにはアヌと会う権利があるけど、ここは子どもにいい環境ではないわ」

「俺はできるかぎりのことをしている」

「それが問題なの。怪我のせいで、あなたのできるかぎりではとうてい足りない。あなたにアヌの面倒が見られるかどうか心配で」

「見られるよ」

「ほんとうに？」

「ああ。心配する必要はない」

「それならちゃんとできるか試してみましょう」彼女は言った。「必要なものは全部持ってきてあるから」

俺は彼女に訊きたかった。まだ俺のことを愛しているのか？　離婚したいと思っているのか？　だが彼女のいまの精神状態では後者だと答えそうな気がする。治療が進んでいけば気持ちが変わるかもしれない。どんなに彼女を愛しているか、うちに帰ってきてほしいと思っているかを伝えたかったが、そんな気持ちは突き返されそうな気がした。だからそのまま、彼女にわかってもらおうとはしなかった。

「いいね」俺は言った。「ありがとう」

ケイトは何も言わなかった。立ちあがり、軍隊並みの正確さで回れ右した。出ていく彼女のヒールが床にあたる音が響いた。俺は立ちあがり、バルコニーに出て彼女がトラムの停留所のほうへ通りを歩いていくのを見送った。俺の直感は何かがひどくおかしいと告げていたが、それが何なのかはっきりわからなかった。ケイトはキャンドルが好きだ。俺は食堂でひとつ火を灯し、彼女がちゃんと帰ってくるまで灯しつづけようと決意した。家族の問題が解決するまで、あと何本もキャンドルを灯すことになるような不吉な予感がした。それも、もし解決するとしたらだ。

俺はケイトとした会話の言外の意味を解読しようとして、そのことばかり考えつづけたが、まったく手掛かりがつかめなかった。トルステンに電話して、彼女が治療を受けていると言ったのにほんとうかどうか確かめた。彼はほんとうだと言った。医師と患者の守秘義務からそれ以上の話はできなかったが、なぜ俺が彼女について訊こうと思ったのかと質問された。彼女の状態が心配だからだと答えた。何か考えているような沈黙のあとで、彼は電話をありがとうと言って、切った。

俺はほかにどうすることもできなかった。窓ガラスの交換を手配して家の掃除を頼み、いらいらしながら、アヌとカットといっしょに、テレビでアニマルプラネットを観た。

四

俺の直感的不安は正しかった。ケイトはアヌを迎えにこなかった。アヌは俺とカットといっしょに肘掛け椅子で寝た。娘といっしょにいられてうれしい気持ちと、妻の安否を心配する気持ちが同じくらいだった。

夜中にアヌに起こされた。俺は台所に行って、ミルクをつくった。腕時計を見る。とまっていた。ケイトが結婚記念日にくれたタグ・ホイヤーだ。俺は時計をはずしてカウンターに置き、抽斗（ひきだし）から肉叩きを出して、何度も叩いた。小さな部品やバネが台所じゅうに飛んだり跳ねたりした。じゅうぶん柔らかくなったと判断して、ゴミ箱に捨てた。

めった打ちにする音でアヌがこわがって泣きだした。俺は哺乳瓶を持っていって娘をあやし、泣きやませてミルクをやった。これまで自分には無縁だと言い聞かせてきた怒りの問題をなんとかする必要がある。俺は生後六カ月のアヌが何を食べているのか知らないということに気づいた。目が覚めてしまったからウィキペディアで調べてみた。もう離乳食を食べはじめる時期だ。ベビーフードを買ってもいいし、これだけ時間が余っているのだから自分で作ってもいいだろう。

朝になり、アヌのおむつを替えて、コーヒーと煙草を口にした。ケイトのことが心配で吐き気がしてきた。彼女は俺に何かのテストをしているのだろうか？　無事なのか？　ホテルに電話して彼女の居場所を確かめようかとも思ったが、もしこれがテストだとしたら、そんなことをすればたぶん失格だろう。あと二、三時間待ってみて、それでも状況が変わらなければなんとしても彼女を捜しだすと決めた。

それまで何週間もしてきたように、この家族の危機にいたるまでのできごとをふり返り、自分がいったいどこで間違い、この崩壊が始まってしまったのかを特定しようとした。

俺の考えはいつも脈絡を欠き、散漫だった。ケイトと俺は、いっしょにいた二年間に多くの試練に直面してきた。なかでも俺の脳腫瘍が見つかったことは大きかった。それが原因で人格が変わり、組織犯罪並みに徹底的に法律を無視した。そんなことをしたのは自分の精神機能をちゃんと制御できていなかったということだ。ではいまは、制御できているといえるだろうか？　わからない。一部は回復したかもしれない。痛みのせいで落ち着いて合理的に考えることができない。

事実をできるだけ整理しても、自分がいつどのように間違ったのかはほとんどわからないままだ。だが、なぜわからないか、その身も蓋もない理由がふたつあることはわかった。ひとつは、自分があまりにも感情的になりすぎていて、何も分析できないということ。もうひとつは、俺は精神科医じゃないということだ。わかったこともある。脳腫瘍の結果ではあったとしても、その経験と行動によって、俺は変わった。

たとえば、いまの俺は家族のためなら躊躇なく人を殺すだろう。第二次世界大戦の大量殺人者アルヴィド・ラハティネンはそうしたことの専門家で、やはり大量殺人者だった俺の祖父の親友であり、俺のよき友人でもあったが、俺には殺し屋の血が流れていると言っていた。人びとの保護者という自己イメージを守る口実さえあれば、俺は人を殺すと。いまならわかる。俺は手術後に選択した行動を、手術前でも選択していただろう。自分の行動を正当化するために口実をでっちあげて。手術後は、口実もいらなくなった。

俺が考えごとをしているあいだ、アヌとカットは静かだった。親切なことだ。カットはアヌに対してなんらかの第六感が働くらしい。俺には平気で爪を立て、ひっかき傷をつくりながらごろごろと喉を鳴らすが、アヌにはそんなことはしない。アヌのにおいでおむつ替えが必要だとわかった。俺はアヌを風呂に入れ、それからケイトを捜すことにした。アヌは風呂が嫌いだ。頭を濡らすと火がついたように泣きわめく。思わずため息を洩らした。嫌がる赤ん坊を風呂に入れるのはいまの俺の状態では大変だ。認めたくはないが、俺はほぼ肢体が不自由になっている。

両手で悪いほうの脚をスツールからおろし、床に足をついた。膝を曲げると激痛が走った。俺は抱っこひもを首にくぐらせ、そこにアヌを滑りこませて、無理して立ちあがった。杖を持ち、まず着替えのために娘の部屋に行った。カットもついてきた。そのとき、ガラスの割れる音がして、俺たちは震えあがった。泣きだしたアヌを幼児用のベッドに置いて、何事か見にいった。

替えたばかりの窓ガラスが内側に割れ、その原因となったものが俺の椅子のそばで霧を噴きだしていた。すぐにわかった。催涙手榴弾だ。ものすごく熱いはずだ。俺は息をとめて、Tシャツを脱ぎ、そばに行ってそのシャツで手榴弾をつかみ、割れたガラスから下の道路に投げ返した。下の道路と歩道を見下ろしてみた。誰もいない。誰かが巻き添えになってガスを吸いこむ心配はなかった。

自分の状態を考えれば、アパートメントじゅうにガスが広がる前に、迅速な対処が必要だ。俺はアヌの部屋のドアをしめ、バルコニーに出るドアとその他の窓を全部あけた。二日のあいだに煉瓦から催涙ガスにエスカレートした。次はなんだ。

俺は風呂に行き、咳と涙がおさまってから、膝の包帯を全部取り、シャワーを浴びた。アヌにさわってても催涙ガスをつけないですむように。それから居間に行ってどの程度の損害か確認した。幼児用ベッドに置き去りにされて、アヌは怒って叫んでいる。赤ん坊にしてはたいした肺で、ものすごい大声だ。

大きな窓のガラスはふたたび粉々になり、破片がそこらじゅうに、俺の肘掛け椅子の中にも上にも散らばっていた。包丁の形をした大きな破片が、椅子の背もたれの上、いつもカットが昼寝をする場所に、四十五度の角度で突きささっていた。もし俺たちがあのとき立ちあがらなかったら、いまごろカットは死んでいた。俺はアヌを右側に抱いて窓の近くに座っていたから、ガラス片の大半は俺にあたったはずだが、娘もどんなひどい怪我をしたかわからない。ちいさく未熟な肺は催涙ガスでずたずたになっただろう。

自分の判断が間違っていたことに気づいた俺は、それを肝に銘じてこれにどう対処するか決めることにした。この判断は重要で、ほんのわずかの間違いも許されない。助けが必要だ。援軍を呼ぶ。

五

催涙ガスが残した油性の成分は、徹底的に除去しなければ、数カ月間先まで健康に害を及ぼす。俺は犯罪現場の清掃を専門にしている業者を呼んだ。料金はとんでもなく高い。ショットガンで天井に飛び散った脳をこすり落とすとか、そういう掃除はいい金になる。料金を倍支払うと言ってすぐにとりかかってもらった。

よく考えて、被疑者を絞り、いったい誰が俺の家を戦場にしようとしているのか割りださなければならない。煉瓦で窓を割ったのは第一弾に過ぎなかった——そこに書かれていた文字とこのエスカレートした攻撃ではっきりした。

犬が骨をしゃぶるようにそうした疑問にあれこれ頭を悩ませるのは、後回しだ。足の不自由な男、乳児、猫が生活するアパートメントの居間がガラスの散乱した危険地帯と化している。必要なときにはいつでも電話してくれとスイートネスに言われていた。電話した。

彼は言った。「隠者のお出ましですね」

ショックで言葉が出てこず、気をとり直すのに少し時間がかかった。

彼は俺を知っている。「どうしました、俺はどうすればいいですか？」

ため息が出た。「うちに来て泊まってくれ」

彼は笑った。「さびしくなって俺といっしょにいたくなったんですか？」

俺は割れた窓ガラス、煉瓦に書いてあったこと、催涙ガス攻撃のことを説明した。「俺たちが盗んだ一千万ユーロのことだ。つまり俺たち全員が危ない。話をしよう。それにアヌがいる。俺には護衛が必要だ」

「ケイトはどこにいるんです？」彼は訊いた。

「わからない」

それで俺が大変な状況になっていると気づいたらしい。「待っててください」彼は言った。「すぐに行きます」

「だめだ」俺は言った。「うちにはガスが充満している。これからアヌとカットを連れて公園に行く。安全になったら電話する」

次にミロに電話した。彼の携帯電話の電源は切れていた。ミロと俺は、国際的に注目を集めた校内無差別乱射事件を解決して有名になった。子どもたちの救出者と呼ばれたが、じっさいにはミロが犯人の脳に銃弾を撃ちこんだ処刑のようなものだった。それだけではなく、俺たちはフィンランドの近代警察史上、もっとも多く撃たれて、もっとも多くを殺害した警官でもあった。

俺はアヌを連れてそとに出た。そこであたらしい窓ガラスを注文した。俺はポルヴォーに別宅を所有している。友人のアルヴィドが遺してくれたもので、彼が自死したときに俺が相続した。俺は業者に、アパートメントと別宅、両方の窓を防弾ガラスにしてくれと頼んだ。同時に、エアコンの取り付けも頼んだ。分厚いガラスで気密性があがったら、まるで泡のなかに住むようなもので、暑さに苦しむことになるだろう。業者はいままでそんな工事をしたことがなく、いくらかかるかわからないと言った。「いくらかかってもいい」俺は言った。「三日でやってくれたらその二倍払う」それがじゅうぶんな動機づけになり、すぐにやりますという返事が返ってきた。

清掃業者から作業が終わったとの電話を受け、ふたたびスイートネスに電話をかけた。スイートネスは恋人のイェンナを連れてやってきた。彼女は十六歳の美少女で、身長は一五〇センチ、ホワイトブロンドの髪を豊かな胸まで垂らし、筋肉質で引き締まったからだつきで、ブリジット・バルドーをミニチュアにしてもっと豊満にした感じだ。スイートネスとはまたいとこの子という関係だ。イェンナはスイートネスの行くところどこにでもついていく。ふたりの関係を親戚の十三歳の少女と結婚したジェリー・リー・ルイスのようだとからかうと、スイートネスは嫌がる。

白い肌、チェリーレッドの唇、小柄なからだに笑ってしまうほど不釣り合いに大きな胸。彼女を連れてきてほしくなかった。痛みと心配で女性への関心が低下していなかったら、気が散ってしかたなかっただろう。

スイートネスはまだ二十二歳で、能天気な大男――童顔でなければ鬼のように子どもたちをおびえさせたはず――だが、アルコール依存症の危険な社会病質者的傾向がある。イェンナとスイートネスは美女と野獣だ。

　ふたりは軍隊を食べさせられるほど大量の食料、ビール、酒をもってきた。イェンナは全部袋から出して冷蔵庫に詰めはじめた。食べ物はすべて肉と卵だ。

「イェンナはどこでもついてくるんです」スイートネスが言った。「それにアヌもいるから、面倒見るのを手伝えると思って。俺は赤ん坊のことはまったくわかりませんが。イェンナがどうしてもって」

　彼女に礼を言った。「この食べ物はどうしたんだ？　狼の群れ用か？」

「あたしたち、固形プロテインダイエットをしているの」彼女は言った。「炭水化物はなし。アルコールは例外よ、もちろん、もちろん」

「もちろん」俺は言った。

　フィンランドの伝統的な朝食はライ麦パンとチーズだ。ハム、きゅうり、トマトを載せることもある。最近の朝食はベーコンと卵が普通になった。この流行でパン会社は商売あがったりだ。間食――クッキー、ポテトチップス等――は炭水化物で、プロテインダイエットで体重が減るのは、肉が健康な引き締まったからだをつくるからではなく、間食をやめるせいだということに、誰も気づいていない。どうでもいい。俺は卵と肉でもいい。

「ひどい顔をしているわ」イェンナが俺に言った。

　俺は何も言わず、肩をすくめた。

彼女はアパートメントにしばらくいて、くつろいでいた。俺は彼女が電話で話しているのを聞いた。

　スイートネスはカーゴパンツの脚ポケットからフラスクを取りだし、ひと口飲んで俺にも勧めた。俺は首を振った。彼はそれをしまった。イェンナとつきあうことにしたときに、彼はフラスクを持ち歩くことも、一日じゅう酔っぱらっていることもやめると約束した。彼は彼女に惚（ほ）れている。酒にも惚れている。若すぎて、両方を手に入れることはできない、どちらかを選ばなければならないということがわかっていない。

　イェンナは、ガラス片が肘掛け椅子の背もたれにつけた傷を調べていた俺の表情に気づいた。俺が椅子をどれほど気に入っていたか知っている。「あたしが直してあげる」彼女は言った。「傷があったなんてわからなくなるわ」

　俺は早く電話をかけてケイトを捜したかったが、後回しにしてイェンナとスイートネスと雑談した。久しぶりだったし、彼らの親切を考えれば、近況くらい聞くのが礼儀だろう。ドアのブザーが鳴った。スイートネスが出た。ミルヤミ、俺の欲望の対象が立っていた。俺を見て、顔を曇らせた。俺がよほどひどい顔をしていて、おどかしてしまったのだろう。

「イェンナが電話してきて、あなたが困っているって。あがれって言ってよ」彼女は言った。

「あがれって言う必要があるのか？」

「このあいだ帰ったとき、わたしが必要になったら電話してと言ったでしょ。あなたは電話してこなかった。悪魔が戸口に来ている。あなたがあがれと言わないかぎり敷居をまたげない」

俺は大笑いした。「あがってくれ」

ミルヤミはミロの従妹で、ものすごい美人だ。ふたりはときどきいっしょに出かけているらしい。クラブやイベントで列に並ぶ必要がないのを彼女は気に入っている。ミロはあらゆる機会に警察の身分証を見せて特別扱いを要求している。彼の考えでは、美人は競争するものだから、ミルヤミといっしょにいたらほかの美人が彼を奪いたがるはずらしい。従妹でもなんでも、ミルヤミがやらせてくれるならファックするとミロは言っていた。「神が避妊具をおつくりになったのはそのためだ」とも。俺たちのグループは、結束の強い血縁集団だ。いいことだろう。仲間を信用できる。

ミルヤミがやってきたことで複雑な気持ちになった。彼女は正看護師で、生まれつき慈愛深く、俺たち全員がひどい目に遭ったオーランドの島での大失敗のあと、ケイト、アヌ、俺の面倒を見てくれた。彼女は俺を愛していると言い――なぜなのか、いまでもそうなのかはわからない――俺がセックスを拒んだあとも、俺のベッドで寝ることをやめなかった。

何度もやめるように言った。だがオーランドで撃たれてひどい怪我を負い、薬漬けになっていて、どうすることもできなかった。あのときは彼女がどこで寝ようと、俺の横に誰が寝ていようと、どうでもよかった。彼女は俺が寝るまで待ってからベッドに入ってきて、俺が目覚める前に出ていった。

ケイトは解離性昏迷に陥っていた。俺の知るかぎり、ミルヤミが夫を盗もうとしていたことには気づいていない。ケイトが意識をとり戻して間もなく、俺はミルヤミに穏やかに、だがはっきりと、自分は結婚していて妻を裏切るつもりはないから、時間の無駄だと言った。ところがそれでなおさら俺を愛するようになった。「報われない愛は悲しいけれど美しい」と彼女は言った。

彼女は入ってきて、俺の椅子の肘掛けに座り、何か考えているような目で俺をしげしげと見つめた。「よくなっていないのね？」

俺は彼女を見上げた。「ああ」

美しいミルヤミ。ほっそりした長身の、しなやかな肢体。赤褐色の長い髪をうしろでまとめている。すてきなコーヒー色のアーモンド形の目と、こんがりきつね色に日焼けした肌。彼女が短期間ここに住んでいたときに何の感情ももたなかったから、彼女がまた俺の戸口にやってくるまで、自分が彼女を恋しがっていることに気づいていなかった。いまでも多くの人間にたいしては何も感じないが、彼女には何かかきたてられる。彼女はたしかに美人だが、俺が恋しかったのは彼女のユーモア、茶目っ気、やさしさだった。

「どれくらい悪いの？」

「膝を曲げると激痛が走るくらい悪いし、顔の神経を銃弾が傷つけた。食べることと話すことが困難だ」俺は椅子の横のテーブルに置いた薬瓶と箱を指差した。「これでなんとか生活できている。あとコッシュも」

彼女は俺に痛い思いをさせないように気をつけて、ズボンをめくりあげた。まだガーゼを替えていなかった。「順調に治っているみたい。ただ傷がそれほどひどかったということでしょう。それになかはどうなっているか見えない。専門医に往診してもらって、もう一度、何かできないか、診てもらったほうがいいわ。あごもそうよ」彼女は俺の薬を調べた。「もっと強い鎮痛剤のほうがいい」

「いいんだ」だがそれで午後の分の薬をのむ時間だと思いだした。

「それなら担当の医師に電話して予約をとって。そんなに痛みがひどいということは、問題があるのかもしれない」

「彼らはできるだけのことをしてくれた」

「もしあなたがしないいなら、救急車を呼ぶわよ」

「わかった。あとでするよ」

「いまして」

まったく。俺は神経科医をしている兄のヤリに電話した。俺の問題は神経科には関係ないが、それで彼女の気がすむだろう。俺は自分の状況を説明した。兄は俺のX線写真を確認してから担当医と話し、あとで様子を見に寄ると言った。俺は報告した。ミルヤミは満足そうにうなずいて、アヌを見にいった。

スイートネスがごみを出しにいき、俺は室内を見回した。きれいになって片付いている。窓が割れていることをのぞけば、こんなにすっきりしたのは数週間ぶりだ。いまは暖かいから、窓は大した問題じゃない。薬のミックスが効きはじめ、俺は椅子に座ったまま眠りに落ちた。

六

ドアのブザーが鳴った。俺は目を覚まし、何時だろうと手首を見て、腕時計を高価な破片に砕いたことを思いだした。代わりに携帯電話を見た。夕方の六時四十五分。ミルヤミがアヌを抱いて俺の隣に座っていた。どうやら、俺たちの関係は――いや、もともと関係など存在しないが、彼女にとっては何も変わっていないらしい。俺にとっては、もうひとつの、わずらわしい問題にすぎない。

俺のコルトは彼女の脚の下にある。玄関に出てくれと彼女に言った。彼女が立ちあがる。拳銃を取って構える。彼女は拳銃を見て、驚いた顔ひとつせず、ドアをあけた。ヤリが立っていた。彼は四五口径を向けられてびっくりしていた。俺は銃をシートクッションの下にしまった。ヤリは割れた窓を見た。そのことも銃のことも何も訊かず、ソファーに座って黒いドクターズバッグを横に置いた。医師がまだその手の鞄をつかっているとは知らなかった。

スイートネスとイェンナはアヌの部屋に消えた。スペアベッドの軋む音とヘッドボードが壁にあたる音で、ふたりが何をしているかわかった。ヤリは笑った。ミルヤミはアヌをベビーカーに乗せて、コーヒーを淹れましょうかと言った。ヤリはビールがいいと言った。彼女は三本持ってきて一本ずつ配り、ヤリの隣に座って自己紹介した。

ヤリは俺を見て、ふたりきりで話したほうがいいか、目で尋ねた。

「だいじょうぶだ」俺は答えた。「彼女は看護師で俺が撃たれたあと面倒を見てくれた。どうせあとで何を話したかと訊かれるから、直接聞いてもらったほうがいい」

「痛みはどれくらいひどい？」ヤリが訊いた。

「ものすごく」

「生活できているのか、それとも生活できないほど動けないのか？」

それは自分でも認めたくなかった。「生活できていない」

「はっきり言う」ヤリは言った。「まず、膝だ。いまは医療用のゴムバンド、クリップ、チューインガムで脚になんとかくっつけているような状態だ。もう少しでなくすところだったんだぞ。痛いのはそれだけ傷がひどいからだ。おなじことがあごにも言える」彼はいったん言葉を切って、ビールを飲んだ。「ボクシングを観ていて、あごへの大したことなさそうなパンチでノックアウトになることがあるだろう？」

「ああ」

「パンチの力じゃないんだ。こぶしのひねりがあごにある神経束にあたり、それで気絶する。銃傷がその神経束の一部に影響を与え——腫れや小さな骨のかけらといったものだ——それがひどい痛みを引き起こしている」

「痛みを消せるか？」

「痛みは理由があって存在しているんだ。動くとさらに怪我がひどくなるという警告信号だよ。おまえの膝はその好例だ」

「それはしかたがない」俺は言った。「だが赤ん坊の面倒を見なくてはならないんだ」

ヤリはあたりを見回した。「ケイトは？」

「行方不明だ」

兄は俺の人生があらゆる面において困ったことになっていると知り、顔をしかめたが、コメントは控えた。「松葉杖は？」

「捨てた」

「いったい何を考えてそんなばかなことをしたんだ？」

「なぜなら俺はひとり暮らしで、少なくとも片手は自由にしておく必要があったからだよ」

俺は杖を見せた。「これでだいじょうぶだ」

「だめだ」

俺は何か辛辣(しんらつ)なことを言いたい衝動に駆られたが、抑えた。最近はいつものことだが、自分が怒りっぽくなっているだけで、兄は医師としてよかれと思って言っているだけだ。

「ふたつ選択肢がある」彼は言った。「オキサゼパムとノルフレックス――精神安定剤と筋弛緩剤――を増やし、テムゲシックを始める。強い鎮痛剤だ」

「つまり俺はぼろぼろの膝がかろうじてまだついている、薬漬けのゾンビになるというわけか」

「それほどはひどくないが、まあそうだ、大量の薬だな。もうひとつの選択肢はこうだ。おまえの膝とあごにコルチゾンを大量に注射する。二、三週間は痛みが弱まるだろう。おまえの担当の医師たちと話をしたよ。可能性は高くないが、おまえの膝はふたたび人工関節手術をすることでよくなるかもしれない。長期のリハビリをすれば最終的にはもっと膝が動くようになるだろう。もっともリハビリ中に、からだが人工関節を拒絶して、いまのような状態になることがあるかもしれない。膝にコルチゾンを打つのはあまり気が進まない。ちゃんと処置していないみたいだからな」

「わたしは看護師よ」ミルヤミが言った。「血流をとめない程度にきっちりと包帯を巻いて、その上に膝用ブレースをつければ、彼がよほど無茶なことをしないかぎり、これ以上悪くはならないわ」

ヤリはうなずいた。「しばらくここにいてその処置をできるのかい?」

ミルヤミが尋ねるように俺を見た。俺は答えを表情にあらわさなかった。

「その必要があって、カリがわたしにいてほしいというなら」彼女は言った。

ヤリは明らかに俺と彼女の関係を知りたがっていたが、必要もないのに考えていることを口にしない分別があった。

「あごは」彼は言った。「外科医に診せてできるだけ治してもらう必要がある。顔の右側と口に、部分的な麻痺が残るかもしれない」

「ひと言話すたびに地獄のように痛むんだ。あまり選択の余地はない。麻酔を注射してく

「大量の包帯とブレースが必要だ」

ミルヤミはバッグを手にした。「ここから数分歩いたところに薬局があった。行ってくるわ」彼女は出ていった。

「いろんな意味でひどいことになっているみたいだな」ヤリは言った。「ふたりきりのいまのうちに話したいことは？」

俺は首を振った。「ありがとう、だがとくにない」

「じゃあズボンを脱げ」ヤリは言った。俺の前にひざまずき、俺があまり動かなくてもいいように、脱ぐのを手伝ってくれた。「痛いぞ」

すでに痛かった。「やってくれ」

兄は俺の左膝に、まるで枕木に打つ犬釘のような注射針を打ちこんだ。俺は歯を食いしばった。彼は痛みについて大げさにおどしたわけではなかった。いったん抜いて、また刺す。さらに二回、それをくり返した。そしてあご用の細い針を取りだした。どれだけ痛いかわかっていると、どうしても痛みを予想して顔をしかめてしまうし、頭を動かさないでいるのは難しかった。兄は俺の顔にコルチゾンを注射してから、口を大きくあけろと言って、注射器を奥まで突っ込み、歯茎にも針を刺した。

「さあ」彼は言った。「それほどは痛くなかっただろ？」

「俺が兄さんに注射するから、それから言ってみろ」

兄は笑った。「いつもそう言うんだ。医者のちょっとしたジョークだよ。叫びだしたくなるほど痛いのはわかっている。最初に麻酔してやってもよかったんだが、もう大人だからな。それから、これからどうなるかだが。二日間ほど痛みがひどくなるが、その後ましになる。これは魔法の薬じゃない。とくにおまえの膝の場合は。コルチゾンは傷のある部分を楽にしてくれるが、そうならない部分もある。それでも痛みは残るだろうが、緩和されるはずだよ」

いつの間にか寝室の音はやんでいた。

「薬はやめるなよ」ヤリは言った。「それほど必要でなければ、少しずつ減らしてもいい。だがいきなりやめるのはだめだ。さもないとさっきの注射針なんて生易しかったと思うほどひどい禁断症状が出るぞ」

ミルヤミが帰ってきた。ヤリは彼女が俺の膝に正しく包帯を巻けるかどうか、確認した。

「うまいぞ」彼は言った。

彼女はにっこり笑った。「練習しているもの」

ヤリはビールを飲み干し、鞄を持って玄関に行き、靴を履いた。「困ったことがあったら」彼は言った。「それか、話したくなったら、電話しろよ」

「きょうはありがとう」俺は言った。

「どういたしまして（デナーダ）」彼は出ていき、ドアを閉めた。

七

次のステップは、妻を見つけることだ。スイートネスとイェンナが寝室から出てきた。

「いろいろありがとう」俺は言った。「だがもうだいじょうぶだ。もう帰っていい」

アヌが目を覚ました。ミルヤミがまた俺の隣に座って、ミルクをやった。「きみもだ」俺は言った。「毎日か一日おきに来て、俺がシャワーを浴びたあとで包帯を巻き直してくれたらありがたい」

スイートネスは首を振った。「俺たちはどこにも行きません。ミロと俺はあなたといっしょに一千万ユーロを盗んだ。あの煉瓦は俺たち全員にたいするメッセージです。それにミロのことですが、彼にも電話して何があったのか話さないと」

「とにかく女の子たちは帰らせないと」

イェンナは食堂のテーブルに、ビール、コッシュのボトル、全員分のショットグラスを並べた。「スイートネスといっしょじゃないとどこにも行かないわ」

彼女もスロが嫌がっているあだ名で呼んでいるのか。ケイトがそのあだ名をつけたのは言葉の勘違いからだった。つい笑ってしまった。そのとき俺は、イェンナが一千万ユーロのことを知っているのだと気づいた。ミルヤミもまったく驚かなかったのは、彼女も知っているということだろう。つまり彼女はイェンナとそのことを話し、ふたりは秘密を共有するほど親しくなっている。三カ月前に知り合ったばかりなのに。ミルヤミは俺のそばにいるために友情を利用しているのだろうか。彼女には計算高く巧妙なところがあると前にも思った。自分の欲しいものを手に入れる方法を心得ている。

「俺たちを攻撃するために女の子たちを傷つけるかもしれません」スイートネスが言った。「ここにいたほうが安全です」

彼の言うとおりだ。それは考えなかった。行方不明のケイトのことがますます心配になる。

「最近鏡を見たことはある？」ミルヤミが言った。「あなたには世話をする人間が必要よ。アヌの育児の手伝いも」

「仕事はしていないのか？」俺は訊いた。

「看護師不足についての記事を読んだことがないの？　わたしはあした仕事を辞めても、また勤めたくなったら一週間以内にあたらしい仕事を見つけられる。実際そうするつもり」

俺は反論する体力も気力もなかった。携帯電話をつかんで椅子から立ちあがった。「電話をかける」

ヤリが忘れていった、使用済の注射器があった。何かの役に立つかもしれないと思った。どんなことかはわからない。電話とノートパソコンを持って、ひとりになれる台所に行き、注射器を食器棚にしまってから、いつもは配膳用につかっているふたり用のテーブルの前に座った。

イェンナが声をかけてきた。「コッシュを飲みましょうよ」

「あとでな」俺は答えた。

ステレオが大音量で鳴りはじめた。ポーティスヘッドだ。俺は音を小さくしろと怒鳴った。ホテル〈カンプ〉にかけてケイトの部屋につないでくれと言った。フロント係は彼女がチェックアウトしたと言った。俺はケイトが育休のあいだ支配人代理をつとめているアイノに代わってくれと頼んだ。さいわい、アイノは残業していた。あいにく彼女はここ二日ほどケイトと会っていなかったし、彼女がチェックアウトしたことも知らなかった。

一瞬、頭が真っ白になったが、警官になれと自分に言い聞かせた。ケイトと俺はそれぞれの口座もあるが共有口座も所有している。自分のクレジットカードのほかに、共有口座にアクセスできるカードがあり、紛失に備えてたがいのオンラインバンキングの暗証番号の控えをもっている。家計にかんする書類はすべて本棚に置いてあった。それを取ってきて、台所でネットに接続した。

調べるのに数分間かかった。ケイトは銀行口座から五千ユーロを引きだしていた。ミルヤミが入ってきて、封をした封筒をテーブルに置いた。ケイトの字で「カリ」と書かれていた。

「アヌのおむつバッグのなかにあったわ」ミルヤミは言った。俺がひとりで読めるように、彼女は台所から出ていった。

俺は封筒の端を破って〈カンプ〉の便箋に書かれた手紙を読んだ。

親愛なるカリ

あなたにしてきたこと、ほんとうにごめんなさい。あなたがわたしをいちばん必要としているときに、わたしはあなたを置いてきた。身勝手で恥知らずな行動だった。わたしがしたことは妻として人として失格だわ。いずれ母としても失格するに決まっている。帰らないから、どうか捜さないで。あなたとアヌはわたしがいないほうがしあわせになれる。傷を癒やして、わたしを忘れて、あなたをしあわせにしてくれる、わたしたちの娘のいい母親になってくれる誰かを見つけて。ずっとあなたを愛している。

彼女はいつも俺へのメモにしていたように、口紅のキスでサインしていた。すべてがぴたりとはまった。きのうの彼女のおかしな行動。真夜中の電話。どうしようもなく泣きじゃくっていたこと。あれは自責の念からだったのか。彼女はこれを計画していた。衝動的に電話してきたのは、罪悪感に圧倒され、言葉には出さずに――さよならを言うためだった。

俺は最初は落ち着いて、警官の頭で状況に対処しようとした。カード会社に電話して、カードを盗まれたのか、それともなくしたのかわからないが、最新の購入履歴を調べてもらえるかどうか質問した。多少の口論の末、ケイトがフィンランド航空で、マイアミへの片道航空券を買ったことを突きとめた。飛行機はきのうの夕方発だった。

あまりに茫然となり、動くことも話すこともできなかった。胸が締めつけられ、視界が真っ暗になった。それからコウモリのようなものが俺の頭の周りをぱたぱたと飛び回った。杖をついて立ちあがった。自分がどこに行こうしているのかわからなかった。俺は杖を振りまわしはじめた。食器棚の扉は焚きつけと化し、自分が激怒して絶叫している声が聞こえた。言葉ではなく、ただの咆哮だ。杖を振り叫びつづけた。皿が割れ、ガラスが粉々になった。

また杖を振りかぶると、手から杖が消えた。からだが持ちあげられ、床に寝かされるのを感じた。スイートネスが俺の胸の上に座りこみ、膝で両腕を押さえつけている。ミルヤミが俺の鼻をつまんで無理やり口をあけさせた。そこに手のひらいっぱいの錠剤を落とした。俺は吐きだそうとしたが、イェンナにコッシュの瓶を歯のあいだにつっこまれた。俺は酒を流しこまれ、むせて、いったい何口かわからないくらい飲みこんだ。

まるで無重力圏にいる宇宙飛行士のように、からだが浮きあがるように感じ、何もわからなくなった。

八

朝が来ても二日酔いではなかった。そこまでの量は飲まなかった。だが気を失う前に飲まされた薬と酒のせいでふらふらだった。何も着ていなかった。誰かが脱がしたのだろう。カットが胸の上で寝ていた。ミルヤミはいなかったが、同じベッドに寝ていたようだ。枕は彼女のにおいがした。記憶がゆっくりと戻ってきた。妻はマイアミに逃げた。俺は台所の大部分を破壊した。ケイトをとり戻さなければならない。いますぐ。だがどうやって？　ケイトが大事なものをしまっていた宝石箱は、ベッドの彼女側のナイトテーブルのなかにある。

ヤリの言うとおり、膝と顔はコルチゾンの注射前よりも痛みがひどかった。俺は転がってベッドの反対側からおり、ナイトテーブルのちいさな抽斗をあさった。さまざまな書類や記念品の下に、輪ゴムでまとめた手紙の束があった。彼女の弟ジョンからの手紙だ。差出人の住所はフロリダ州マイアミ。ジョンは人間のくず、がらくただ。酒と麻薬で人生を台無しにした。ニューヨークに住んでいると思っていた。たぶんこういうことだろう。麻薬ディーラーへのつけがかさみ、払えなくなって、殺される前に踏み倒して別の土地に逃げた。

ケイトはそこにいる。彼女は情緒障害で、理性の抑えがきかない。ジョンの麻薬にいかれた呪縛にからめとられるかもしれない。弟の悪習に染まってしまうかも。俺はスウェットパンツとTシャツを着た。杖はベッドの脇に置いてあった。よろよろと居間に入っていった。ミルヤミはアヌを抱いて俺の肘掛け椅子に座っていた。スイートネスとイェンナはまだ寝ている。彼らは酒、ファック、寝ることしかしていない。

ミルヤミはシャワーを浴びていた。長い髪が濡れて肩に垂れている。アヌがそれをひっぱっている。ミルヤミはケイトのバスローブを着ている。俺はとまどった。

「あなたのブラウザの履歴を見たわ」彼女は言った。

「俺はパソコンを壊さなかったのか？」

「壊さなかったのはそれだけよ」

とにかくそれはよかった。

「ケイトがあなたとアヌを捨てたということでしょ」彼女は言った。

「ケイトの具合がよくないのは知っているだろう。〝捨てた〟は彼女がやったことにたいして厳しすぎる言葉だ。パニックになって逃げただけだ」

ミルヤミは表情を動かさなかった。「そうかもしれない。どうするの？」

「わからない」そのときひらめいた。彼女の精神科医の話を聞く。それには座らなければ。俺の携帯電話は肘掛け椅子の横のテーブルの上にあった。ミルヤミがコーヒーをもってきてくれて、俺の隣に座った。この椅子は俺の自分への褒美で、かなり大ぶりな〝男の椅子〟だ。少しきつくはなるが、俺たちふたりが座っても、もうひとり、平均的なサイズの人間が快適に座れる。

トルステン・ホルムクヴィストに電話した。「ケイトが困ったことになっている」俺は言った。「あなたの助けが必要なんだ」

「医師と患者の守秘義務については承知しているだろう」彼は言った。「だが、彼女はきのうのセッションにあらわれなかった。その理由を知っているのか？」

「なぜなら出国して麻薬常習者の弟のところに行ったからだ」

「やれやれ」彼は言った。「それはちょっと問題だな」

ちょっとどころか大惨事だ。絞め殺してやりたくなる。「どうしたらいい？」

「子どもはどこに？」

「俺のところにいる。ケイトは出発前にアヌを俺に預けて、数時間で戻ると嘘をついて行った」

「ケイトと連絡をとっているのか？」

「いや」

「彼女がここにいなければ、わたしは治療できない。子どもをだしにして、彼女を帰国させることは可能か？」

「俺の言ったことを聞いてなかったのか。俺は――妻と――連絡を――とって――いない。彼女は――子どもを――捨てていった」

「それなら連絡する方法を見つけたほうがいい。非常事態ということだから、彼女の信用を裏切らない範囲でわたしの考えを述べよう」

俺はため息をついた。彼は貴重な時間を無駄にしている。「ありがたい」

「ケイトはわたしに、とても信じられないような経験をいくつも打ち明けた。それが事実なのか想像なのか、わたしには、よくわからない。いくつか挙げてみようか？」

よくわからなかったので何も言わなかった。彼にどこまで明かしてもいいのか、どこまで隠せばいいのか、判断がつかない。

「最初に彼女が診察にやってきたとき」彼は言った。「イカロスが太陽に近づきすぎてその翼が溶け、彼は炎に包まれて地上に落ちてきて、彼女の足元で死んだと言った。最近では自分が射殺したと言っていた」

彼がケイトを助けるには、少なくとも多少の真実が必要だ。「彼女は犯人を撃った」

「最初に言っておくが、もしきみが過去に犯罪をおかしていても、わたしには通報する義務はなく、口外するつもりもない。きみは以前わたしの患者だった、それがことを複雑にしている。だが犯罪計画を通報しないせいで人命が失われると感じたら、わたしはその人たちへの責任を優先させるだろう。これで少しは話しやすくなったかい？」

「その男はフランス軍外国人部隊の兵士だった。彼は側頭部に、落下傘連隊の紋章である翼のタトゥーを入れていた。彼の服に火が点いたのも事実だ。だからケイトが彼をイカロスのようだと思っても不思議はない。じっさい、彼自身、そのタトゥーをイカロスの翼だと説明していたんだ。ケイトがあなたに言ったことはだいたい事実だろう」俺は言った。「少なくとも、事実に基づいている。彼女が知らないことについて、じっさいよりもひどいことを想像して、穴を埋めた部分はあるかもしれない。あなたにとってもっとも役に立つのは、彼女はその男を殺すしかなかったということだ」

「なるほど」

くそ。彼のその相槌にはいつもむかつく。

「ケイトのせいで人が死んだ」彼は言った。「それもひどい死に方だったと聞いている。彼女はすでに、自分が原因でそうなったということを受け容れている。彼女は暴力をひどく嫌悪している。人殺しは彼女が正しいと信じることすべてに反し、自分はこういう人間だと思っていた彼女の自己イメージはずたずたになった。それで急性ストレス障害を引き起こし、解離性昏迷の状態に陥った。基本的には、彼女の心が、あまりにも衝撃的すぎて処理できないできごとから、自分自身を護っているのだ」

「それはわかっている」俺は言った。

「ここ数週間、彼女の症状はしだいに変化していた。〝しだいに悪化していた〟と言うほうが正確かもしれない。問題の日のできごとを思いだして理解するのではなく、本格的なＰＴＳＤを発症してしまった」

「つまり？」

「心のなかで問題のできごとを何度も何度も追体験しているということだ。ほかのことを考える余地もないほどに。彼女はずっと自分がしたことに苦しみつづけていた。夢のなかでまで。だから逃げだしたのかもしれない。いまの自分の状態では子どもの世話をちゃんとできないと感じたのだろう。ひょっとしたら、自分は子どもの母親としてふさわしくないと感じているのかもしれない。子どもは神からの授かりものだと言っていた」

いろいろとつじつまが合う。「ほかに何か話せることは？」

「いや、これ以上は話せない。だがこれだけは言っておく。ケイトは自分の間違いや欠点を、きみのなかに投影して見ている。自分自身の魂を映しだす鏡のように。だがもしきみが、彼女をわたしのところに戻せたら、彼女に、自分できみにそう言うように勧めるつもりだ」

「俺はどうすればいい？」

「わからない。さっきも言ったが、彼女がここにいなければ、わたしは彼女を治療できない。もし彼女が戻ってくれば、セッションは短期間で、二、三カ月のうちに表面的には感情は正常に戻るだろう」

「はっきり言ってくれてありがとう」

「何かあったら連絡してくれ」彼は言い、電話を切った。

俺はバルコニーに出て、煙草を二本ほど吸いながらよく考え、部屋に入って座った。カットは背もたれの上に陣取り、前脚を俺の首の横に置いた。話すとひどく痛んだが、またミロに電話をかけた。今回は彼の電話の電源が入っていた。「どこにいる？」俺は訊いた。

「サマーコテージの近くでヨット釣りをしていて、これからハッパに火を点けようかと」

「おまえがサマーコテージとヨットをもっていることも、マリファナを吸うことも知らなかったよ」

「それならいま知ったでしょう。コテージはトゥルクのそばのナウヴォにあります。何世代も前からうちの一族の所有で、そこでありったけのマリファナを吸っています。あなたはいつも、わたしの赤目と目のまわりの隈のことを言っていましたね。赤目はマリファナのせい、目の隈は、わたしにとって睡眠は退屈だからです。ほかにわたしの個人的なことで、訊きたいことはありますか？」

「いやない。おまえの助けが必要なんだ」俺はあまりに動揺していて、一瞬その先を続けられなかった。

「詳しく話してくれませんか？」

俺はなんとか言うことをまとめた。「ケイトが逃げた。島でのできごとが原因で情緒不安になり、ＰＴＳＤを発症している。アヌを俺のところに置いていった。銀行口座を調べた。いまはフロリダ州マイアミにいる。弟のジョンがそこに住んでいる。いっしょにいるはずだ。ジョンの住所はわかっている。俺の体調では自分で行くことは不可能だ。マイアミに行ってケイトを連れ戻してくれ。頼む」

「もし彼女が帰ると言わなかったら？」

「なんとしても連れてくるんだ。彼女に選択肢を与えるな。それにまだ言っておかなければならないことがある」俺はミロに、窓ガラスを割られたこと、煉瓦に一千万通りの死に方があると書かれていたこと、催涙手榴弾のことを話した。「俺たちはあの金を盗むべきじゃなかった」

電話の向こうで、波が砕ける音、彼がパイプを吸う音、マリファナが燃える音がした。

「ちゃんと動く片手だけでヨットの操舵や釣りをするのがどんなに大変か、想像できますか？　わたしたちは盗んだんじゃない、稼いだんです。わたしたちが取らなかったら、国家警察長官と内務大臣が横取りして、わたしたちの仕業にしたでしょう。取っても取らなくても、困ったことになった。それなら金持ちになったほうがいい」

彼の言うとおりだ。「家族の安全を考える必要がある」俺は言った。「俺たちを脅すために家族を傷つけるかもしれない。おまえの母親が心配だ」

彼は小声で「ファック」とつぶやき、しばらく何も言わなかった。「母もここにいます。ここよりも安全なところは考えられない、国外に避難させることをのぞけば。それにしても、あなたはほんとに、興ざめな人ですね」

「ああ、そうなんだ」

「四時間でヘルシンキに戻ります」彼は言った。「心配しないで。かならずケイトを連れて帰ります」

「ありがとう」俺は言って、電話を切った。

九

スイートネスとイェンナはテレビを観ながらビールを飲み、ときどきファックの時間でいなくなった。ミルヤミはアヌの乳母役をつとめていた。おむつを替え、ミルクをやり、遊んでやる。俺は彼女に、食費と日用品代として二百ユーロ渡した。玄関の釘にケイトのアウディの鍵がかかっている。よかったらつかってもいいと彼女に言った。彼女は着替え、化粧品など長逗留(ながとうりゅう)に必要なものをとりにいったん家に帰り、食料品の買い出しもしてきた。

彼女がどれくらいここにいることになるか、話し合ったわけではない。俺はそのことについて何も言っていない。俺のルカ・ブラージ、スイートネスはこの危機が終わるまで帰らないだろう。そうすると、イェンナもそれまでこの家に住むことになる。ミルヤミもおなじ考えなのだろう。俺は招かれざる客へのいらだちを隠していた。俺がひとりになりたいのは彼らのせいではない。ミルヤミが俺にいろいろとしてくれること、とくにいま、いちばん必要なときに助けてくれることはありがたかった。心から感謝している。俺は彼女に、とうていこの恩に報いることはできないだろうと言った。彼女はうれしそうだった。二日後は二十三歳の誕生日だから、そのときに何か自分のためにしてくれればいいと言った。

俺はアヌ、カットといっしょに肘掛け椅子に座り、ハリ・ニカネンの犯罪小説『ローペリ』を読んだ。アヌは言語習得の第一段階で、「あー、いー」などと言った。ミルヤミはアヌが自分をアイティ――ママ――と呼んでいると思いたがったが、それは希望的観測だ。アヌはこのくらいの子がよくするように喃語（なんご）を発しているだけだ。業者がやってきて窓を防弾ガラスに替えていった。割られたガラスは幅二メートル高さ二メートル半で、大変な作業だった。俺は近所の〈ヒルペアハウキ〉にみんなを連れていって、作業が終わるまでビールを飲むことにした。

〈ヒルペアハウキ〉――〝ハッピーなマス〟という意味――は、気取りのない、シンプルなダークウッドの内装のバーで、照明器具とビールのサーバーは磨かれた真鍮（しんちゅう）だった。ソファーやクッション入りの椅子が隅の低いテーブルを囲んでいる。ほとんどの客はテラス席に座っている。夏季休暇の時期で、天気もよく、人びとは一日じゅう飲んでいられる。〈ヒルペアハウキ〉の正面はいくつかのガラス戸になっている。折りたたんで端に寄せれば、オープンエアなバーになる。会話とそよ風が店内に流れこんでくる。ミロに携帯メールで、俺たちがどこにいるか教えておいた。

マイクがやってきて俺たちに挨拶した。

「ここに住んでいるみたいだな」俺は言った。「ほかのバーテンダーは仕事に来たくないのか？」

「みんな夏休みをとっている。だから最近は俺が開店から閉店までやっている」

「それじゃなんのたのしみもないだろう」

「給料がたのしみだよ。ひと言いいかな？」

「もちろん。こいつらの前ではなんでも言ってかまわない」

「女の子たちは酒を飲める年齢か？」

イェンナはちがう。法律では。だが彼女は大酒飲みで、世間的にはベテランの酒飲みだ。それに胸が大きいから年齢より大人に見える。俺は彼女のために嘘をついた。「ああ」

彼は身を乗りだし、テーブルに手をついた。めくりあげた袖口から、腕いっぱいにほどこしたタトゥーが見えた。ほかの客に聞こえないように声をひそめて言った。「銃を持っているか？」

ちょっとからかってやるつもりで、ベルトの背中部分につけたヒップホルスターから四五口径を取りだし、テーブルの上に置いた。「俺が飲んでいるあいだ、バーのうしろにかけておくかい？」

彼は顔をしかめた。「しまってくれ。だから話をしたかったんだ。そういうのが客をこわがらせる。あんたが杖で殴った男は血を吐いていた」

どうでもよかったから、何も言わなかった。

「あんたが警察官だということには、敬意を表する」彼は言った。「だがこのバーの保安官は俺だ。手伝いは求めていないし、必要でもない」

俺は彼をほんとうに怒らせてしまったと気づいた。「すまなかった。口出しして、あのろくでなしを脅したのは悪かった。だがやつにばかにされて、ついかっとなった。あのときにあんたに訊かれたとおり、あの日はいやな日だった」

彼はじろりと俺を見た。「きょうもいやな日か？」

俺は思わず笑った。「このあいだよりも」

「悪いが、俺が言いたいことはわかっているよな？」

「ああ。俺が善良な市民を脅しつづけるなら、あんたは俺を出入り禁止にするしかなくなる」

彼はうなずいた。

「心配しないでくれ」俺は言った。「これからは行儀よくする。こいつらは俺がどん底にいたときに助けてくれたんだ。面倒な立場に立たせてしまって悪かった」

彼は背筋を伸ばし、俺の肩に手を置いた。「わかってくれてよかった。次に来たときにビールをおごると約束した。なんにする？」

「ヤングズ・ダブルチョコレートスタウトを頼む。甘さで俺の性分をやわらげるために」

「ほかのみんなは？」

イエンナはピルスナーを頼んだ。スイートネスはラガーとコッシュ三杯。ミルヤミはミネラルウォーター。彼女は俺の隣に座った。アヌのベビーカーを挟んで。ミルヤミが手を伸ばしてきて、俺の手を握った。「誰かが赤ちゃんのお世話をしないとね」彼女は言った。「あなたは少し飲んだほうがいいわ」

　彼女は俺を笑顔にする方法を心得ている。ちいさな親切が心にしみた。そのころの俺は誰かがそばにいるだけでいらいらしたが、彼女だけは別だった。ケイトとアヌはもちろん例外だ。ケイトへの気持ちには、愛情、怒り、心配、恐怖が入り混じっていた。いまの世の中では自分が誰を愛するのか慎重に選ばなければならない。誰かに愛を与えるのは、自分を破壊する力を与えるということだ。アヌを愛するのは簡単だ。赤ん坊はそのお返しに無条件の愛情を返してくれる。ベビーカーのほうに手を伸ばすと、アヌが俺の人差し指を握った。いまは娘の無条件の愛情を味わっていたい。これも永遠には続かない。

　マイクが飲み物を運んできた。俺はスイートネスの前に置かれたコッシュのグラスを取った。ショットグラスはうっすら霜に覆われている。この店ではコッシュを冷凍庫に入れている。正しいやり方だ。俺は飲み干した。

「いいですね」スイートネスは言った。

　酒は冷たく喉を焼き、胃をじんわりと温め、指先とつま先まで広がっていった。みんなは雑談していた。俺は参加しなかった。俺は何も考えず、何者でもなく、ただそこに存在した。ビールとコッシュのグラスがからになると、いつの間にか目の前に酒があらわれた。時間がたち、ミロがふらりと入ってきて、椅子を引き寄せて俺のそばに座った。俺たちは何も言わず、ただたがいを見つめた。彼も、ほかのやつらと同じく、俺が神経を昂(たかぶ)らせてひどい顔をしていると思ったはずだ。

二、三分してミロはバーに行き、コーラを買って戻ってきた。「それであなたの望みは、どんなことですか?」彼は訊いた。
「俺の望みはここにケイトがいることだ。どんなことをしてでも」

「彼女の弟は?」

「弟がなんだ?」

「考えるまでもないことですが、わたしが愛想よく頼んだくらいでは、ケイトは帰らないでしょう。それで帰るくらいなら、そもそもあんな遠くまで逃げたりしません」

俺はうなずいた。

「つまり、ジョンに危害を加えると脅す必要があります」

ミロは身を乗りだし、テーブルに肘をついた。手首と手を固定するための黒くて分厚いブレースをつけている。その端から指が出ている。「いいだろう」俺は言った。

「彼があそこにいるかぎり、彼女にはいつも逃げ場があります」

「ジョンを殺してほしいと思っているかと訊いているのか?」

彼は何も言わなかった。

「だめだ。それは俺の望みではない」

「チケットを予約しました。二時間後に出発します。片道十一時間のフライトです。帰りの便は四日後、途中で乗り継ぎがあり、二十六時間かかります。彼の住所を教えてください」

俺はジョンがケイトに送ってきた手紙の差出人住所を記憶していた。どの手紙も金の無心だった。「グローヴエーカー・ドライヴ四三七番地」

ミロはｉＰａｄを取りだし、グーグルアースを開いてストリートレベルまでその住所を拡大した。どうして俺はこれを考えつかなかったんだ？　頭がちゃんと働いていない。パンク寸前になっていて、その自覚もなかった。俺はミスをしないようにと自分に言い聞かせた。

狭い庭付きの、小ぶりで粗末な一戸建てが見えた。通りの両側に、荒れ具合はさまざまだが同じようなぼろ家が並んでいる。

ミロは考えこんだ。「あなたに嫌がらせをしている人間はやり方をエスカレートさせていけます。でも当面、命の危険があるというわけではないでしょう。その気なら最初にあなたを殺していたはずです」

俺はうなずき、ビールを飲んだ。

「わたしを見てください」

言われたとおりにした。

「あなたは自分がなんらかのショック状態にあるとわかっていますか？」

自分はただ、痛みと不安の混じった状態なのだと思っていた。「頭がちゃんと働いていないのは自覚がある。俺の妻、俺の家、俺のからだ、全部めちゃくちゃだ。なんとか対処しようとしてきたが、きょうは限界を超えていた」

「わたしはもう行かないと」ミロは言った。「戻ったら、これを解決して終わらせましょう」彼は俺に鍵束を渡した。「これはわたしのアパートメントと武器庫の鍵です。もし非常手段に訴えることになったら、勝手に入ってその仕事に適当な武器をつかってください」

俺はコッシュを飲み干した。「恩に着る」

「ええ。あとで恩返ししてもらう機会もあるでしょう」

彼は席を立って出ていった。しばらくして、窓の修理業者が電話をかけてきて、防弾ガラスへの交換が終わったと報告した。俺は勘定を支払い、マイクに礼を言って、迷惑をかけた詫びときょうのもてなしにたいして、五十ユーロのチップをはずんだ。

俺たちはアパートメントに戻った。ガラス片で深く切れた椅子だけが、異常なできごとの痕跡だった。まだ夕方早かったが、俺は目をあけていられないほど疲れ果てていた。俺が寝ているあいだアヌの面倒を見てくれるかとミルヤミに尋ねた。彼女は引き受けてくれた。

俺は部屋を見回し、数分間、警官として考えようとした。大きな窓の正面に立ち、自分が狙撃手でここにいる誰かを射殺するとしたら、狙撃位置をどこにするか。いまはその心配はないが、俺たちを見張る監視場所にもそれと同じ場所が選ばれるはずだ。催涙手榴弾もそこから小火器で撃ちこまれた。それがどこかわかれば、俺からも敵が見えるはずだ。

スイートネスがやってきて、俺といっしょに眺めた。彼にはそういう知識がない。兵役ではなく代替役務を選択し、森のなかで男どうしで戦争ごっこをするのではなく、義務期間のあいだ幼稚園で子どもたちと遊んで過ごした。何をしているのかと訊かれたから、説明してやった。

「ポモ」——ボス——「こんなことをやりそうな人間は片手で数えられるくらいしかいませ

ん。じっさい、それより少ない。問題は、俺たちがいつ腰を上げて本気で乗り込み、このくだらないことを終わりにするかということです」

「すぐにだ」俺は言った。

俺は最初、何よりもケイトのことが心配で、窓から煉瓦を投げこまれる嫌がらせも大したことには思えなかった。だがようやく多少は分別が戻ってきた。誰かが越えてはならない一線を越えたことに猛烈に腹を立てている。運が悪ければ俺の娘が傷ついていた。

俺がみずからを隔離したのは、それでカタルシスがもたらされ、怒りを忘れられるんじゃないかと思っていたからだ。自分自身の内面を探り、おのれの魂のどこかに隠れている平和主義者を見つけられるのではないかと。代わりに俺が見つけたのは、報復を叫ぶ復讐心だった。若いやつらが酒を飲み、笑い、音楽を聴いている音を聞いていると、静かにしろと怒鳴りつけてやりたくなった。俺は睡眠薬をのみ、効いてくるのを待った。眠りに落ちるとき、頭のなかでは人殺しの映像がぐるぐる回っていた。

十

七月五日。目覚めた俺は、不安、いらだち、心配で頭がいっぱいだった。ひとりになりたかった。アパートメントは人だらけだ。気持ちがくじけ、神経はずたずただった。

ベッドから出るとほかのみんなは食堂にいた。煙草を吸うためにバルコニーに出る。スイートネスがついてきた。「悪い知らせです」

また悪い知らせかと思うだけでうんざりした。彼は下の通りを指差した。俺のサーブの窓ガラスがすべて割られている。腹が立ったが、アドレナリンは感じなかった。俺の感情はある程度戻ってきたが、まだけっして正常ではない。異常な点のひとつが、怒りにアドレナリンが伴わないことだ。攻撃・逃避反応がない。

「今朝四時ごろでした」彼は言った。「何かが割れる音がして、すぐにジーンズをはいて下におりたんですが、やつらはさっさと仕事をすませ、逃げた後でした」

俺はいままで、捕食者ではなく餌食の考え方をしていた。攻撃に出るのではなく防御を固めようとしていた。敵は俺たちを攻撃する絶好のタイミングを知るために、ずっとこちらを監視しているにちがいない。俺はようやく、脳みそが半分でもある警官なら誰でも考えつくことをした。監視者を捜す。

建物の屋根の上を見ていく。夏の晴れた日で、青空に太陽が輝いている。俺はレンズに日光が反射して光る輝きはないか捜した。ほどなくそれは見つかったが、予想もしていない場所だった。俺のアパートメントから通りをへだてて向かいにあるアパートメントの窓のなかだ。あそこからなら、うちの居間の大部分が丸見えだろう。日光が反射してふたつきらりと光ったことから、ライフルのスコープではなく、双眼鏡だとわかった。俺はスイートネスに、そちらを見ていないふりをして見てみろと言った。

彼はかがんで煙草の火を点け、丸くした手の向こうを見た。煙草を吸いはじめたのは最近のことだ。スイートネスは子どものころからヌースカ――一種の嚙み煙草――をやっていたニコチン依存者だ。だが煙草を入れた口は女性には受けが悪い。よく歯のあいだに挟まっていることもあり、見苦しい。煙草を吸わない女性は紙巻き煙草にもあまりいい顔はしないが、ヌースカよりはましだ。だからスイートネスは愛のために肺を犠牲にすることにした。それにミロも俺もスモーカーで、彼は俺たち――とくに俺――を師と仰ぎ、何かとまねをしたがっている。

「それではポモ」彼は言った。「どんな計画ですか?」

考えてみた。コルチゾン注射のおかげで痛みがやわらぎ、頭もからだもきょうはわりと働いている。「俺が着替えたらいっしょに下に行く。俺は正面の出入り口から出てサーブの損害を確認する。おまえは中庭から出て、敵に姿を見られないようにブロックを回って向こうのアパートメントに行け。かたっぱしからブザーを押せば、誰かがオートロックを解除してくれる。そうしたら敵を捕まえておもてに連れだし、話をする」

「どうやって捕まえるんです？」

俺は肩をすくめた。「ドアをノックしろ。たいていはそれでうまくいく。もし誰かと訊かれたら、警察だと言って国家捜査局の身分証明書を見せろ。それでも相手がドアをあけなかったり、おまえの身分証が警官ではなく通訳のだと気づかれたりしたら、サイレンサー付きの四五口径を鍵代わりにして錠を破壊しろ。そのときは俺に電話するんだ。俺もあがっていって、ほかの警官に応援を呼びかけ、合法的な手入れだという体裁を整える。仕掛けるための麻薬を持っていくから。撃つことになったら、できるだけ殺さないようにしろ。取り調べの必要がある」

　有名な警官になった利点のひとつは、ほかの警官をはじめとして誰もが俺の言うことを鵜(う)呑(の)みにするということだ。

　俺たちはそとに出た。俺は足を引きずりながらサーブに近づいていった。車内の運転席のシート上に、メモが置いてあった。「おまえの家族にも一千万通りの死に方がある」

　誰かがどうしても俺に殺されたいらしい。十分後、男がふたり、俺たちを監視していた建物の正面玄関から出てきた。うしろにスイートネスが見えた。間違いなくやつらの背中に拳銃を突きつけているのだろう。俺はサーブに寄りかかった。スイートネスがふたりを連れてきた。バイク乗りのようだ。長髪、バイカー用ブーツ、バイクのプライマリー・ドライヴチエーンをベルト代わりにしている——鋼の鞭としてつかえるし、水平に振りまわせば特殊警棒代わりにもなって便利だ。だがギャングのしるしは特にないから、無所属なのだろう。ひとりはがりがりに痩せていて、もうひとりは太り気味だ。何年間も昼夜かまわずビールを飲みつづけるとこういう贅肉がつく。

家族を脅すメモを掲げて見せてやった。これを書いたのは内情に通じた人間でしかありえない。メディアに提供された表向きのストーリーでは、一千万ユーロの身代金は回収されたことになっている。あいつらの考えそうなことだ。拾ったものは自分のものになり、税金も払わなくていい。俺たちからとり戻すことさえできれば。

「何をするつもりだ」デブが言った。「真っ昼間に通りの真ん中で俺たちふたりを撃ち殺すのか？」

「そこまではまだ考えていなかった」俺は言った。「だがおまえはどうしてもそうして欲しいみたいだな」

ふたりともにやにや笑っている。ガリは俺の車のフードにもたれた。デブは俺の正面に、腕組みをして脚を開いて立った。無知野郎は言った。「俺のをしゃぶりやがれ」スイートネスがデブの膝を踏みつぶすように蹴りを入れると、がくりと折れた。ぴきっという音がきこえた。靭帯や腱など膝をつないでいたものがばらばらになったようだ。デブは道に倒れて、両手で膝をかかえた。感心なことに声をあげなかったが、ひどい痛みはその目にあらわれていた。

「ヴァーラ警部は口答えはお好きじゃない」スイートネスは言った。

「そうだ」俺は言った。「好きじゃない。誰も生意気野郎は好きじゃない」

「あんたたちは警官なのか?」ガリが訊いた。

「そうだと言われている。だがおまえらは警部と呼ぶ必要はない。サーと呼べ」

俺の杖は仕込み杖と呼ばれるものだ。とくにヴィクトリア女王時代、杖には考えつくかぎりのあらゆるものが仕込まれていた。俺の杖はきわめて貴重で大変な価値がある。ミロからの贈り物で、俺たちが不法に手にいれた金で買ったものだ。

トネリコの木でつくられている。握りは純金製のライオンの頭部で二百グラム以上ある。大きく力のある男用の杖だ。先で床を打つと、ばねの作用でライオンの口があく。牙は鋼製の剃刀(かみそり)だ。たとえば口を何かにぶつけたり、鋭い衝撃を加えたりすると、牙がうしろに押されて仕掛けが動きだし、三百重量ポンド/平方インチの力で口が閉じられる。それはロットワイラー犬の咬(か)む力と同じくらいだ。片方はルビーで片方はエメラルドが埋めこまれている目を押すと、ばねがはずれて、口が開く。軸をひねると、別の武器、約五十センチの剣が出てくる。

デブは静かになり、痛みをこらえている。俺は催涙ガスが六カ月の娘にどんな害を及ぼしたか、想像してみた。杖の先をデブのみぞおちに落とした。その圧力にやつは息をのみ、杖の握り部分の黄金のライオンが口をあけた。俺はライオンの剃刀のように鋭い牙を指でなで、少しだけ血を流した。肩をすくめる。ライオンの口があいたのは、運命から俺へのお告げだ。

俺はライオンの口をやつの脇腹にぶつけた。口がぱちんととじ、ビールで膨れた腹を深くえぐった。血がだらだらと流れる。

「貧乏人の脂肪吸引術を発見した」俺は言った。

デブは痛みに息を詰まらせ、嘔吐(おうと)した。

「少し待ってろ」俺は言った。「延長コードとフーバー社製の掃除機をとってくる。あっという間にセリーヌ・ディオンのように細身にしてやる」

やつは俺を見上げて何か言おうと口を動かしたが、また吐いた。

「おまえと友だちは仲良しなんだろう。友情のしるしにあいつが傷から脂肪を吸いだしてくれるかもしれないぞ」

俺はガリを見た。「俺がやれと言ったら、俺がもういいと言うまで、おまえはやらせてくださいとお願いするはずだ」

俺は太ったバイカーに目を戻した。「ちょっと待て。そうしたらもっとあちこちえぐらないといけないな。脂肪を左右対称に除去するには。大事なのはおまえがすらっとして魅力的になることだよ、見違えるほどに。おまえの自己イメージも高まる。自己イメージが低いせいで、こんな屈辱を味わうことになったんだ。俺たちがおまえを大変身させて、スーツを着せてやる。そうしたらおまえは自信満々になって、あっという間に世界貿易センターに自分のオフィスをもち、株や債券を取引するようになる」

俺は杖の先を歩道に打ちつけ、ライオンの口をあけた。「うえっ」俺は言った。「やっぱりおまえは医者に診てもらったほうがいいかもしれない」そしてライオンの口を振り、ビールでできた脂肪をやつの頭の上に落とした。「それじゃあ」俺は言った。「これからおまえは俺みたいに歩くんだ」俺はシャツをめくってウエストバンドに差してあるコルトのグリップを見せた。「俺の顔を見ろ。俺みたいなハンサムになりたいか？」

デブは歯を食いしばりながら言った。「サー、失礼な態度をとったのは悪かったよ。このへんで勘弁してくれないか？」

俺のアパートメントの建物の前に女性がひとり立っていて、こちらを見ていた。俺は彼女を無視した。

ふたたびガリのほうを見る。「話せ」俺は言った。

「サー」やつは言った。「俺たちは麻薬のガサ入れについて〝刑務所釈放カード〟を与えられ、さらにあんたの監視で一日百ユーロをもらってたんだ」

「つまり警官がおまえらにやらせていたと？」

「そうだよ」

「そいつの名前は？」

「名前は聞いてない、身分証も見せてもらわなかった」

「それならなぜ警官だとわかる？」

「そいつが俺たちをブタ箱から出して、釈放してくれたからだよ。彼が俺たちにあてがったアパートメントは空き部屋だった。あんたも警官だなんて知らなかったんだ」

それで何か変わると思っているのか。「うちの窓ガラスを割ったり、メモを書いたり、嫌がらせをしていたな？」

「はい、サー。でも催涙ガスは俺たちじゃない。その警官が自分でやった」

「おまえたちは俺の友人と家族をおびやかした。どうやってその埋め合わせをするつもりだ？」

やつの声が震えた。「サー、ご迷惑をかけたことは謝ります。あんたの気がすむまでなんでもします」

「その警官のことを話せ」

「あまり見た目はよくなかったです。鼻が折れていて。前歯は入れ歯だった。顔にいくつか傷痕があり、左目の横には縫ったような傷もありました」

内務大臣の子分、国家安全情報部（SUPO）主任諜報員のヤン・ピトカネンだ。ミロがピトカネンの顔を拳銃で殴ってめちゃくちゃにしたが、それは自業自得だった。ミロが近づいていったとき、やつは自分の身分を明かすことをせずに上着のなかに手を入れた。拳銃を取ろうとしていると思われてもしかたがない。だが俺はミロにやりすぎだと言った。ピトカネンはけっして忘れなかった。だが、やつがオスモ・アハティアイネン内務大臣の知らないところで俺に嫌がらせをするはずがない。むしろ大臣がピトカネンに命じたと考えて間違いない。

「知ってるやつですか？」スイートネスが訊いた。

「ああ。おまえが肩を締めあげて脱臼させ、鎖骨を折ったやつのパートナーだ」

「このばかどもはどうします？」

俺は窓ガラスのないサーブにもたれかかった。「独創的にやれ」

目をあげると、イェンナとミルヤミが窓からこちらを見ていた。

ガリは俺の車に手をついていた。スイートネスはその手で煙草をもみ消し、暗い顔で考えこんだ。ガリは動かず、抗議もせず、ただ顔をしかめた。「『アメリカン・ヒストリーX』という映画を観たことがあるか？」

ふたりともうなずいた。

「冒頭で、エドワード・ノートンが男に口をあけさせて縁石に歯を当てさせ、そいつの頭をまるでメロンを潰すように踏んづけたシーンを憶えているか？」

ふたりはパニックで目を大きく見開いた。

「あれをやろう」スイートネスが言った。

やつらは動かなかった。スイートネスはガリの腕を背中にひねって吊りあげ、肩を脱臼させ、それからアスファルトに投げだした。バイカーふたりは、〝どうしようもない。この大男にからだをがたがたにされるより、運に任せたほうがいい〟というように目を見交わした。ふたりは縁石まで這っていって、両腕を脇につけ、口をあけてコンクリートにかじりついた。

スイートネスが俺を見た。俺は首を振った。スイートネスはふたりの上にそびえ立ち、頭と頭のあいだの歩道にありったけの力をこめて足を踏みおろした。ガリはびびった拍子に、頭をガクンと動かし、前歯をぶつけて折ってしまった。スイートネスはおもしろがってくっくっと笑い、「まぬけ」と言った。

「おまえら」俺は言った。「おまえらは俺の家族に手を出した。もう一度顔を見せたらもっとひどい目に遭わせてやるからな。ゆっくり時間をかけて殺す。もう二度とそのツラを見せるな。いちばんいいのはヘルシンキを離れることだ。わかったか？」

どちらもおびえきって何も言えなかった。

「俺は質問したんだぞ」

ふたりともなんとか答えた。「イエス、サー」

「友だちの警官に、俺が会いにいくと伝えておけ」俺はスイートネスに手招きして、やつらふたりを残して去った。

十一

さっきの女性がまだ入口の階段で待っていた。「あなた、カリ・ヴァーラ警部ですか？」彼女は訊いた。強い訛りがあり、わかりにくい。

四十歳くらいで、白髪交じりの髪をおだんごにまとめている。老けた顔は、人相を変えてしまうような重労働と苦労をうかがわせる。質素な服と靴から低収入だとわかる。俺が気持ちのいい夏の朝に往来で人をめった打ちにしたことについて、文句を言われるのかと思った。

「なぜそれを？」

「助け、必要」エストニアふうのロシア語訛りがあり、フィンランド語はたどたどしかった。

スイートネスはロシア語で、もしよければ通訳すると彼女に申しでた。じつはエストニアには不幸な歴史がある——第二次世界大戦中にソヴィエト連邦がエストニアを占領したとき、スターリンが数万人のエストニア人をシベリアに送ったのだ。そして人口の減ったエストニアにロシア人を移住させた。強制移住させられたエストニア人はそのほとんどが凍死または餓死した。そういう経緯でエストニア人の一部はロシア語を母語としている。

そういえば、アメリカでは差別撤廃を目的とする人種統合バス通学を子どもたちに強制したことがあったらしい。ボストンでもっとも大規模に行われた。おなじ統合政策でも、スターリンの強制労働収容所（グラーグ）では数百万人が死んだ。俺にはアメリカの問題が取るに足らないことに思えてならない。彼らは侵略されたこともなければ、なんとしても征服しようと攻めてくる国との戦争を強いられたこともない。ヨーロッパはローマの平和（パックス・ロマーナ）の時代から血と恐怖にまみれているというのに。アメリカの南北戦争なんて数のうちに入らない。あんなのはただの内輪もめだ。

彼女はうなずき、不安げな様子でひとしきり話した。

スイートネスが通訳した。「彼女の娘がタリンで行方不明になったそうです。男たちにここに連れてこられたはずだと。彼女の友人がヘルシンキに住んでいて、あなたが外国人にやさしいと聞き、助けてくれるのではないかと思ったと言っています」

「警察に行って、娘がフィンランドにいると思う理由を話し、行方不明者捜索願を出すように言ってくれ」

彼らは何か話していた。「それはもう手続きしたそうです」スイートネスが言った。「そして誰も気にかけていないという印象を受けたと」

彼女はまた何か言った。

「俺たちが痛めつけたバイカーのことです。あなたはいつも悪いやつらにはああするのかと訊いています」

「そうだ、それが正しいと思う状況では」

スイートネスが通訳した。彼女がそれに応えて何か言った。

「彼女はこう言ってます。『お願いです、あたしの娘をさらったやつらにも、同じことをしてください』」

俺は降参した。彼女の勝ちだ。「いっしょに上に来てくれと彼女に言え」

アパートメントに入り、俺は彼女に、どうか楽にしてくれ、いまコーヒーを淹れるからと言った。ミルヤミにイェンナはどこにいるのか訊いた。気分が悪くなって寝ているということだった。俺がしばらく席をはずしてくれるように頼むと、ミルヤミは俺の寝室に行った。ミロはスイートネスに、盗聴器が仕掛けられているかどうかを調べる盗聴器発見機（バグスイーパー）のつかい方を教えた。スイートネスはアパートメントをもう一度点検した。盗聴器はなかった。

女性はスイートネスを興味津々で見ていたが、質問はしなかった。俺は彼女をくつろがせるために、ソファーに並んで座った。スイートネスがコーヒーを運び、通訳するために俺の椅子に座った。女性の緊張は目に見えてほぐれていった。見ず知らずの人間に頼みごとをするためにここまで来て、不安だったのだろう。親切にされてほっとしたようだ。

どうやって俺を見つけたのか訊いてみた。ヘルシンキに住むエストニア人には独自のコミュニティーとネットワークがあるそうだ。彼らが方法を教えてくれた。

俺は学校で習ったから、中級程度のロシア語を話せるが、さびついているし、彼女の訛りでよく聞きとれない。だから彼女に、スイートネスに話をして、彼に通訳させるようにと言った。ふたりはしばらく話をして、それからスイートネスが俺に伝えた。

「彼女の名前はサルメ・タム、未亡人です。娘はロヴィーセという名前でダウン症がありま す。軽度です。ＩＱは五十以上あり、ある程度自分のことは自分でできます。十九歳です。オフィス清掃の仕事をしていましたが、友人を介して会った男たちに、ヘルシンキで秘書として働かないかと誘われました。ロヴィーセはファイリングや基本的なことの職業訓練を受けたことがあり、とてもよろこんだそうです。サルメは知らない人を信用しないようにと言ったそうですが、三日前、娘は家に帰らなかった。サルメはその男たちが何か悪いことを考えていて、ロヴィーセはだまされたと思っています。ロヴィーセは背が低く、一五〇センチほどですが、顔立ちにはあまり特徴は出ていないそうです」

サルメはフィンランド語を話せないが、理解はできるようだった。バッグからロヴィーセの写真を出して俺に手渡した。それなりにきれいな娘だ。何があったか想像するのは難しくない。疑うことを知らないからだましやすい。小柄な彼女は小児性愛者にもてて、かなり稼げるはずだ。人身売買にかかわっているやつらが彼女をかどわかし、ヘルシンキに連れてきて、パスポートと手持ちの金をとりあげ、ここまで連れてきてやった高額な経費を払えと言う。ペテンだ。実際のところはせいぜい二十ユーロくらいしかかからないのだから。そして彼女は借金を返すために売春させられる。いまごろどこかに監禁されているだろう。まだそれほど時間は経過していないが、彼女がどんな目に遭っているかはわからない。

俺はスイートネスに写真を回した。「どう思う？」

「あなたのからだはぼろぼろです。それに俺たちに危険なゲームを仕掛けてきているやつらもいます。いまは自分たちのことで手一杯でしょう」

俺の頭にあるイメージが浮かんだ。白馬に乗ったカリ・ヴァーラ。蹄の音を轟かせて全速力で馬を駆る。その背を風が押す。トランペットが鳴り響く。ミロがケイトを飛行機に乗せて連れてくるのは三日後だ。これをうまく解決できれば、戻ってきたケイトに、俺はロヴィーセを無事救出したんだと言える。カリ・ヴァーラがいたいけな少女を悪人の手から救いだし、最悪の運命を回避する。ロヴィーセは言葉にできないほどの永遠の感謝を表す。俺のこれまでの行いは正しかったと立証される。ケイトが経験した苦しみにも意味が与えられ、それを原因とする彼女の情緒障害も善の力で解消される。ケイトは無垢な少女の救済者である夫に抱きつき、永遠の愛を宣言する。

俺はケイトのことがずっと頭にあり、彼女の愛をとり戻す方法をさんざん考えていた。だがこれはケイトのためだけじゃない。自分のためにもやる必要がある。このひとりの少女をほんとうに救うことができたら、ある意味、これまで俺がしてきたことはすべて正しかったことになる。世界を正したり、俺の内面世界のバランスを回復したりできるわけではないが、俺が善い行いもできるという象徴的な意味をもつはずだ。

「いや」俺は言った。「ロヴィーセがヘルシンキにいるなら、俺とおまえで彼女を見つけて家に帰してやると言え」

「頭がおかしくなったんですか」スイートネスは言った。

「そう思うのも無理はないが、俺はこれを引き受ける。おまえがいてもいなくても」

スイートネスは彼女に、俺たちはできるだけのことをすると伝えた。俺の言葉を控え目に通訳して、彼女に期待させすぎないようにしているのがわかった。それから彼女の連絡先を聞いていた。サルメは俺の顔にさわらないように気をつけながら両腕で抱擁し、何度も礼を言った。ここまでされたら、失望させるわけにはいかない。

十二

サルメ・タムがいなくなると、スイートネスはまるで言うことを聞かない子どもを見るような目つきで俺をにらんだ。「いったいどうしたんです？」

「俺がこの特殊部隊なんてくだらないことを始めたのは、まさにこういうことをするためだった。人助け、とくに犯罪に巻きこまれた若い娘を助けるためだ。この少女はとんでもなくやばいことになっている」

スイートネスはフラスクを取りだし、膝に肘をついて背をかがめた。その大きなからだは俺の肘掛け椅子をいっぱいに占めている。「他人のことをなんとかしてやろうとするなら、その前に自分のことをなんとかできないとだめです。あなたは家のなかを動き回るのさえおぼつかない。どうやって行方不明者を捜索するんですか？　しかもその娘は犯罪者にだまされて、連れてこられた可能性が高い」

俺はコーヒーを飲み干した。「コルチゾン注射が効いている。いまこの瞬間、あごはまったく痛みを感じないし、膝もましだ。それにおまえが手伝ってくれるだろう」

「ポモ、あなたは石頭のろくでなしです。これはばかげているどころじゃない。俺たちを監視している敵がいて、そいつらはどこまでやる気なのか、その歯止めがあるのかどうかもわからない。このうちには俺たちが護るべき女性がふたりと赤ん坊がいます。その安全が最優先です。ヘルシンキにおける人身売買を担当している警官に電話して、この件は彼らに任せて手を引いてください」

スイートネスは核心をついてきた。俺はそれをうまくすり抜けた。「ヘルシンキには数百人の売春婦がいる。人身売買担当の任務にあたっている刑事は七人だ。そのうちのふたりと話をしたことがある。彼らのやっていることは豪雨のなかの小便だよ。ひとり逮捕するたびに、数千人のギャングがしゃしゃり出てその場所を埋めようとする。若い娘の売買による儲けはものすごくでかい。イェンナとミルヤミとアヌは、おまえのジープ・ラングラーに乗せて一時間ほど走ってつけられていないことを確認したら、この仕事が終わるまでホテルに置いておけばいい。それとも、もしおまえがイェンナと、これまでに存在したどんな愛よりも大きな愛で結ばれていてひと晩たりとも離ればなれになれないというのなら、毎日仕事が終わったら、迎えに行けばいい」

彼は背もたれに寄りかかり、考えていた。「ヤン・ピトカネンがあなたに嫌がらせをして、それが内務大臣の差し金だとしたら、九九パーセント、国家警察長官も一枚加わっています」

「あのふたりはコメディ・スケーターのフリックとフラックのようだ。ひとりが行くところに、もうひとりもかならずついてくる。長官には、次に俺をだましたら殺すと言っておいたのに」

「実行するんですか？」

俺は杖をもてあそび、ライオンの口についた、ビールからつくられたどろっとした脂肪を洗い落とさなければと思いだした。「やりたくはないが、やらないとは言えない。脅しを実行しない人間は人の尊敬を失う。いっぽうで、ローペ・マリネンは俺たちを心底嫌っている。やつがこれにかかわっている可能性もある」

フィンランド一のヘイトスピーチ作家ローペ・マリネンは――国じゅうでもっとも人気のあるブログの書き手で――国会議員に選出され、移民問題委員会の委員長をつとめている。やつが俺たちを嫌っているのは、やつを屈辱的な目に遭わせ、やつが情けない臆病者だということをあばいてやったからだ。たぶんいちばん嫌われているのは俺で、それは俺がやつが所属する〈真正フィン人党〉の選挙での勝利を妨害する作戦を立てた黒幕だからという理由だ。それにマリネンは、ヴェイッコ・サウッコが選挙資金にと約束した百万ユーロを狙っていたが、俺たちのせいでその金も手に入らなかった。

サウッコは億万長者の人種差別主義者で、フィンランドから移民を排除するという主張をはっきりと行動で示したら、百万ユーロの選挙資金を出すと約束していた。ネオナチがストリキニーネ入りのヘロインで数十人――ほぼ全員が黒人――殺したときにサウッコは約束を果たしたが、その金は与党の〈国民連合党〉に献金され、分配された。

サウッコの息子の死以来、彼と話したことはない。サウッコは俺に事件の捜査を依頼し、サウッコの機嫌をとりたい内務大臣は俺に依頼を引き受けるよう命じた。サウッコと内務大臣は俺が息子のアンティ・サウッコを見つけて連れ戻すことを期待していた。だがそれは、人殺しのアンティを裁判にかけて正義の裁きを受けさせるためではなかった。サウッコは息子を見つけて自由、もしくは自由に似たものを与え、いつまでも父親の言いなりにさせるつもりだった。殺人罪をばらすと脅して。サウッコは子どもたちを操りたがっている。それよりも効果的な方法は、俺にも思いつかない。

だがアンティにはその計画を受けいれる気はなく、俺たちに見つかると、銃を抜いて俺たちを殺そうとした。こちらはやむなく正当防衛で彼を射殺した。それだけならサウッコもしかたないと思ったかもしれないが、スイートネスはアンティにホローポイント弾を十六発撃ちこんで顔を吹き飛ばし、ケイトはサウッコが娘の殺人犯を見つけるために雇った男のからだをソードオフショットガンでふたつにちぎり、盗まれた彼の一千万ユーロが――たぶんサウッコはお見通しだろうが――俺たちのオフショア口座に入金されたとあっては、彼が復讐を誓う気持ちも理解できる。

考えてみれば、恨みをいだいている全員が団結して、俺たちに報復を考えている可能性もある。

スイートネスが訊いた。「俺たちは有力者たちを敵に回してしまいました。どうやって戦うんですか？」

俺に頭のうしろにクッションをふたつあてがってソファーに背中をもたせかけた。そもそも俺が特殊部隊の指揮をとることにしたのは、売春を強制される娘たちを助けるのがおもな任務だとだまされたからだ。部隊は自己資金によって運営され、俺たちはその資金をつくるためにヘルシンキの麻薬ディーラーたちの金を巻きあげた。

だが部隊の真の目的は、金持ちのための政党である国民連合党、そして猫の目のように政策を変えるポピュリスト政党、真正フィン人党の政治資金をつくることだった。そのふたつは、中道寄りの政党から支持者を奪うことに成功し、国民連合党を総選挙で勝利させた。真正フィン人党は連立政権に参加するのにじゅうぶんな議席を得たが、たとえばヨーロッパ連合からの離脱や独自通貨フィンランド・マルッカへの復帰をはじめとするとんでもない政治目標のせいで、ただちにはずされた。彼らは野党になると宣言し、国民連合党の勝利が完全なものとなった。

だが選挙後は計画どおりにことが運ばなかった。俺には真正フィン人党および他の政党の幹部のスキャンダルを集める任務を与えられていた。必要とあればスキャンダルで失脚させるためだ。スイートネスが最初の捜査をおこない、人びとがもっとも不名誉な行為に及んでいる証拠写真を撮ってきたが、俺はこれをほかのことにつかいたかった。俺は自分の身を護るために、国民連合党の敵だけでなく、国民連合党そのものも内偵捜査することにした。その結果、有力政治家ほぼ全員のネタを仕入れることができた。隠すことがない清廉潔白な人間は別だが、そんな人間はごくわずかしかいない。

内務大臣と国家警察長官にかんしては、特別なものを入手してある。ミロの冷凍庫に保管されている彼らの精液サンプルは、とある殺害事件への関与の証拠だ。彼らは思い上がりもはなはだしく、ロシア人実業家イヴァン・フィリポフの愛人が彼らにフェラチオをしたのは自分たちが魅力的だからだと思いこんでいた。彼女は、彼らの弱みを握るために精液サンプルを集めていただけなのに。だがけっきょく愛人自身が殺人の犠牲者になった。

ラベルに何も書いていないサンプルが四つある。内務大臣と国家警察長官、そしてまだ特定できていない悪徳政治家ふたりのものだ。煙草の吸殻とそれについたDNAが、犯罪者の破滅を呼ぶ。俺は初夏に内務大臣のヨットに招かれ、金と権力のもち主たちと歓談したときに、吸殻を集めておいた。彼らは親切なことにそれぞれ別のブランドの煙草を吸い、あとで特定する面倒を省いてくれた。どの吸殻が誰のものかわかっている。犯罪者は煙草を吸うべきではない。俺は吸殻を精液サンプルといっしょに、民間の遺伝子検査研究所に送った。

国家警察長官ユリ・イヴァロは、その殺害事件の犠牲者と関係をもっていたから、事件を隠蔽(いんぺい)しなければならなかった。俺は彼の精液サンプルだけでなく、彼が犠牲者の女性とフェティッシュな性行為におよんでいるビデオも入手した。ビデオを公にすれば彼は恥をかき、キャリアもおしまいになったはずだ。そのときはそこまですることもないと思い、俺は彼の関与を示す証拠を伏せておいた。ユリは俺に、運営資金を独自調達する非合法特殊部隊の長のポストを用意した。部隊の主要な任務は、人身売買の撲滅だという謳い文句で。

だがまもなく、ユリ・イヴァロが特殊部隊について嘘をついていたことがわかった。俺がやりたければ人身売買犯罪と戦ってもいいが、ユリのいちばんの狙いは犯罪者から金を横取りすることだった。政治資金および個人的利得のために。諜報組織のＳＵＰＯを管轄する内務大臣も、これに一枚噛んでいた。彼らは俺に、盗んだ金の一部を受けとって共犯者になることを求めた。俺は言われたとおりにするしかなかった。共犯にならなければ、信用されない。彼らが俺を脅したネタは、妻がフィンランド人ではないことだった。彼らはケイトを国外退去させることもできた。俺はことわざで言う、〝岩と硬い地面に挟まれた〟板ばさみ状態だった。

ユリのセックスビデオをＹｏｕＴｕｂｅに公開すれば、彼を笑いものにしてそのキャリアを終わらせるだけでなく、殺害事件の捜査が再開され、彼は刑務所送りになる。ユリとお仲間が俺の家族を脅かし、危害を加えていたことはもうはっきりした。つまり証拠隠滅にたいするやつらの感謝は、それほど短命だったということだ。

「俺たちの武器はスキャンダルだ」

「スキャンダル？」スイートネスは聞き返した。

「おまえとヤーコ・パッカラが集めた、政治家たちが賄賂を受けとったり、不倫したりしている写真だよ。数カ月前から俺が金を払って集めてきた。あれには政治生命を終わらせる力があり、どの政党もまんべんなく集められている。俺たちの少ない武器のなかでは強力な一撃になる」

「写真はどこにあるんです？」

「インターネットのクラウドだ。パッカラはあるアカウントに写真をアップロードしている。

ミロがそれを別のより安全なアカウントに移し、そのユーザーネームとパスワードは俺も知っている。暗記している。紙に書いた記録はどこにも存在しない」

彼はまたフラスクを取りだした。俺の部下ふたり。ひとりは酔っぱらい、もうひとりは麻薬常習者。まったく、最高の部下たちだ。「俺たちを殺せば脅迫もなくなります」スイートネスが言った。

そうだ。脅しを確実なものにするために、万一俺たちが殺されたらスキャンダルをばらす人間が必要だ。頭に浮かんだ名前はひとつだけだった。兄のヤリ。彼に、アカウントのユーザーネームとパスワード、スキャンダルの入手と暴露の方法を書いた手紙を書くことにしよう。

「やつらを少し困らせてやろう」俺は言った。「ユリ・イヴァロと話をして、状況を説明する。それに、殺すならもっと早く殺せたはずだ。やつらは一千万を手に入れるまで俺たちを生かしておくつもりだ」

「その金を取引材料にしてこのやっかいな状況から逃れ、あとで取り戻すことはできますか？」

「いや。これは取引で解決できる状況じゃない。長い目で見れば」

「それなら、計画は？」

「もうすぐケイトが戻ってくる」俺は自信たっぷりに言い切ったが、内心では、ミロがそれを実現してくれるように祈っていた。「彼女が戻ってくる前に解決したい。それにロヴィーセ・タムの将来を救うための時間も限られている。もしまだ間に合うとしても、やつらが彼女にさせようとしていることは、彼女を心理的かつ感情的に破壊してしまうだろう。たぶん一生」

俺はまた、彼女がまだ食い物にされず、管理売春をさせられていないようにと心のなかで祈った。彼女のような状況に陥った娘たちはレイプされ、何度も殴られてあきらめ、言われたとおりにするようになる。「今晩からロヴィーセの捜索を始める」

「ヘルシンキは大きな街です。どうやって？」

突然、どっと疲労を感じた。「少し仮眠する。起きたら話そう」俺は杖の握りのライオンの牙にこびりついていた脂肪を洗い流し、錆止めにオイルを塗って、ベッドに横になった。

眠りは訪れなかった。スライドショーのように映像がつぎつぎと頭に浮かんだ。窓から飛びこんできた催涙手榴弾。ソードオフのショットガンで、アドリアン・モローをふたつにちぎり飛ばしたケイト。モローの共犯者たちが浅い墓に埋めた子どもたちの遺体。スイートネスが折ったバイカーの膝。その音。あの膝ではもう二度とまともに歩けないだろう。俺と同じく、一生、足を引きずることになる。途方もない暴力。それを避けるためにみずからを隔離した。いやむしろ、自分がどれほど怒りっぽくなったかを自覚してからは、他人を傷つけないためだった。俺の感情は脆弱になっている。何をしでかすかわからない。そんな自分でいたくない。この醜い状況から抜けだしたい。

過去がそれを許さない。俺には睡眠が必要だ。疲れているし、今夜は夜通し捜査活動、またはそれに似たものに従事することになるかもしれない。俺は水なしで薬を二錠のみくだし、意識が失われるのを待った。だが俺の心はかき乱され、思いはいつものように、ケイトへと向かった。

十三

ベッドから転がりおりたのは午後六時だった。ゆうべ十五時間寝たあとで、きょうも昼じゅう寝通した。疲れやすくなっているし、今夜の徹夜に備えるためだと考えようとしたが、ほぼ二十四時間寝続けるのは鬱状態のせいだということは、よくわかっている。ミロは俺が〝ショック状態〟だと言った。わからない。そうなのかもしれない。どうでもいい。

女の子たちは食堂のテーブルに並んで座っている。しらふで、ひそひそ声で話している。スイートネスはテレビの前の床に座りこんで、テレビゲーム〈グランド・セフト・オート〉をやっている。俺たちの監視人は任務続行不可能になり、相手にはメッセージが送られた。とりあえずアパートメントは安全だ。

コンロのフライパンにミートパテが残っていた。イェンナとスイートネスが、脂肪お化けに変身する炭水化物を避けているため、うちにはパンがない。俺は塩で味付けをして手づかみで二枚食べた。スイートネスに声をかける。「出かける準備はいいか?」

彼はテレビを消して立ちあがった。「持ちものを取ってきます」

持ちものには防弾チョッキも含まれている。まるでメッシュのTシャツのような軽量素材でできていて、ケブラーのパッドを差しこむポケットがついている。大口径のマグナム弾はとめられないが、その他大多数の銃弾にはじゅうぶんな防御になり、目立たず、だぼだぼのシャツの下に着装していればそとからはわからない。彼はその上にウィンドブレーカーを羽織って拳銃やその他必要なものをそのポケットに入れた。四五口径コルトＭ１９１１のペアガンを、サイレンサー付きでショルダーホルスターに、特殊警棒をウエストバンドに差し、バックアップの三インチ銃身の四五口径コルトをアンクルホルスターにおさめた。それに小型懐中電灯だ。

俺もだいたい同じものを身に着けたが、ショルダーホルスターにはフルサイズのコルトと小型のバックアップを差した。スイートネスは両利きだから二挺拳銃が効果的だが、俺は違う。暖かい夜で、余計な服と重さで俺はすでに汗をかいていた。ロヴィーセを見つけるためには、強みをフルに生かさなければならない。俺は足が不自由だがささやかな常識はある。スイートネスは身体的には強靭だが常識はほとんどない。

いまさらながらに、ミロが俺たちのチームの要（かなめ）だったよくとわかる。彼は常識も力もほとんどないが、ラリッていてもいなくても、ＩＱ１７２の頭脳で思考の飛躍を可能にして、事件捜査を前進させてきた。それは彼だからこそ可能だった。ここにいてくれたらと思ってしまう。彼が不在のいま、俺たちの強みを生かす方法は、腕ずくの脅しということになる。いくら効果的でも、避けたいと俺が思ってきた方法だ。

今回の事件をきちんとした警察の正規の捜査方法でやりたかった。俺はどちらも経験した上で、そのほうが自分の好みだとわかった。だが警察のやり方は、効果的だとしても、時間と手間がかかる。俺たちの通るあとに恐怖と不安を残していくやり方は、ものすごいスピードで捜査が展開する。

スイートネスは俺が眠っているあいだに女性陣に荷造りをさせていた。俺たちはジープ・ラングラーで出かけた。アヌをベビーシートに座らせてベルトを締めた。スイートネスが運転席側のドアをあけた。

「だめだ」

「何がだめなんです？」

「アヌが乗っているときに、飲酒運転はだめだ」

彼は恥をかかされて、顔を赤くした。「声を低くしてください。イェンナに聞かれたくない」

たいていの酒飲みはそうだが、彼は自分の飲酒がばれていないと思っている。「彼女はとっくに気づいている。誰でも知ってる。ミルヤミに車の鍵を」

彼はばつの悪そうな顔をしたが、何も言わず鍵をミルヤミに渡した。

彼女に約一時間ほど、ヘルシンキの大通りと裏通りを走らせ、つけられていないと俺が確認してから、アパートメントから徒歩十分のところにあるホテル〈クムルス〉まで女性たちを送り、彼女たちが建物に入るのを見送った。

それから車の鍵をスイートネスに渡した——俺の膝では運転できないからしかたがない。

それに、彼の運転技術にはおおむね信頼を置いていた。ただ、子どもの命を預ける気にはならないだけだ。彼は俺がいままで会ったことのあるなかでいちばん運転のうまい酔っぱらいだ。たいていのしらふの人間よりうまい。彼が明らかに酔っぱらっているのを見たのは一度しかない。一日にウォッカをボトル一本、ビールをチェーサーにして飲んでも、見た目は何も変わらない。それに大男にしては驚異的なほどの反射神経のもち主でもある。優雅にダンスすることもできる。

近所にあるミロのアパートメントに寄るように指示して、エレベーターであがった。狭いアパートメントのドアをあける。まったく、ごみ溜めだ。よごれた服や未読の新聞やつかった皿の山があらゆる面を覆いつくしている。例外は彼の作業用テーブルで、その上だけは整理整頓され、ぴかぴかでさえあった。弾薬リローディング器具と部品――薬莢（やっきょう）、鉛、火薬、なんだかわからないもの――が病的な正確さできれいに山積みされて並んでいた。

テーブルの奥の壁には、彼の母親が浮気性の夫を刺すのにつかったヒトラー青年隊の短剣を含む記念品の飾り棚があった。アパートメントのそのほかの場所は健康に有害な影響を与えかねない状態なのに、飾り棚には指紋ひとつついていなかった。間違いなく、ミロは頭がいかれている。

「何かなくなっているのがわかりますか?」スイートネスが言った。

俺は部屋を見回した。「ああ。銃器保管庫はどこだ?」

「盗まれたか」スイートネスが言った。

俺はベッドの端に腰掛けた。冷たく、硬かった。シーツと毛布が床に垂れている。それらをはがすと、寝かせた銃器保管庫の上に薄いマットレスが敷いてあった。俺はマットレスを引っぱってどけた。「まさに〝幸福とは温かい銃〟ということだろう」

スイートネスは不快そうな声を出し、首を振った。「ミロのやつ、救いようがない」

保管庫をあけた。俺たちの武力がここにある。かなり充実している。戦争も起こせるくらいに。俺はスイートネスに訊いた。「何が必要だと思う？」

彼は頭をかき、またぐらの位置を直した。「俺たちが捜している娘はたぶんどこかに監禁されています。ほかの娘たちとまとめられているかもしれないし、彼女たちを行儀よくさせておく見張り役がいるかもしれません。二、三人いるかも。そこに不法侵入して、二、三人の男を倒す武器が必要です」

俺も同じ意見だった。レミントンM八七〇タクティカル・ショットガンを取り、ドアの錠を破壊するために、セラミックを詰めたドアブリーチング用の装薬を装塡した。それに派手な入場が必要になった場合に備えて、閃光手榴弾を二発ずつもった。それに誰かに濡れ衣を着せる場合につかえるように、前に麻薬ディーラーから盗んだ三五七マグナム弾を装塡した短銃身を持った。最後に、ミロの誇りとよろこびである、一八七八年ごろ製造された、十番のコルト・ショットガンをもった。アンティークだから登録の必要さえない。スイートネスは両手撃ちの名手だ。俺の射撃はへたくそだ。このソードオフ用の装弾は、ミロのリローディング用テーブルの上に置かれていた。装弾にはひとつひとつラベルがついていた。岩塩、バードショット、トリプル・オー・バック弾、フレシェット弾――矢の先に剃刀状の刃がついていて、命中した人間のからだを半分に切り裂く。ケイトはフレシェット弾でアドリアン・モローを撃った。

ミロが最初にこの武器を購入したとき、俺はばかばかしいと思った。だが彼に先見の明があったと証明された。俺はソードオフに岩塩の装弾を詰め、いくつかポケットに入れた。これならひどい怪我をさせても殺すことはない。

俺は狭い台所をごそごそやって、封も切っていない大きなゴミ袋の袋を見つけ――彼がこれを買ったときにはつかう気でいたとしたら、まぎれもない自己否定の実例だ――ショットガンをそのなかに入れた。こうすれば銃をもち歩いても一般市民をおびえさせずにすむ。これでいい。俺たちは戸締まりをして、ロヴィーセ・タムを捜しに出かけた。

十四

ふたたびラングラーに乗りこむ。スイートネスが訊いた。「まずどこに？」

ヘルシンキは売春婦だらけだ。街にたくさんいる。学費を稼ぐ女子大生、ベテランのプロ、売春を強いられている者、そのあいだのさまざまな段階の女性たち。なかには広告を出す者もいるし、多くは自分のアパートメントで稼ぐ自営業者だ。それがいけない理由はない。ポン引きは重大な犯罪だが、売春が組織的におこなわれるのでなければ、取り締まる法律はない。ヴァーサ通りの俺のアパートメントの近所には、いくつかタイ式マッサージの店もある。中年男があたりを気にしながら、幸福な結末が約束されたマッサージを受けるためにパーラーに入ろうとこそこそして、逆に人目を引いている様子は笑える。

ロヴィーセを捜すのは、売春婦のたまり場として人気のクラブから始めるのが順当だろう。そういう店はあまりない。いまのところ手広くやっているのは二軒だけで、そのオーナーたちはヘルシンキ市内の売春について、それを管轄する警察よりもずっと多くのこと――誰がどんなことをしているか、誰がどんなサービスを提供するか、ポン引きの名前、人身売買の裏にいる犯罪組織の幹部の名前――を知っているはずだ。

ここで少々問題がある。クラブの店員や売春婦には、そうした情報を俺たちに教える理由は何もなく、むしろ教えない理由ならたくさんあるという点だ。もし俺たちが彼らに特定の女性を捜していると言ったら、俺たちが帰ったあとで、この業界の人間にかたっぱしから電話をかけて知らせるだろうし、ロヴィーセを監禁している人間は、俺たちがあきらめるまで、身を隠してしまうだろう。とにかく動きながらどうしたらいいか考えるしかない。

「ダウンタウンに行って〈ホワイトチャペル〉から始めよう」俺は言った。

一部で流行(はや)っている高級店で、俺たちの捜すやつらにとっては人目につきすぎるから、ロヴィーセがここにいる可能性はない。だがヘルシンキ市内でもっとも人気の売春クラブだから、有望な情報源として期待できるはずだ。〈ホワイトチャペル〉という店名は、ロンドンで切り裂きジャックが娼婦を殺した地名にちなんでいる。しゃれた名前だ。

向かう車のなかは静かだった。俺はスイートネスを知っている。何か考えごとがあるのだろう。彼は勇気を奮いおこして訊いてきた。「イェンナは俺がまだ酒を飲んでいると知ってるんでしょうか？」

「おまえたちは夜になるとふたりとも浴びるほど酒を飲んでいるから、彼女は批判できる立場じゃない。だがおまえが昼間から一日じゅう飲んでいると知っているのかどうかということなら、答えはイエスだ」

「彼女はなんて言ってました？」

「何も言われたことはない。みんな知っているが、そのことについて話したことはない。おまえはアルコール依存症で、それは隠せることじゃない。どうしておまえたち酒飲みは、ウォッカを飲んでも息が酒臭くならないと思ってるんだ？　なるに決まっているだろ。おまえは前から大酒飲みで、それでも彼女はおまえに惚れた。じっさい、おまえが酒飲みでよろこんでいるはずだ。夜になればパーティーだと言って、自分も飲む口実ができるからな。だがおまえは、昼間は酒を断ち、フラスクをもち歩かないと約束した。彼女に嘘をついた。彼女はそのことにがっかりして、悩んでいるんだろう」

彼は何も言わず、黙って運転を続けた。図星を指されて傷ついている。

マナーモードにしていた俺の携帯電話が震えた。ミロだ。心臓がどきっとする。「いま、あなたが教えてくれた住所の玄関前にいます」彼は言った。「いまちょっといいですか」

「話してくれ」

「飛行機からおりて、レンタカーを借りてまっすぐここに来ました。ジョンは薬物依存症です。コカインとヘロインを混ぜ合わせたスピードボールをやっています。彼は午前中にコカインとヘロインをそれぞれ八分の一オンスずつ買って、ほとんどを売り払い、残りを自分でつかっています。ケイトは麻薬はやっていませんが、酒をがぶがぶ飲んでいます。麻薬をやめろと弟に説教して、もちろんジョンはすぐにやめると言うけど、そうなる見込みはゼロです」

「吸引か、それとも皮下注射か？」

「吸引です。でもケイトがここに来てから量が増えていると思います。彼女は二度ほどＡＴ

Mに行って、ジョンに金を渡していました。彼女の金をつかえるとわかったら、我慢する必要はありませんから」

「そのほかに俺が知っておくべきことは？」

「彼女はよく泣いています」

俺は恋しさと悲しさを感じた。「彼女を連れ帰る方法を考えたか？」

「ケイトにふたつの選択肢を提示します。彼女がここに残るならわたしがジョンを殺す。もうひとつは、彼女がわたしといっしょに帰国し、ジョンを更生施設に入れる。ジョンには更生施設の話は嘘だと教えて、協力をとりつけます。彼がケイトと連絡を絶つことを条件に、大量の麻薬を提供します。彼はひどい状態です。麻薬を手に入れるためなら姉の喉だってかき切るでしょう」

「しっかりした計画だ」

「わたしもそう思います。電話はしないでください。つらいと思いますが、わたしを信用して任せてください。報告すべきことがあったらこちらから連絡します」

「わかった」俺が礼を言う前に、電話は切れた。

スイートネスが心配そうに俺を見た。「どんな感じですか？」

「まだよくわからない」俺は言って、それ以上は説明しなかった。誰かを殴りつけたい気分だ。

〈ホワイトチャペル〉。この店には不釣り合いな名前だ。一八八八年に有名な連続殺人事件が起きたとき、ロンドンのホワイトチャペルは危険な貧民街だった。だがこのクラブには赤い絨毯(じゅうたん)が敷かれ、ドアマンふたりはヴィクトリア朝風の最高級のお仕着せを身にまとっている。黒い燕尾服(えんび)とズボン、チョッキ、白い蝶ネクタイ、ウイングカラーのシャツ、トップハット。

そのうちのひとりが、俺たちに質問した。「失礼ですが、紳士方、上着のなかを見せていただけますか？」

「ああ」俺は言った。「いいとも」

「その上着は季節外れに暑そうですし、膨らみから、おふたりともいろいろとおもちなのはわかります。わたしどものクラブでは武器は持ち込み禁止です」

俺は警察の身分証を見せた。「俺たちは規則の例外だ」

彼は手を振って俺たちを通した。

内装は派手な懐古趣味だった。花柄の壁紙を張った壁に、古い絵の複製画がかかっている。所狭しと配置された家具は、ゴシック様式、チューダー様式、エリザベス朝様式、ロココ様式の寄せ集めだった。真ん中にストリップ用のポールが立つ舞台があるが、ひどく浮いている。バーテンダーたちもチョッキに蝶ネクタイという昔風のお仕着せを着ている。グラビアに出てきそうな女性がステージでからだをくねらせ、ストリッパーの古典的な動きをひと通りやり、片脚をポールに沿わせてスタンディング・スプリットのポーズをとり、自分の尻をぴしゃりと叩き、むこうずねを舐めた。

まだ時間が早かったので、客はまばらだった。何人かは丸めた札をステージに投げている。女性たちが何人か、テーブルについて飲み物をつくっている。全員ものすごい美人で、そのサービスはけっして安くない。〈ホワイトチャペル〉の客層は上流階級の金持ちだとわかる。

俺たちはバーに行って、オーナーに会いたいと言った。

「なんの御用ですか？」

俺はまた警察の身分証を見せた。「警察の御用だ」

オーナーはいなかった。

「ところでポモ」スイートネスが言った。「バーテンダーはアルコールを給仕する資格証を携帯しなければならないんでしたよね。それに食べ物を出す店は――ここにも多少の食事メニューがありますが――飲食店衛生管理検査証が必要だったはずでは？」

「そうだ」俺は言った。バーテンダーに尋ねる。「あんたのを見せてくれ」

彼は困った顔をして口をとがらせた。「いますぐには、どこにあるかわかりません。でもわたしは有資格者です。どこかに全部、ファイルしてあるはずです」

「〝どこか〟ではだめだ。それにアルコール飲料販売許可証も掲示していないみたいだな。顧客の利益のために、そうしたことすべてがきちんとされるまで、飲食物を出すのは中止したほうがいいだろう。誰かがサルモネラ食中毒になってはいけないからな。ほかにもいくつか指摘すべき問題があるが、まだどれにするか決めていない。おいおい思いつくだろう」

バーテンダーは焦って、降参した。「リッパーとレイパー、どちらに会いたいんですか？」

「なんだって？」

彼は俺がばか者だといわんばかりにため息をついた。「オーナーのハーパー兄弟は、切り裂きジャック（ジャック・ザ・リッパー）とレイプ魔マック（マック・ザ・レイパー）と呼ばれています」

「ワオ。なんて感じがいい人たちだ。ぜひどちらとも友だちになりたい。リッパーとレイパー、両方と話をしなくちゃな」

彼は電話をかけて、俺たちについてこいと言った。厨房を抜けてオフィスに行った。ドアがあいていたので俺たちはそのまま入った。みすぼらしい部屋で、ＩＫＥＡで売っていそうな、くたびれた安価のオフィス家具が置いてあった。古い灰色のソファーには、いかにも精液のような染みがいくつかついていた。

男がふたり、乱雑な机を挟んで座っていた。ふたりは立って俺たちを出迎え、手を差しだした。俺たちは握手を交わし、自己紹介した。そっくりだった。リッパーが、レイパーより頭ひとつ背が高いという点をのぞけば。そしてどちらも、痩せて青白く生気のない肌、ぼさぼさの白髪頭で、アンディ・ウォーホルを鏡に映したみたいだった。見ていると妙に不安な気分になってくる。ふたりのうち長身のほう、ジャックが、俺たちに座ってくれと促した。ソファーに座る気はない。「どうもありがとう、だが立ったままで失礼する。できるだけ時間をとらずにすませるつもりだ」

スイートネスは机の端に腰掛けた。彼もソファーの見た目を気に入らなかったのだろう。

ふたりは座った。マック・ザ・レイパーが言った。「御用件はなんです？　わたしどもはいつでも警察への協力は惜しみませんよ、なあ、ジャック？」彼の発音は〝ジェク〟と聞こえた。

「そのとおりだ」ジャック・ザ・リッパーが言った。ふたりはまるで、ガイ・リッチーの映画の登場人物のような話し方をする。十中八九、ふりか誇張だろう。

「協力に感謝する」俺は言った。「行方不明者を捜しているんだ」俺はロヴィーセの写真をふたりに見せた。

ふたりはそれを見て笑った。

「何がおかしい？」

「いいですか、おにいさん」レイパーが言った。「うちのクラブにいる娘たちを見たでしょう？　この娘はまるでレベルが違うのはわかるでしょう」それは質問ではなかった。

「彼女がここに売春婦としてやってきたとは言っていない。おまえたちはヘルシンキの売春業界の内部構造をよく知っているだろうから、どこから捜せばいいか、とっかかりを与えてくれるんじゃないかと思ったんだ。この娘はエストニア人だ。自分の意志でこの街にやってきたのではない。もし売春しているとしたら、強制されているはずだ」

「残念ながら助けにはなれませんね、おにいさん」リッパーが言った。「そんなことをしたら、職業上の信用を裏切ることになる、そうだな、マック？」

「そうそう、うまい言い方だ。職業上の信用だな」

「うちの売春婦たちは自由意志で働いています」リッパーは言った。「わたしたちは客の飲食で稼いでいる。まっとうなビジネスマンですよ。唯一の役得といえば、ときどきただでセックスできるくらいで。そうだよな、マック？」

「そのとおり。男ならそれを嫌がるやつはいません。そのおかげで、落ちこんだときもこの商売を続けていける。おふたりのご立派なお仕事に敬意を表して売春婦を提供しますから、たのしんでいってください。フェラチオですっきりしてから、行方不明の娘を捜しにいったらどうです」

スイートネスは立ちあがると、かがんで片手で机の脚をつかみ、折った。それをリッパーの頭めがけて投げつけた。彼は頭をひっこめてよけた。脚はものすごい勢いで飛んでいって、ぎざぎざに割れた端が壁に突き刺さった。机が傾く。書類の束、がらくた、ノートパソコンが滑って床に落ちる。

リッパーとレイパーはぴくりともせず、恐怖と畏怖のあまり口をあんぐりあけていた。

「それがおまえたちの答えか」俺は言った。

俺は肩をすくめた。「あっただろう。俺たちはおまえたちの協力を期待していたんだ」

リッパーが先にわれに返った。「そこまでする必要はなかったのに」

「わたしたちの親父はポン引き、賭博場の集金係、その他あれこれやっていました」リッパーが言った。「わたしたちはおむつがとれる前から親父の使い走りをして、売春業界で働いてきた。だが親父は正直者じゃなかった。雇い主の金をかすめてそのことをしゃべり、テムズ川の魚の餌になった。わたしたちはこの国のことを聞いて、売春で正直に稼げるところだと思って、ここに来て一から始めた。警察団体に寄付までしている。公式、非公式、両方の方法で。あんたらの問題にかかわりたくない。親父のように魚の餌にはなりたくないんだ。それはわかってくれるだろう？」

壁によりかかって、膝にかかる重みを減らした。「ああ。だが俺には関係ない」俺はスイートネスを見た。「こいつの小指を切り落とせ」

スイートネスはスパイダルコ・デリカをポケットから取りだして、刃を出した。

リッパーはやめてくれというように、両手をあげた。「そっちの勝ちだ」彼は言った。「あんたたちの捜している娘が誰のところにいるかは知らない。だが意外に思われるかもしれないが、われわれの商売のかなりの部分は工作員相手なんだ」

「スパイということか？」

「そうだ。彼らがやってくるのは、この店に来る客たちは、それだけで弱点をさらしているからだよ。さびしがっていたり、飲酒の問題をかかえていたり。だが金はある。つまり技師とかそういう、いい仕事についている。多くは妻子持ちだ」

「スパイはそういう男たちと友人になり、フィンランドの技術を渡せと脅迫するということか」

「そうだ、ロシアは最新技術に遅れをとらないように必死だからな。アメリカ人も大勢いる。中国人も目立つ」

「それで、それが俺たちにどう役立つんだ？」

「わたしたちはスパイを知っている。ロシアの工作員たちは、大使も含めて、あんたたちが興味をもっている商売そのものにかかわっている。わたしなら、彼らから始める」

俺は考えてみた。俺たちがロシア人スパイに近づいて厳しく取り調べしたとして、そいつがたいした情報をもっていなかったり、何も知らなかったりすれば、あちこちで電話が鳴り響き、ロヴィーセは消え、俺たちには何も残らない。分の悪い賭けだ。

スイートネスと俺は目を見交わした。彼は首を振った。ふたりがまだ何か隠していると思っている。

「もっとあるだろう」俺は言った。

ふたりのアンディ・ウォーホルは目を見合わせ、部屋は六十秒ほど静かだった。自分たちがいちばんおそれるべき相手は誰か、考えている。スイートネスのロックブレードナイフは、片手で開く。彼は親指でロックを押す。ナイフが閉じる。開く。閉じる。開く。時が刻々と過ぎる。

マック・ザ・レイパーが俺を見て、俺の杖と銃創のある顔に気づいた。「あなたはテレビに出ていた有名な警察官だね？」

「そうだ」

「このやり方が、あなたの事件解決の秘密なのか？」

「そうだ」

レイパーは兄を見てうなずいた。ジャック・ザ・リッパーが言った。「あんたの必要とする情報を全部教えるが、聞いたらすぐに忘れてくれ。この話が洩れたら警官が定期的にここに見回りにくるようになる」

「わかった」

「あんたたちは運がいい。月に一度、本物の上層の人びとがポーカーゲームをやる。今夜がそれだ。彼らは集まり、カード遊びをして、女、賭博の権利、銃器、麻薬などを取引する。ときにはガスや石油まで。世界規模でなんでもだ。放射能汚染爆弾をつくるための核爆弾が欲しければ、そこに行けばいい。当面のビジネスによって毎回違う男たちが招かれ、世界じゅうから客がやってくる。今夜はロシア大使が招かれていると聞いた。彼ならあなたたちの捜す娘を見つけられるだろう」

「場所は？」

「〈キングズ・ロワイヤル〉。ゲームは真夜中に始まる」

〈キングズ・ロワイヤル〉。ヘルシンキのもうひとつの売春クラブだ。非公式の所有者はフィンランド人億万長者――現在はモナコ市民――のパシ・パロ。噂ではフィンランドでマネーロンダリングをするのに、〈キングズ・ロワイヤル〉をつかっていると言われている。公式の所有者はある持ち株会社で、その会社を所有する持ち株会社を所有する持ち株会社がシンガポールで登記されている。そこまでしかたどれない。

なぜこんなことを知っているかというと、多くの警官が、武器や売春婦や麻薬の密輸、とくに武器密輸でパロを刑務所送りにしたいと思っているからだ。彼のビジネスパートナーは、ロシア人マフィアで、ロシア軍やロシア連邦保安庁の高官もいると言われている。FSBは民主国家になったロシアのKGBだ。パロの上顧客には、ジンバブエのロバート・ムガベ、スーダンのオマル・アル＝バシール、ミャンマーのタン・シュエもいる。世界最悪の独裁者どもだ。

「おまえたちはゲームに行ったことは？」

「一度だけ行ったことがある。女のことで俺たちと話があると言われて」レイパーが言った。

「だがそこに入るだけで十万ユーロとられる。わたしたちには贅沢すぎだ」

「警備はどれくらい厳しい？」

「あなたたちの考えるような警備とは違う。店はプナヴオリにある。市内でも流行のしゃれた地区にウージー短機関銃を構えた男を五十人並べられるわけがない、そうだろ？　ほんの数人だ。上のナイトクラブから入ってくるドアのところにふたり、だが彼らは地下のことは見聞きできない。もうふたり、招待客たちが入ってくる配達用入口に配置されていて――客はそこから出入りする――ひとりはドアのところから動かず、もうひとりが到着した客を案内する。客たちがプレーする部屋のそとにさらにふたり、そして部屋のなかにさらに何人か用心棒がいる」

プナヴオリが〝流行のしゃれた地区〟と呼ばれるのは奇妙な感じだ。数年前まではごろつきが住む危険な地区だと見なされていた。再開発プロジェクトか。「どうやって客で満員のナイトクラブで、厳重な警備のゲームを開催できるんだ？」

「それがすごいところなんだよ、おにいさん。上の階がナイトクラブで、下の階もナイトクラブだが、ふたつは違う種類の音楽を流している。つまりどちらも防音になってる。そして地下のクラブの奥にはとびきり豪華でこれも防音の個室がある。そこで爆弾を爆発させても、そとの誰も気づかない。ひと言警告しておく。あなたたちがそこに行ったら、命はない」

「そこではいつも、同じ警備員をつかっているのか？」

「パロの手下だ」

「誰だか知っているか？」

「ああ、彼がクラブの所有者となってから、ときどき会うことがある。同じ業界人として」

俺は杖のライオンの口をあけ、剃刀のように鋭い牙に指を滑らせ、痛みを感じながら考えた。スイートネスのほうを向いてフィンランド語に切り替えた。「おまえはこれをやりたいと思うか？　殺されるおそれもある」

彼はナイフをふたたびポケットにしまった。「選ぶ余地はないです。もう二度とこんなチャンスはないかもしれない。それにあなたはあの子の母親に約束した」

この瞬間、俺はケイトのこと、彼女の問題、結婚の危機についてあまりにも悲観的になっていて、生きてても死んでも同じに思えた。「約束したのは俺だ。おまえじゃない。国際的な事件を起こして刑務所行きになるだけじゃなく、この仕事には、頭のいかれた刑事しか考えつかないカミカゼ任務の特徴が全部そろっている」

スイートネスは笑った。「それはわかっています。でも約束は約束です。あなたが行くなら、俺も行きます。心配なのは、あなたがその膝でどうするのかということです。それに俺がノーと言っても、ひとりで行くつもりなんでしょう」

「ああ、そうだ」

「どうやって？」

コルチゾン注射をされてから、痛みはかなり緩和されている。「ゆっくりと慎重にだ。こんな場合のために、部屋ごと掃除可能なソードオフをもってきている」

「じゃあ行きましょう」

携帯電話で時間を確認しながら、腕時計を壊さなければよかったと思った。深夜零時を数分過ぎている。

英語に切り替えて、売春婦を食い物にしている兄弟に言った。「その頭を働かせて、どうやったら生きて帰ってこられるか考えろ。おまえたちふたりもいっしょに行くんだぞ」

「なぜわたしたちも？」レイパーが言った。「全部教えたのに」

「なぜなら」俺は言った。「おまえたちは弱くて、情けなくて、おつむからっぽなまぬけだから、誰もおまえたちが度胸が必要なことをするとは思わないからだ」

むかっ腹を立てると同時におびえながら、リッパーは言った。「あんたたちの欲しがる情報を話したら、放っておいてくれると言ったじゃないか」

「ちがう。俺は情報を洩らさないと言ったんだ。それにおまえたちはクラブで女のポン引きはしていなくとも、ポン引きと取引しているだろう——ピンハネしていないなんてたわ言はよせ——それだけでげす野郎認定だ」

「わたしたちは殺される。国を出なければならなくなる」

俺はサイレンサー付きの四五口径を取りだした。「俺にいま殺されるか、やつらにあとで殺されるかだ。おまえたちくらい商売上手なら、ほかの国でやり直してもきっとまた繁盛するさ」

じっさいには殺すつもりも、スイートネスに小指を切り落とさせるつもりもなかったが、そう信じさせた。

「わたしたちを殺せるはずがない。あんたがここに来たのは見られている。警官でもそうでなくても、ほかの殺人犯といっしょに刑務所行きになるはずだ」

俺はグリップにテープを巻いた三五七マグナム弾を装填した短銃身を見せた。「おまえはこれをもつんだ。正当防衛だよ。俺たちはしかたなく撃った」

恐怖は強力な動機になる。彼は躊躇なく、電話をかけた。テーブルは満席だった。彼はほかの客が休憩をとったときに参加できればいい、じっさい、カードよりもビジネスの話のために行くのだと言った。それで招待された。俺の推理では、やつらは二流のプレーヤーで、ただのカモだと思われている。ばかがふたり、金を巻きあげられにやってくると。

「小道具に現金が必要だろう」俺は言った。「プレーしにきたとやつらに思わせるために。用意しろ」

「何もないときに二十万ユーロが手元にあると思うのか?」

「あるといいと思っている」俺は言った。「おまえらのために」

彼はますます顔面蒼白になり、人生をめちゃくちゃにされたことに激怒し、俺のことを〝きたならしいくそったれ最低男〟と呼んだ。「どちらにせよ、この国を出るのに全部もっていかなければならない。あんたのせいで」

「それがおまえたちのためだ」俺は言った。

ラファエル前派の安物の複製画を壁からおろすと、その裏に金庫があらわれた。現金が詰まっていた。彼が全部ジムバッグに詰めた。「あんたの勝ちだよ、おにいさん」彼は言った。

「だが地獄に落ちればいい」

「俺はおまえらの兄貴じゃない」俺は言った。「どちらかがもう一度でも〝おにいさん〟と言ったら、原則撃ち殺す。だから黙れ、出発だ」

十五

店を出てラングラーに戻る。リッパーはスイートネスの隣の助手席に、俺は後部座席にレイパーと並んで座り、サイレンサー付きの四五口径をやつの脇腹に押しつけておく。赤信号でとまったときに、飛びだして逃げようとするかもしれない。こうしておけば車のなかで行儀よくしているだろう。〈キングズ・ロワイヤル〉の通りの先に車をとめた。クラブの裏の配達用入口に行くには、車で横道を通り抜けなければならなかった。両側の建物は、なかなか横道を射撃するのが容易で、道の先の角を曲がったところにあるクラブの入口に立つ警備員を隠し、護るかたちになっている。この作戦の最初の段階は、まったく見通しがきかなかった。

どうする？　ハーパー兄弟は警備員に、警官が来ると告げて店内に入り、ドアをロックさせ、パシ・パロに情報提供を感謝されることもできる。ふたりともすでにそれくらいのことは考えているはずだ。

「おまえら、誰を相手にしているか、わかってるだろうな」俺は言った。「俺たちは国家捜査局の捜査官だ」スイートネスが公式には通訳として雇われていることは、やつらにはわからない。「もしおかしなまねをしたら、今夜じゅうに殺す。それが無理なら、おまえらの商売を潰して、ありとあらゆる容疑をふっかけて、帳簿を調べて、脱税で逮捕してやる。最高刑を受けられるように個人的に取りはからってやるよ。おまえらの人生をめちゃくちゃにする方法はいくらでもある。もし俺たちをだましたら、おまえたちはスパイとコニャックを飲んで女にしゃぶらせる代わりに、自分のケツを売ることになるからな。誰が欲しがるかな」

俺はレイパーの携帯電話を取り、自分の電話番号を入れて、短縮ダイヤルの一番に登録した。そのボタンで電話をかけて回線をつないでからやつに返し、やつらの話がすべて聞こえるように、そのままつなげておけと言った。

俺はスイートネスにテーザー銃を出させて、自分のも出し、兄弟にそのつかい方を教えた。「おまえたちはうまいこと言ってドアの錠をあけさせ、そこにいる警備員にこれで電気ショックを与える。意識を失うまで押しつけとけ。監視カメラを探して映らないように気をつけるんだ。そうしたらすぐに俺たちも行く」俺はシートの下からゴミ袋に入れたソードオフを出してふたりに見せた。「おまえらのすぐうしろでこれを構えているからな。なかに入ったら、次はどうするか指示する」

冷や汗のにおいがした。ふたりとも震えている。「しっかりしろ。さもないと死ぬぞ」俺はスイートネスに、ドアの錠を破壊するショットガンを渡し、彼はグローブボックスからダクトテープを取りだした。

ふたりはうなずき、全員ラングラーから降りた。兄弟は歩きだすのをためらった。スイートネスがレイパーのケツを蹴りとばす。「歩け」

　彼らは出発し、一分以内に俺たちがそのあとを追った。ショットガンをゴミ袋に隠し、だが指は引き金にかけている。夏が過ぎるにしたがって、暗くなるのが早くなる。いまは薄暗い。一瞬、それで俺たちの姿も目立たないかと思ったが、俺の脚とスイートネスの大きさではありえないと考えなおした。

　俺たちは角まで来て横道をのぞいた。兄弟が横道に入っていく。先に行かせて、あとをつけていった。ふたりは中庭について右に曲がった。警備員になぜゲームに参加したいのか、ばかげた言い訳をべらべらしゃべっているのが聞こえる。やつらは金を見せ、それでほんとうらしいと納得させた。電気ショックの衝撃音が聞こえた。

　レイパーがポケットから携帯電話を取りだし、俺に言った。「警備員は気絶した。金の詰まったバッグで、わたしたちがプレーしに来たと思ったようだ。ドアに足を挟んでいる。ドアの上に監視カメラがある」

　スイートネスが角からのぞきこみ、拳銃でカメラのレンズを撃った。身振りで俺についてこいと示す。

　警備員の片方は知った顔だった。ヴェイッコ・サウッコの屋敷を訪問したときに、応対したボディーガードだ。今夜だけ貸しだされているのだろう。あのとき彼は、ｉＰａｄでサウッコの予定を管理していた。ボディーガード兼秘書といったところか。プラスチックの結束バンドで警備員の手足を縛った。サウッコの部下は見るからに力がありそうだ。結束バンドをちぎられないように、二重にした。何か役立つ情報があるかもしれないから、iPadは取りあげた。警備員たちが目を覚ましはじめた。

「もう行ってもいいか?」レイパーが訊いた。

「まだだ」俺は言った。「ゲームの会場まで連れていけ。にこやかな顔をして、ドアのそとにいる警備員にテーザー銃をあてろ。さっきと同じだ。聞いているからな。気絶させたらそう言え」

「あんた、ほんとくそいまいましいやつだな」そう言って、言われたとおりにした。

兄弟のあとについて、厨房の物置を通り抜け、やつらが俺たちにとまるように手で合図し、そのまま廊下を進んでいった。上のナイトクラブでは音楽が大音量で流れているはずだ。このスタッフエリアでは何も聞こえない。すばらしい防音だ。レイパーが進めの合図をした。俺たちも廊下を進んだ。俺はできるだけ速く歩こうとしたが、大して速くならない。さらにふたり警備員が倒れた。縛りあげ、武器を奪い、携帯電話のバッテリーを抜いて、まとめて倉庫にぶちこんでおいた。俺は兄弟にもう行けと言った。

俺たちは袋からショットガンを出す。ソードオフを脇の下にかかえて閃光手榴弾二発をポケットから取りだした。破片をよけるため壁にからだを押しつける。スイートネスもおなじようにドアにたいして斜めに位置をとった。すばやく実行。彼が発砲し、ドアを蹴破る。狭い部屋のなかはものすごくやかましい。俺は手榴弾のピンを抜き、部屋のなかに放り投げ、背中を向けて耳をふさぐ。三秒。最後の審判の日のような雷鳴が轟き、超新星のように光った。

突入した。ドアがあいたときにテーブルの下に隠れた者もいた。立っていた者たちは床に伏せた。テーブルには六人のプレーヤー。銃をもった警備員がふたり。全員、耳がおかしくなって、目がくらみ、混乱している。内耳液のバランスが崩れて嘔吐している者もいた。俺たちは叫んだ。「全員床に伏せて顔をあげるな。頭のうしろで手を組め」

俺はフィンランド語で叫んでいると気づいた。英語でも同じことを叫ぶ。スイートネスが察して、ロシア語で叫ぶ。

プレーヤーはふたりをのぞいて全員床に伏せていた。バーのなかにいた警備員は何が起きているか理解して目と耳を閉じていたらしい。撃ちながらこちらにやってきた。そいつが横を向いた瞬間、俺は右側のバレルから発射した。片手でショットガンを持っていたから、反動でショットガンを取り落としそうになった。警備員の脇腹と後頭部に岩塩弾があたった。彼は拳銃を落とした。恐怖や痛みからではなく、自分がしたことに気づいて。彼はパシ・パロの眉間に銃弾を撃ちこんだ。けっして赦されることはない。ミロならこう言うだろう——いずれ袋に入った金槌（かなづち）みたいに完全に死ぬことになる。

まだ座っているのはヴェイッコ・サウッコだけだ。ポーカーテーブルの右側の席に座って、右手で頬杖をついている。退屈でたまらないというふうに、左手の指でテーブルをこつこつと叩いて。たぶん閃光手榴弾に気づき、耳と目をふさいだのだろう。

俺は排莢（はいきょう）してあたらしい装弾を装塡した。俺たちは叫びつづけ、恐怖と混乱を最大限に高めた。誰もがこれは強盗で、金が目的だと思っている。俺が部屋全体を射程内に置き、スイートネスがひとりひとりのポケットに武器と情報通信機器がないか調べた。ヴェイッコ・サウッコは武器商人だ。プレーヤーのひとりはアラブ人だった。もうひとり黒人もいる。たぶんアフリカ人だろう。それぞれのうしろに、彼らとおなじ人種の人間、たぶん通訳がいた。ほんとうに地球規模での犯罪計画の場だ。警備員以外は誰も武装していなかった。彼らの通信機器――ブラックベリー、アンドロイド、iPad、iPhone、その他――はテーブルに積みあげた。これで助けを呼ぶことも、このできごとを記録することもできない。

ゲームをするにはすばらしい部屋だった。部屋の左側に置かれたカードテーブルは緑色の羅紗(らしゃ)張りだ。クルミ材の縁にドリンクホルダーがつくりつけてある。部屋の右側には、革張りの肘掛け椅子が、オーディオの棚を囲むように並んでいた。奥の壁には本格的なバーがある。もうひとつドアがあった。調べてみると、サウナだった。

俺はみずからヴェイッコ・サウッコのからだを叩いてポケットからiPhoneを取りだした。さらに、数十万ドルの金が置かれたゲームバンクからペンと紙を持ってきて、彼にメールのユーザーネームとパスワードを書くように命じた。それが正確かどうか確認した。俺たちへの嫌がらせにかんするメッセージがあるかもしれない。もし彼が、俺と家族にたいする嫌がらせと攻撃の糸を引いていたら、ぜったいに突きとめてやめさせる。どうやってかはわからない。この超富豪は、俺たちのように法の支配下にはいない。だがここ数カ月で俺は貴重な教訓を学んだ。誰でも痛みの法則には従属する。

俺たちが部屋を制圧し、自身の安全を確保して、行動を録画されていないと確認したころには、客たちはほとんど落ち着きをとり戻していた。俺は彼らに、席に座ってテーブルの上に両手を置くように指示した。そして彼らから盗むつもりも、危害を加えるつもりもないと言って安心させた。スイートネスは俺の英語をロシア語に同時通訳した。

「駐フィンランド・ロシア大使のセルゲイ・メルクロフは？」

「わたしだ」五十代後半もしくは六十代前半の、日焼けして太り気味の頭の薄い男で、アルマーニのスーツを着ていた。彼は葉巻に火を点けてパシ・パロを射殺してしまった男に酒を持ってくるように合図した。

　俺はパロの死体を椅子から床におろし、その席に座ってソードオフを目の前のテーブルの上に置き、大使に話しかけた。「サー、わたしのここでのビジネスは、おもにあなたにかかわることです」

　パロは億万長者で大きな影響力をもっていた。この部屋にいる彼のお仲間たちは、その死に動揺している様子はみじんもなかった。俺は頭のなかにある『人間の本質について俺が知っていること』という本に、このことを書きとめた。

大使は爬虫類（はちゅうるい）のようなほほえみを浮かべ、英語で答えた。「そんなはずはないだろう。きみがいまここで起きているこの無茶苦茶な外交事件を〝ビジネス〟と呼んでいるのでなければ」

「そのビジネスは、もしわたしが公式ルートであなたにお聞きしたら、失礼なつくり話だとして大使館からつまみだされるようなことです。わたしたちの劇的な入場は、あなたの注意と協力を引きだすためでした」

　俺はロヴィーセの写真をポケットから取りだし、テーブルに置いて彼のほうに滑らせた。

「この娘を捜しています。あなたが見つけてください。彼女は仕事があるとだまされてエストニアからここに連れてこられました。見ればすぐにわかります。ダウン症がありますから」

　彼はもっとほほえみ、声を出して笑った。「どうしてその娘の行方をわたしが知っていると思うんだ？」

「あなたがご存じだとは思っていません。行方を知っている人間をご存じのはずだということです」

　彼は大量の煙を吐きだし、ウォッカのダブルを一気飲みした。「そこまで確信しているのはなぜだ？」

　俺は何も言わなかった。

「もし断ったら？」

　俺はほほえみを返し、何も言わなかった。俺たちの登場の仕方に雄弁に語らせた。

「きみが捜している娘をわたしが見つけてやったら、さっさと出て行って、わたしたちのゲームのじゃまをやめるか？」

「おっしゃるとおりに」

「わたしの電話を取ってくれ」

「少しお待ちください」

俺はサウッコのほうを向いた。まだ退屈そうな顔をしている。「わたしは最近、嫌がらせに困っています。窓ガラスを割られ、家族が脅され、家に催涙ガスを撃ちこまれました。誰かがわたしたちが盗んだと考え、とり戻したがっている一千万ユーロについてのほのめかしとともに。だがそれは不可能です」俺は嘘をついた。「わたしはその金を持っていない。それにわたしに嫌がらせをしている人間は、正体を明らかにしていません。もしわたしがその金を持っていたとしても、返す相手がわかりません」

彼は背筋を伸ばし、グラスの酒を飲み干して、腕組みをした。「愚かなくそ野郎だな。おまえと仲間があのくそ金を盗んだのはわかっているんだ。そのことはどうでもいい。あんなのはただのはした金だ。わたしはおまえに、息子を見つけて連れ帰れと言ったのに、おまえは息子を射殺した。それに妊娠していた息子の恋人も殺して、わたしから孫まで奪った。おまえの家の窓ガラスを割るなんて子どもじみたことをわたしがすると思うのか？　もしそんなことを考えているなら、おまえは正真正銘のまぬけだ」

俺はバーにいる警備員を見やった。「俺と連れにビールとウォッカを」彼はサウッコを見た。サウッコはうなずいた。

「息子さんはあなたのことを〝怪物〟と呼んでいました」俺は言った。「〝最悪の豚〟だと。あなたを憎んでいた。彼はわたしを射殺しようとした。もしこちらが撃たなかったら、わたしの相棒が殺されていたでしょう。息子さんの愛人を殺したのはあなたが雇ったアドリアン・モローです。彼女の腹を撃って胎児を殺し、彼女が失血死するのを見殺しにした。彼らが死んだのはわたしのせいかもしれません。でもあなたも同罪です」

警備員がテーブルに、俺とスイートネスの酒と、気を利かせてサウッコのジントニックを運んできた。彼の白いシャツは、岩塩弾の通過したところが血でよごれていた。頭は血だらけだ。俺の予想では、塩が徐々に体内で溶けて、二日間ほどきっとものすごく喉が渇くだろう。

激しい活動で俺の痛みはひどくなった。鎮痛剤をビールでのんだ。

「そんなことはどうでもいい」サウッコは言った。「おまえは仕事を果たすために送りこまれたのに、失敗して、わたしの息子が死んだ。その償いはさせる。おまえには一千万ユーロ以上の懸賞金がかかっている。目には目を。おまえの娘はもうわたしのものだ。アヌ、という名前だったな。今夜のことは忘れよう。おまえには金をかけてあるし苦しんで死ぬところを見たい。ここにいる誰にも、おまえを殺させない。セルゲイとのビジネスをすませてとっとと出ていけ」

スイートネスは言った。「カードゲームか。俺もプレーしたい」彼はパロの死体を指差した。「席があいている」

テーブルを囲むギャングどもが笑った。大使が言った。「ゲームをするには十万ユーロ必要だ」

「乗った。とりあえずはつけでもいいかな?」

大使は鷹揚に答えた。「いいだろう」

わけがわからない。俺はスイートネスに席を譲った。バーにいたやつとは別のもうひとりの警備員が、スイートネスに十万のチップをもってきた。「白が千、青が五千、赤が一万だ。賭け金は最高で二万五千、相互合意があればその限りではない」

「ワオ」スイートネスは言った。「真剣勝負だな?」

サウッコは言った。「金は象徴で、いまは意味がない。わたしたちは血を賭けて遊ぶ。本物のゲームでは誰が勝ち、誰が負けるかはもう決まっている。ただ借金は残る」

「せっかくだからお伝えしておきますが、あなたの息子さんを射殺したのはヴァーラ警部ではありません。俺です。四五口径のホローポイント弾を、息子さんの顔と胸に弾倉二個がからになるまで撃ちました。まったく、ひどかった。でもたぶん死体安置所でご覧になったでしょう」

「教えてもらってよかった」サウッコは言った。「くそ野郎。おまえもヴァーラといっしょにリスト入りだ」

「リスト?」俺は言った。

「〝くそリスト〟だ。わたしの最悪の敵がそこに載る。リストに載っているやつらには、悪いこと、おそろしいことが起きる。その計画は細心の注意を払って立てる。たとえばおまえは、女たちを救うことに夢中だ。おまえの子どもをさらって、死ぬまで拷問する。それは明日かもしれないし十年後かもしれない。わたしは待つのが好きなんだ。娘が成長するにしたがって、おまえの愛情も深まる。思春期前の処女膜を破ってから、アジアの殺人ポルノ映画に売り飛ばしてやろうか。どう思う、ヴァーラ？」

彼は俺を震えあがらせることに大成功し、俺は死ぬほどおびえて、怒りも忘れた。思わず杖の軸を回してそのなかに仕込まれている細身の五十センチの剣を取りだした。テーブルの上に伸ばし、サウッコの胸、心臓の真上に突きつけた。「俺が思うのは、おまえの惨めでつらい人生を、いまここで終わらせてやるべきだということだ」

サウッコのシャツに、剣を囲むように血の染みが広がった。彼はぜんぜん気にしなかった。悪魔のような笑みを浮かべた。「もしわたしなら、やめておく。おまえは〝くそリスト〟がどういうものかわかっていない。殺しはすでに支払い済みだ。デビットカードで死を即時払いするように。これは〝ボタンダウン〟メソッドと呼ばれている。わたしが死んだら、ボタンを押さえている指があがる。罰がくだされ、わたしは敵と地獄で会う」

俺は剣を杖のなかにしまった。言葉も出なかった。

だがスイートネスは違った。「プレーするのか、しないのか？」

サウッコは声を出して笑った。「おいおい、おもしろいやつだな。もしおまえを殺すことにしなかったら、雇ってやったのに。親はパロだった。彼の席についたから、おまえが親ということになる」

「あたらしいカードをくれ」スイートネスは言った。「あんたら犯罪者は信用できない」

スイートネスにチップを渡した警備員があたらしい〈バイスクル〉のトランプカードを持ってきた。スイートネスは包みを破り、ジョーカーを抜いて、素早く念入りに切った。全員が賭け金(アンティ)を置いた。彼がカードを右側に置き、アラブ人がカットした。

「セブンカード・スタッドだ」スイートネスが言い、自信たっぷりに札を配った。親としてきびきびと勝負を進め、コールしてカードを表向きに置いた。賭け金は高かったが、ほかのプレーヤーがみんなおりてしまうほどではなかった。最後の七枚目のカードを伏せて配ったとき、プレーヤーはそれぞれ七万ドル以上ベットしていた。まだひとりもおりていない。スイートネスは赤いチップを置いた。プラス一万。全員がコールした。プレーヤーが順番に、手札をオープンしていく。みんないい手だった。サウッコはエースと8のツーペア。ワイルド・ビル・ヒコックの伝説で彼が射殺されたときに持っていた手だ。スイートネスはキングのスリーカードを表にして、言った。「ありがとう、みなさん。俺はここでキャッシュアウトさせてもらう。わかるだろ、行くところがあり、会う人がいるんでね」

　俺はロシア大使に電話を渡した。スイートネスはすべての情報通信機器を集めた。俺たちが逃げる時間を確保するためだ。今晩を生きて終えることができるかどうかは、まだわからない。彼はプレーヤーの誰かが金を入れてきたらしいバッグに、情報通信機器を全部入れ、稼いだ五十万ユーロも詰めこんだ。

　大使は電話を一本かけて、手短に切った。俺にある住所を教えて、三十分後に行くようにと指示した。俺は彼の電話を取りあげた。彼の電話の相手は、誘拐された娘たちがどこに監禁されているのか知っている。発信履歴からそいつの身元を突きとめられるかもしれない。

スイートネスは言った。「みなさん、ありがとう。またいつかいっしょにやろう」

鎮痛剤が効いてきた。立ちあがり、足を引きずってドアへと向かう。俺が部屋を出るまでスイートネスが掩護してくれて、それからついてきた。「耳を覆ってください」彼はそう言って、お別れのしるしに、閃光手榴弾を二発、部屋のなかに投げこんだ。耳を手でふさいで目を閉じていても、まるで核兵器が部屋のなかで爆発したみたいだった。俺たちは廊下に倒れていた警備員ふたりをまたいで先を急いだ。

配達用入口に着いた。そこにいた警備員たちは、置いていったときのまま転がっていた。俺はサウッコ個人のボディーガードを指差してスイートネスに言った。「足首の結束バンドを切って、顔のテープをはがしてくれるか？　いっしょに連れていく。顔にダクトテープを張っていたら目立ってしかたない」

「なぜ連れていくんですか？」

俺は心配で吐きそうになっていた。「〝くそリスト〟のことだ。こいつはサウッコのビジネスを知っている。ほんとうなのか、もしそうなら、破棄するにはどうしたらいいのか聞きだすためだ」

スイートネスはボディーガードのいましめを切った。こいつは訓練された殺し屋だ。俺は脚が不自由で、持っているのはつかい方もよく知らないショットガンだ。俺は撃鉄を起こし、腕の長さの距離を保った。「何も言うな。急な動きをするな。さもないと両方撃ちこんでやるからな。俺たちの前を歩き、通りに出ろ」

彼はうなずいた。

ラングラーに着き、俺は男に後部座席に乗りこむように命じ、ふたたび足首を縛って、口をテープで覆い、防水帆布をかぶせた。

十六

車を走らせる。ダッシュボードの時計は三時十分となっている。教えられた住所は車ですぐだった。俺はブザーを鳴らした。応答はない。伸長式の特殊警棒でアパートメントの建物入口ドアのガラスを叩き割り、手をなかにいれて錠をあけ、建物に入った。エレベーターで四階まであがった。呼び鈴を鳴らす。また応答なし。サイレンサー付きコルト四五口径を弾倉一個からにして、ボトムロックを開錠した。ドアが少しだけあいた。ミロお勧めのジェムテック社製サイレンサーはほんとうにすごい。撃っているあいだ聞こえたのは、スライド作動音と、排莢された薬莢が床に落ちる音だけだった。近所の人間を起こすこともない。スイートネスがからの薬莢を拾ってくれた。きわめて頑丈な錠は通常、留守にするときの防犯対策だ。この錠はあいていた。つまりなかに誰かがいる。

俺たちは室内に入り、ドアを閉めた。呼び鈴に誰も応えなかった理由がわかった。男が、まるで立ちあがろうとするように、頭と胴をソファーに乗せてひざまずいている。背中の左右の肩甲骨のあいだに深々と刺さった肉切り包丁のせいだ。死んでいる。

スイートネスは俺を見た。「ファック」彼は言った。

同感だ。「ああ、ファック。靴を脱いだほうがいい。それに頼むから、なんにもさわるな」

俺たちの指紋で犯罪現場の汚染をふせぐラテックスの手袋はない。大きなアパートメントで、いくつもある部屋へのドアは全部閉まっている。俺たちは上着の袖をひっぱって片方の手をつつみ、もう片方の手で拳銃を構えながら、布越しにドアの取っ手を回した。杖のせいで俺には簡単なことではなかった。手分けして全部の部屋を調べた。寝室は三つ、複数の娘が同時に仕事するのに必要だろう。

スイートネスの悲鳴が聞こえた。「ちくしょう！」

できれば駆けつけるところだが、俺にできるのは怪我をしたのかと大声で訊くことだった。

「ちがいます」彼は言った。「こっちに来てください」

俺は声のしたほうに向かい、寝室に入った。スイートネスはクローゼットの棚を見つめている。その視線をたどると、少女がいた。からだをたたんで狭いところに入っている。その目は恐怖でぎらぎらしていた。ロヴィーセ・タム。

ロシア語以外話せるのかどうかわからなかった。「話しかけてみろ」俺は言った。「俺たちは警察で、助けにきたと言え。そこから出てこられるか訊いてみろ」

彼女は俺たちの言うことを言葉どおりに受けとめたらしい。両手を壁につき、脚を反対側の壁について、顔は仰向けに、まるで蜘蛛のようにからだを揺すりながらおりてきた。サーカスの技を思いだした。「彼女を安心させて何があったのか聞きだせるか？　座ったり何かにさわったりしないように気をつけ、すぐにここから連れだすと言ってやれ」

ふたりは二、三分、やりとりしていた。俺にわかる部分も、わからない部分もあった。それからスイートネスが説明した。「彼女の母親が言っていたとおりです。ヘルシンキでの仕事を紹介すると約束されたそうです。でもここに着くと、連れてきた男たちに、仕事の斡旋料と渡航費は彼女の借金だと言われて、パスポートを取りあげられた。そしてこのアパートメントに閉じこめられていた。ほかに何人か女の子もいたそうですが、出たり入ったりしていた。彼女は食事を与えられていたが、誰も何も話してくれなかった。待ってろ、そのうちわかると言われて。彼女はずっとおびえていた。そうしたら少し前に、男がひとりやってきて、彼女がここを出ることになったと言って、腹を立てていたそうです。その前に奉仕していけと。男はソファーに座り、彼女に〝あれ〟をさわれと言った。彼女によれば、それは大きくて硬くて、どうしたらいいのかわからなかった、そうしたら男が、ひざまずいてくわえろと言った。彼女は硬直した。気持ちが悪いし、いけないことのような気がした。男は怒鳴り、彼女を平手打ちにしたが、そのとき呼び鈴が鳴った。男が玄関に出ると、女の人が立っていた。ロヴィーセを見てすごく怒っていた。男はロヴィーセに、寝室に行ってドアを閉めていろと言った。男が女の人に話している声が聞こえたが、ふたりの声は低く、なんと言っているのかはわからなかった。それから男の叫び声が聞こえて、静かになった。彼女は男と、その怒りと、〝あれ〟がこわかったので、あそこに入って隠れていた。俺が入っていったとき、彼女は毛布をかけていたから見えなかったんです。でも息遣いで毛布が動いているのが目に入り、毛布をはがして、彼女を見つけた。大声を出したのはそのときです。ぎょっとしました」

「どんな女性だったか訊いてみろ」

スイートネスは彼女に訊いて通訳した。「雑誌みたいだったそうです」

「どういう意味だ？」

ロヴィーセはさらに説明した。「とてもきれいで、雑誌に出てる女の人みたいだった」

彼女の症状は、母親が言っていたとおり、軽度らしい。自分のことはほとんど自分でできるようだが、無邪気さのおかげでもっとひどい目に遭わずにすんだともいえそうだ。ペニスがどうなるかもわかっていないなら、〝調教〟が必要だっただろう。何度もくり返しレイプされて、彼女が希望をなくし、受けいれてしまうまで。だが、まだ誰もそこまでやっていなかった。「彼女に礼を言って、ここで待っているように頼んでくれ」

俺はアパートメントのほかの部屋を手早く確認した。見るべきものはあまりなかった。安物の家具。ＩＫＥＡ製品。冷蔵庫には電子レンジで温めれば食べられるものが少々。ストリチナヤ・ウォッカと、ビールが一ケース、たぶん客用だろう。クローゼットのなかに、清掃用品といっしょに清掃用の黄色いラテックスの手袋と、台所の抽斗にマスキングテープがあった。俺はテープをつかって、玄関ドアの弾痕を隠した。

手袋をつけて死体のポケットを探った。パスポートが二冊。ロヴィーセのと死人のだ。どうやらこいつは彼女を俺に引き渡すつもりだったらしい。何かまずいことが起きて、彼は殺された。死体のクレジットカードを取りだす。銀行の口座番号といっしょにユーザーナンバーを書いているばか者のひとりだったらしい。それももらっておいた。もしこいつが生きていたとしても、これ以上は欲張れないだろう。

彼はサーシャ・ミコヤンという名前のロシア人で、パスポートは外交官用だった。スパイか大使館員かその両方か。ハーパー兄弟の話はほんとうだった。ロシア大使館の人間が人身売買にかかわっている。

ロシア大使館は、この男の死亡状況、売春宿、誘拐、その他について、特権を行使してフィンランドの警察の干渉を避けるだろう。俺はパスポートは彼の尻ポケットに戻したが、財布とiPhoneはもらっておいて、独自に捜査するつもりだった。今夜は情報通信機器のかなりのコレクションをつくった。

「行こう」俺は言った。時間を見ると、三時五十五分だった。

ロヴィーセは旅行バッグをもっていた。スイートネスがそれをもち、俺たちは車に向かった。俺はスイートネスと状況を話しあいたかったが、後部座席にいる拉致してきた男に聞かれたくなかった。俺はやつの耳に煙草の吸殻を詰めてダクトテープを張り、その上に射撃用ヘッドセットをかぶせた。これで爆弾が落ちても聞こえないだろう。

ラングラーに乗りこんだ。俺はスイートネスといっしょに前に乗った。サウッコのボディーガードはまったく音を立てない。たぶん何を言っても無駄だとよくわかっていて、機会を待ち、これをどう乗りきるか考え、最悪の事態に備えているのだろう。冷静なプロフェッショナルだ。スイートネスはフラスクから酒を飲んだ。

「今夜は俺たちの一生のうちでもっとも長い夜のひとつになるだろうが、この殺人を生かす必要がある」俺は言った。

スイートネスは二重の意味に気づかなかった。「どういう意味です？」

俺は動揺し、緊張して疲れ果て、ひどい痛みに襲われていた。撃たれてからこんなにからだを酷使したことはなかった。膝をなでる。「サウッコは、窓ガラスを割るなどの嫌がらせなんてしていないと言っていた。俺はそれはほんとうだろうと思った。おまえはどう思った？」

俺はニコチンで頭をすっきりさせようとして、立て続けに煙草を吸った。

「ポモ、あいつは俺より十倍も頭がいい。わかりません」

「ピトカネンは単独でやっているわけじゃない。つまり内務大臣、国家警察長官、そして当選したフィンランド最悪の人種差別主義者、ローペ・マリネンのいずれかとグルだ。マリネンにこんな度胸があるかどうかはわからない。だが大臣と長官にはある」

「アドリアン・モローは？　やつは一千万ユーロを狙っていたけど、俺たちが殺しました。やつの仲間という可能性は？」

俺は首を振った。「あいつはうぬぼれ屋の一匹狼だった。ほかの誰かを巻きこんでいたとは思わない」

「人種差別グループの仕業かもしれません。黒人にストリキニーネ入りヘロインを売っていたあのネオナチどもをかなりひどい目に遭わせてやりましたから。それにあいつらのグループは相互につながっています」

ディーラーたちが、自分が何を売っているのか気づいて汚染麻薬を市場から回収する前に、三十人以上の犠牲者が出た。「だがやつらはSUPOの捜査員とつながりはない。もしあったとしても、それは内務大臣の命令で捜査員がそういうグループに協力しているということだ。大臣と長官を取り調べる必要がある。さっきの犯罪現場で」

「なぜです？」

「なぜなら、俺は長官に、彼が金のことを忘れないなら、濡れ衣を着せて逮捕に見せかけて殺すと警告したからだ。いまごろふたりとも寝ているだろう。さらってこよう」

スイートネスは笑った。「クールですね。ほんとに長官を殺すんですか？」

「いや、クールじゃない。クレイジーだ。俺は誰のことも傷つけたくはない。だがサウッコと〝くそリスト〟と彼の脅迫、それに自分の家族への嫌がらせと脅しで、心底びびっている。家族を傷つけられるくらいなら、誰でも殺して刑務所に入るほうがましだ。あとで後部座席の男にも話を聞く。うちに帰る前に、何が真実なのか、誰が俺たちの敵で、誰が敵じゃないのか、わかるはずだ。それまでは自分のことも、自分に大事な人間も、護れない。それにはイェンナも、おまえの母親も入っている」

スイートネスはその可能性に思いいたっていなかったが、それに気づいたとき、俺の場合と同様に、恐怖もやってきた。彼はゆっくりとうなずき、煙草の箱を振って一本出し、火を点けた。「たしかにそのとおりです」彼は言った。「いまやってしまいましょう」

俺はスイートネスを敵に回す人間が気の毒になった。彼はそいつを——拷問したあとで——殺すだろう。そして誰が敵かわからなければ、十字軍の指導者であった大司教と同じことを考えるだろう。兵士たちに、カトリック教徒と異教徒をどう見分けるのかと訊かれて、大司教は言った。「皆殺しにせよ。神はみずからの民を知りたもう」

十七

「計画を教えてください」スイートネスは言った。

俺はヘルシンキの地図を思い浮かべ、もっとも都合のいい方法を考えた。「うちに寄って、犯罪捜査機材一式をとってくる。それからミロのところだ。そこでも必要なものがある」ロシアが外交特権を主張してアパートメントを立ち入り禁止にする前に、最低限の初動捜査はしておきたかった。「おまえの母親に、俺たちがロヴィーセをエストニアに帰す手配をするまで、彼女を預かってもらえないか訊いてみてくれ。同じ言葉を話すんだ。ロヴィーセも話し相手がいるといいだろう」

「母さんはたぶんいいと言うと思いますが、この時間に電話して他人を連れていくと言ったら、きっとものすごく怒ります。常識的な時間まで待ってください。それに母さんも危険かもしれません。ふたりともどこか安全な場所に隠したほうがいい」

無駄にする時間はない。スイートネスは車を路肩にとめた。「どうしてロヴィーセが嘘をついていないとわかるんですか？　彼女があのロシア人を殺したのかも」

俺はただ、少女を助けた自分をケイトに見せたかった。そうすることでケイトは――そしてささやかながら自分も——俺の罪が贖われたと思えるのではないかという考えが、頭にこびりついて離れない。「ロヴィーセの能力ではそこまでできない。だがナイフについた指紋を採取し、念のため彼女の指紋も採取する。もし彼女の犯行だとしても、責められないし、起訴させたくない。どちらにしても国に帰す」

「今夜は彼女をどうします?」

俺はチェーンスモーキングして、最後の吸殻を窓のそとに投げ捨て、助手席側のミラーでチェリーレッドの火が路面にあたってちいさな花火のように爆発するのを見た。「いっしょに連れていこう。俺たちが彼女を連れていることは知られている。俺たちは有力者を怒らせた。やつらは彼女をとり返そうとするかもしれない。俺たちに身の程を思い知らせるためだけに」

「俺たちを殺そうとするかもしれません。身の程を思い知らせるためだけに」スイートネスが言った。

「たしかに。まず大臣と長官をさらい、嫌がらせについてほんとうのことを吐かせる。ふたりが潔白だとわかったら、家に帰してやる。もしそうでなければ……」俺は手のひらを開いて両手をあげ、肩をすくめた。俺にはどうしようもないというふうに。「そうしたら、〈フィリポフ・コンストラクション〉のあるヴァンターに行って、サウッコの手下の取り調べをする——」

その建設会社は産業廃棄物処理を専門にしていた。会社は、俺が殺人容疑で捜査していたオーナーのイヴァン・フィリポフが射殺されてからずっと閉鎖されている。これまでもその敷地が役に立ったことがある。俺たちはそこで、誰にも見られることなく、ギャングふたりの死体を酸で溶かした。そいつらの死を隠し、ギャング抗争を防ぐためだった。

「それから？」

「それからロヴィーセをおまえの母親のところに送っていって、うちに帰る。きょうはミルヤミの誕生日だ。店があいたら彼女へのプレゼントを買うのを忘れないように」

「勝った金を全部あげてもいいです。俺たちふたりからだと書いたカードを添えて」

「気前がいいな。いかさまをしただろ」

「ええ」

「どうやって？」

「カード手品の本を買って、教えてあげますよ。だからあたらしいカードを頼んだんです。自分が切りはじめたときにどこにどのカードがあるか、わかるように」

思わず笑ってしまった。「おまえは誰のことも、どんなことも、屁とも思っていないんだろう」

彼は真面目な顔で俺を見た。「あまり。俺は自分の愛情と尊敬を向ける相手を選んでいます。あまりたくさんはいないんで」

童顔のベヒモスの慧眼。

俺たちは急いで用事をすませた。俺は基本的な捜査機材を釣り用のタックルボックスに入れている。集めてきた情報通信機器をすべて食堂のテーブルの上に置き、ボックス、その他こまごましたもの、内務大臣オスモ・アハティアイネンと国家警察長官ユリ・イヴァロの写真をもった。からだを酷使しすぎていて、気が遠くなりそうになる。なんとか乗りきるために、鎮痛剤と精神安定剤をのんだ。

それからミロのアパートメントに行って、精液サンプルをもってきた。これはいまから拉致する男たちを、フィリポフ夫人殺害現場に結びつける証拠だ。長官も大臣もエイラのアパートメント住まいで、今夜の現場からそれほど遠くない。

時間をチェックする。五時十分。俺は楽をすることにして、彼らの呼び鈴を押し、寝ているところを起こして、サウッコの金のことで急を要する話があると言った。欲深なふたりは俺が不本意ながら金を返す気になったのだと思いこみ、なかに入れた。ユリ・イヴァロには携帯電話で俺に電話をかけさせ――携帯電話で通話したというカモフラージュだ――五分間そのままにして、貸与品の拳銃を出させ、取りあげた。ふたりに着替えるように命じ、拳銃で脅して車に乗せた。犯行現場に戻る。

ロヴィーセはこわがり、戻りたくないと言ったが、スイートネスは彼女に、これはすべて彼女のためであり、俺たちは彼女に悪いことをした人間を捕まえようと思っていると言った。そのうえで俺たちの国家捜査局の身分証を見せた。彼女はフィンランド語を読めないが、安心したようだった。身分証より俺たちの振る舞いが役に立ったようだ。

俺たちは全員をアパートメントに連れていった。スイートネスと俺は紙の足カバーを履き、外科用手袋をはめたが、ふたりにはどちらも与えなかった。俺はロヴィーセに、話をしているあいだ別室で待っていてくれるかと訊いた。彼女はアパートメントに戻って緊張していたが、いいと言った。大臣と長官はサーシャ・ミコヤンの死体を見て、驚きと困惑の表情を浮かべた。ユリ・イヴァロが口を切った。「いったい何をしようとしてるんだ、ヴァーラ? まったく筋がとおらない」

重要なことが先だ。俺はふたりを死体の両側に立たせた。「サノ・ムイック」――〝はいチーズ〟。ふたりは笑わなかった。スイートネスが携帯電話のカメラでふたりと死体がいっしょに写っている写真を撮った。

俺は片手で四五口径をユリに向け、もう片方の手で杖をついていた。今夜のほかの者たちと同じく、記録をとれないように彼らの情報通信機器も没収した。だが有力者のなかには、万一行方不明になった場合に備えて、GPS追跡装置を身に着けている者もいる。だがそれがどうした? 俺がふたりをさらったことも、俺がどこに住んでいるかも知られている。

「それどころか」俺は言った。「これほど筋のとおることはありません。あなたの妄想上の一千万ユーロのせいで、わたしは所有不動産を損壊され、家族の命を脅かされました。警告したはずです。あの金のことを忘れなければ、あなたに犯罪の濡れ衣を着せ、逮捕時に暴れたという理由で殺すと。それなのにあなたは忘れなかった。この男――ロシア人外交官であり、たぶん外交官用パスポートをもつサーシャ・ミコヤンという名のスパイ――の背中に刺さっている肉切り包丁は、あなたのダモクレスの剣です」

彼は混乱していた。「どういうわけで?」

俺はコーヒーテーブルの上に写真の束を投げるように置いた。「ご覧になってください、おふたりとも」

ふたりは写真をぱらぱらと見た。内務大臣のオスモ・アハティアイネンは言った。「オーケー、やられたよ。ファックしているときのわたしはあまり写真うつりがよくない。それで?」

ユリ・イヴァロは俺の言わんとすることをわかっているのに、しらばっくれた。「たしかにわたしたちは同じ女をファックしている。大問題だ」

「そしていまあなたがたは売春宿にいて、ここを取り仕切っていた男は死に、ふたりとも酔っぱらってて、あなたがたの指紋が凶器についている」

「いや、わたしたちは酔っていないし、指紋もついていない」

「だがもうすぐつきます。それにあなたたちはこれから酔っぱらう。ここで何があったか憶えていないほど、ぐでんぐでんに」

俺は捜査機材を入れたタックルボックスから、フリーザーバッグを取りだした。「これはあなたたちが愚かにもイヴァン・フィリポフの愛人の口のなかに射精した精液です」俺はヤリがうちに忘れていった注射器を取りだした。「あなたたちの精液は、ミコヤンのさまざまな穴から見つかります」

ふたりとも驚いた顔をして青ざめた。俺に何ができるかということを、平手打ちを食らったように理解したらしい。

俺はサンプルが劣化しないように、台所に持っていって冷凍庫にしまった。ビールとウォッカの瓶を持って戻った。「さあ飲んで。早く」

「結論を言え」オスモは言った。

「ユリは自分と近しく、個人的なつきあいもあると知られているわたしに電話をかけてきて、この窮地から救いだしてほしいと依頼する。あなたたちふたりは――性欲旺盛で手当たりしだいにセックスしているから、ふたりでひとりの男を相手にしても誰も驚きませんが――なんらかの口論になった。原因はなんだったかも憶えていないが、ミコヤンが死んでしまった。わたしはユリからの電話でここに駆けつけたが、死体を見て、これを隠蔽することは不可能だと言う。ユリがなんとか逃げようと最後の悪あがきでわたしに向かってきて、わたしはやむなく彼を殺す。オスモ、あなたについてはまだどうするか考え中です。あなたも射殺するのがいちばん好都合ですが。おや、ふたりとも飲んでませんね。さあ一気に。ああそれと、ミコヤンのＤＮＡがあなたの口と性器に付着することになります」

ふたりともウォッカの瓶からごくごくと飲んだ。酒があってよかったと思っているだろう。

「それを中止させるのに、何が要求だ?」ユリが訊いた。

「わたしをだましたらどうなるか、前に言ったはずです。なんと言ったか、くり返してみてください」

彼はストリチナヤを音を立ててすすった。自分の命がこの数秒間にかかっていると承知している。「もうそれはやっただろう」

俺はコルトの銃口を彼の額にあてた。「確認のために、お願いします」

彼は言いたがらなかった。俺は銃身で額を押した。

「きみはわたしを殺すと言った」

俺は撃つ直前に拳銃をさっと右にずらし、彼の左耳の耳たぶの下を削ってやった。ほんの少しだ。三ミリくらい。だがそれは彼にはわからない。温かい血が首をつたうのを感じて、耳がなくなったと思ったのだろう。手をあげて耳があるのを確認し、安堵(あんど)の涙を流した。

「ほんとうなら」俺は言った。「あなたを殺すべきだが、わたしはいま情け深く寛容な気分になっている」

彼は独善的な怒りに駆られて言った。「きみは重要人物になりたがった。法を超越して自分の目的を果たすために。わたしはそれを与えてやったのに、きみはわたしから金を盗んだ」

「あなたのものではないものを、どうやってあなたから盗めるんですか？」

「わたしは誰かをつかってきみに嫌がらせをしたり脅したりしたことはない。それは誤解だ」

「でも誰がやったかはご存じですよね？　わたしの自宅を監視しているやつらがいました。取り調べしたら、やつらはＳＵＰＯの主任諜報員ヤン・ピトカネンの使い走りだと白状しました。つまりオスモ、またあなたの出番です。彼はあなたの飼い犬ですよね？　さあどんどん飲んで。あなたの答えがまずかったら、ふたりでアパートメントのなかを歩き回り、さわったり、つかんだりした指紋や足跡を残してもらいます。何時間もここにいたように見えるはずです」

「これが真実だ」オスモは言った。「きみが危険なゲームをプレーして、わたしたちはきみを共犯者に加えてやった。きみはゲームが気に入らなくて、ずるをして、プレーするのはいやだと言いだした。だが立ち去ることはできないぞ。けっきょくきみは腰抜けで、一千万ユーロを横取りしてわたしたちをがっかりさせた。すでにじゅうぶんすぎるほど金をやってあったのに。あんなにかわいがってやったのに、裏切ったんだ。お偉方はきみにいたく失望している。いまは誰もがきみと仲間たちの死を願っている」

彼は酒を飲み、袖で口をぬぐった。「ほんとうのことを言えば、最初からきみは必要なかった。左翼の売女が頭部を切断されたことなんてどうでもよかった。わたしたちに必要だったのは、ミロ・ニエミネンだ。あいつは猟犬のようにしつこく、きっと金を見つけると思っていた。最初からあの金がすべてだった。ニエミネンは少々いかれているから調教師が必要だった。それがきみだよ。最初から誘拐は狂言だとわかっていた。そこからたどっていけば、人種差別主義者の豚サウッコ、セーデルンドの殺害、サウッコの息子アンティ、最後には金にたどりつくと思っていた。

そしてたしかに、ピトカネンにきみを監視させたのはわたしだ。金を回収する目的で。彼はわたしと、ヴェイッコ・サウッコとの連絡役を担っている。サウッコを介して真正フィン人党をはじめ、この国のさまざまなヘイトグループともつながっている。彼には細かな指示は与えていない。きみを陥れる作戦では自分の判断で動けと言ってある。ユリがそれを知っていたか？　イエス。ユリが個人的にきみをだましたか？　ノー。もしきみが、わたしとユリに濡れ衣を着せて殺したとしても、なんの安心にもならんよ。きみはあまりにも多くの敵をつくりすぎた」

「ピトカネンがあなたとサウッコとの連絡役って、どういうことです？」

「われわれはサウッコに、息子と金をとり戻してやることになっていた。ところが、彼のところに戻ったのは変わり果てた息子の死体で、金はなし。それでも彼は総選挙で気前よく資金を提供し、約束の百万ユーロまでおまけにつけてくれた。ピトカネンはサウッコのあらゆる気まぐれに応じて、連絡を保っている。細かいことは聞いていない」

つまり秘密警察の主任諜報員が、頭のいかれた超億万長者の使い走りをしているわけだ。

俺はスイートネスを見た。「どう思う？」

「わかりません。ふたりとも殺したほうが安全ですが、いっぽうで、このふたりは有力者です。捜査は何カ月も続くでしょうし、どんな結果になるか誰にもわかりません。こいつが言ったように、俺たちは敵をつくりました。俺たちの運はどこかで尽きて、刑務所行きになるかもしれません」

「たしかに。それにじっさい、殺すのはいつでもできる。だが殺してしまったら、とり返しがつかない」俺はふたりのほうを向いた。「狼たちを食いとめておいてください。そうしたらあなたがたを殺すことはしない。とりあえずは」

オスモはウォッカをぐびぐび飲み、チェーサーにビールを飲んだ。彼は自分たちが殺されることはないと確信し、緊張をやわらげようとしている。「こういうことだ」彼は言った。「ピトカネンは最近ついてなかった。最初にきみの部下が彼の顔を殴り、それから彼の十八歳の愛人が妊娠した。愛人は彼の妻のところに行き、妻はふたりの男の子を連れて出ていった。愛人にもふられた。すべてが顔を殴られたことから始まったから、彼はきみときみの部下が自分の不幸の象徴のように思っている。少し頭がおかしくなっていて、わたしが彼をサウッコのご機嫌うかがいに派遣したのは、わたしから遠ざけ、立ち直らせるためだ。今後はわたしが彼の手綱を引き、きみをわずらわせないようにしよう」

俺はサイレンサー付きの銃口をオスモのこめかみにあてた。「その言葉を守らなかったら、結果は重大ですよ」

オスモとユリはどちらも、俺と休戦条約を結んだ。この休戦条約は非常な圧迫下で結ばれたものだから、彼らの約束は信用できないが、恐怖が彼らをおとなしくさせるかもしれない。俺は彼らに、立ってウォッカを飲むように言った。片手にコルト、片手に杖では、自由になる手がない。スイートネスが目立つ場所の指紋を採取した。スイートネスは警官ではないが、俺が教えた。オスモとユリがばかなことをしようとしたら、俺がやつらを撃つ。それは俺がやりたかった。これ以上スイートネスに殺しをやらせるのではなく。

俺たちは玄関に背を向けて立っていたから、ドアが軋む音がするまで、誰かが入ってきたことに気づかなかった。男が三人、俺たちを狙って銃を構えていた。小口径の拳銃だ。スイートネスと俺は一メートル半くらい離れて立っていた。三人は誰にも似てないようでも、誰にでも似ているようでもあった。どこにでも溶けこめるように訓練されたスパイだ。俺は拳銃をあげてひとりの頭を狙った。そいつは俺の胸に銃口を押しあてた。スイートネスの銃はホルスターのなかだ。スパイのひとりが彼の頭に拳銃を突きつけた。三人目は拳銃を持つ手をおろして、英語で言った。「わたしたちは死体と娘を回収しにきた。きみたちを殺す気はない。目的のものを取ったらいなくなる」彼は俺を見た。「銃をおろして、娘がどこにいるか教えてくれ」

彼の約束を信じる気にはなれなかった。俺は拳銃をおろしたが、手を離すことはせず、彼の質問にも答えなかった。スイートネスを見た。彼はいままでさまざまな暴力にかかわってきたが、正真正銘の撃ち合いはしたことがない。俺はある。彼の顔を見て、何を考えているのかわかった。勝つ見込みがあると思ったらすぐに攻撃に出るつもりだ。だが、いまは勝てるはずがない。

三人のうち話をしたやつは状況をコントロールできたと満足して、アパートメントを調べに行った。彼はロヴィーセを肩にかついで戻ってきた。彼女は抵抗していなかった。ただ涙を浮かべた目で俺を見つめた。その目は俺に裏切られたと言っていた。彼女はそのままアパートメントのそとに運ばれていった。ファック。せっかく見つけたのにまたすぐ失うなんて。

やつらの動機はいったいなんだ？　彼女はせいぜいなれても安い売春婦だ。金を注ぎこんだわけでもない。

　まさかプライドやばかげたギャングの掟のためだけに、ここまではしないはずだ。警官を殺すことになるかもしれないのに。外交官用パスポートの有無にかかわらず、とんでもない最悪の醜聞を招くし、それくらい承知しているだろう。

　俺は腕をほんの少し動かし、侵入者の足を撃った。彼は倒れながら俺の胸を撃った。ケブラーさまさまだ。彼は片膝をついた。俺はその頭のてっぺんを撃った。まるで卵のように割れた。血、頭蓋骨の破片、脳が、彼のうしろの床に飛び散る。

　スイートネスはこの騒ぎをとらえて銃口から頭をはずした。銃を抜こうとする。俺にはまるでスローモーションのように見えた。一秒もしないうちに彼は死ぬとわかっていた。俺はもうひとりのスパイのこめかみを撃った。やつの脳が、ソファー、死体、そのうしろの壁に降りそそいだ。

「行け！」俺は怒鳴った。「彼女をとり戻せ」

　スイートネスがアパートメントを飛びだしていった。

　ユリの目にパニックが浮かんでいる。「ここから逃げないと」

「俺の代わりにスパイのポケットをからにしてください」俺は言った。

　彼は手早く探り、財布、鍵、電話、パスポートを俺に渡そうとした。俺はそれを全部釣り用のタックルボックスに入れ、ボックスを運ぶように指示した。

「行きましょう」俺は言った。「いっしょに。俺は速く動けません。いっしょにエレベーターに乗って。もし走ったら撃ちます」

建物を出たところでスイートネスを見つけた。「すみません」彼は言った。「やつは速かった。エンジンをかけたままの車がとまっていました。走っていくのが見えた」

銃弾を受けた胸は痛くもかゆくもなかった。彼がつかっていたのは九ミリ口径の拳銃だ。俺はミロの技術的講義とこきおろしから学んだ。爆竹ほどの音もしなかった。サブソニック弾だった。その速度は音速を超えない。頭蓋骨に射入する力はあるが、射出する力はないため、頭のなかで何度も跳ね返り、脳をずたずたにする。よごれず、簡単。処刑用だ。

オスモはまだウォッカの瓶を持っていた。スイートネスはそれを奪い、ごくごくと飲んだ。俺はふたりにすぐに連絡する、歩いてうちに帰っていいと言った。俺の平和主義の試みは失敗に終わった。隠遁生活でガンディーのような内なる平安を得ようとしたが、俺には無理だった。

「上の死体はどうします？」

「スパイたちは死体をひとつ始末しようとしていた」俺は言った。「あとふたつ増えたところで、たいした手間ではないだろう」

十八

あれほどの努力、危険、死にもかかわらず、今夜は完全な失敗に終わった。ロヴィーセは、俺が彼女を助けようと動きだす前から、おそろしい目に遭って危険にさらされていた。それがいまや、俺を憎み、俺が彼女を助けようとしていると知る有力者どもの手に落ちてしまった。やつらの俺への報復として、彼女に十倍もむごい扱いをするだろう。俺は失敗にいらだち、落胆し、自己憐憫(れんびん)にかられていた。

〈フィリポフ・コンストラクション〉に着いたのは午前七時十五分だった。俺は疲れきって、立っているのもやっとだった。ここの元の錠は数カ月前に不法侵入した際に破壊した。あたらしい錠をつけ、俺がその鍵をもっている。ラングラーの後部座席にいるボディーガードはまだぴくりともしない。サウッコはなんでも最高のものしかつかわない。個人秘書も例外ではないはずだから、俺たちが拉致してきたこの男はとんでもなく危険だということだ。スイートネスは男にかぶせて目隠しにしていた防水帆布をはがした。俺は拳銃を構えていた。スイートネスが男の足首の結束バンドを切り、歩けるようにした。しばらく待たなければならなかった。長時間縮こめられていた彼の脚は痺(しび)れて、数分間動かなかった。

機材の保管と車の保守につかわれていた車庫に男を連れていった。スイートネスが車庫の真ん中に椅子を置き、男を座らせて結束バンドで縛りつけた。木の椅子だ。男は見るからに力がありそうだった。その上腕はまるでオークの木の幹のように太くて硬そうだ。その気になれば椅子を粉々にもできる。俺はスイートネスに言って、腕と脚の筋肉に力を入れられないようにいましめを増やした。俺たちは何も言わず、合図で動き、恐怖を高めた。おそろしいことは暗闇の静寂のなかで起きる。

俺は注射器二本にストリチナヤを入れ、小道具を用意した。車のバッテリーとケーブル。チェーンソー。ボルトカッター。麻袋。スイートネスがバケツの水を男の頭からぶっかけ、また水をくんできて足元に置いた。この車庫には自動車修理用の油圧リフトがある。俺たちは彼の椅子を鎖でリフトにつなぎ、宙吊りにした。服を切り裂いてやってもよかった——人間は裸になるといっそう無防備になる——だがあとで帰すつもりだし、彼個人に恨みはなく、裸で通りに放りだして恥をかかせることはない。膝が地獄のように痛む。俺はキャスター付きの座り心地のいい椅子を事務所からもってきて座った。スイートネスが男の目隠しをはずした。

彼は周囲を見回し、状況を把握した。以前サウッコの屋敷を訪問した俺のことを憶えていた。「ヴァーラ警部」彼は言った。「わたしの拷問のためにいろいろとたのしいおもちゃを集めてくれたようだ。あなたの犯罪捜査技術は尋常ではない」

俺は杖の頭に両手を重ねて身を乗りだした。「今夜それについて言及したのはきみがふたり目だ。名前は？」

「フィリップ・ムーア」

「あんたを傷つけたいわけではない。情報が欲しい。それを入手するために俺がどこまですべきかはあんた次第だ。だが警告しておく、俺はいま最低最悪のくそみたいな気分で、気が短くなっている」

「そこに注射器が二本あるが」彼は言った。「何が入っているんだ？」

「ひとつはペントタールナトリウム。もうひとつはＬＳＤだ」

「つまり、見たところ、あなたはまずわたしに自白剤を飲ませ、それから水責めの拷問を……」

俺はさえぎった。「時代遅れな言葉だ。いまは強化型尋問と言われている」

彼は俺を無視した。「それが効かなければ、ＬＳＤで酔わせて、電気ショックを与える——舌、そして性器——最後に、全部だめだったら、わたしのからだのあちこちを切断する」

そこまでする気はない。スイートネスでさえそこまでする趣味はないだろう。「そんなところだ」

「少しわたしのことを話してもいいかな？」彼は言った。

スイートネスは彼の後ろの左側、ぎりぎり視界のそとに立っていた。彼を不安にさせるためだ。「どうぞ」俺は言った。

もしおびえていたとしても、彼はそれを見せなかった。その声はしっかりしていて、物腰はビジネスライクで、友好的でさえあった。「わたしはイギリスの精鋭特殊空挺部隊、ＳＡＳの出身だ。拷問については多少の知識がある。拷問に耐える訓練を受けたこともある。しばらくはもちこたえられるだろうが、誰でも最後には話す。通常、拷問に耐える目的は、秘密を守ること、チームが脱出する時間をかせぐことの両方、もしくはどちらかだ。わたしはあなたに秘密はないし、護るべき仲間もいない。つまりあなたはわたしを傷つける必要はない、それによって快感を得るのでなければ。あなたが知りたいことをなんでも教えよう。それであなたの時間も節約できてわたしの命も助かるのだから、一挙両得というわけだ。どう思う？」

彼が嘘をつく理由はない。彼の仕事はヴェイッコ・サウッコを護ることで、現在サウッコは安全だ。「たしかに俺にとってもきわめて都合がいい」俺は言った。「あんたにも有益だ。だがもし少しでも嘘くさいことを言ったら、かならず後悔することになる」

「わかった」彼は言った。「結束バンドが肌に擦れ、食いこんで血行がとまりそうだ。下におろしてこれをはずしてくれないか？」

これほど危険な男を自由にするのは愚かなことだ。だが俺はこれまでも、そういう愚かな人間だった。スイートネスにうなずきかける。俺たちはコルトを抜いた。スイートネスはムーアのいましめをナイフで切った。ムーアは礼を言った。

「椅子に座ったまま、こちらに近づくな」俺は言った。

彼は手首をさすり、血の流れをよくしようとしていた。「何を知りたい？」

俺はいくつか基本的な質問をして、彼が嘘をつかないかどうか確かめた。「あんたはサウッコのボディーガードの責任者だな？」

ムーアはフィンランド語に切り替えた。「そうだ」

「その仕事の内容は？」

「わたしはある意味、彼の個人的アシスタントも兼ねている。すべてのアポイントメントを管理している。だから人の出入りを把握し、面識のない人間については、ヴェイッコとの面会の前に身元調査をおこなう。ボディーガードは全部で六人いる。わたしはシフト表を作成し、監視カメラがきちんと作動し映像がモニターされているかを確認する。ほかのボディーガードたちがわたしが求めるレベルの仕事をしているかをチェックする。つまり、ヴェイッコほど多くの敵をもつ人間を生かしておくために、考えつくかぎりのことをする」

俺は煙草に火を点けて彼に勧めた。彼は断った。「あいつはA級のくそ野郎だ」俺は言った。「なぜあんたはやつを生かしておきたいと思う？」

彼は笑った。「たしかに。だがわたしは彼の命を預かっている。彼はわたしにたいして、ほかの人間にするような態度はとらない。大金を払い、礼儀と尊敬をもって接してくれる」

「想像できない」

「ヴェイッコを衝き動かしているのは死への病的なおそれだ。変わった男だよ。死ぬのをこわがりながら、目覚めてからベッドに入るまでずっと酔っぱらっている——それ自体驚きだ、彼の睡眠時間はものすごく短いからな――それに一日に三箱煙草を吸う。そのどちらも五十年間続けている。ラットのようにしぶといのだろう」

俺は彼の言語スキルから、経歴の信憑性に疑問をいだいた。「あんたのフィンランド語はかなり流暢だ。どうやって学んだ？」

「顧客の国の言葉を話せなかったら、自分の能力を最大限に発揮することはできない。だから、わたしはその国の言葉を学ぶ」

フィリップ・ムーアはいろいろな意味で手強い相手だ。「あんたを連れてきたのは、サウッコの〝くそリスト〟について知りたいからだ。どうやら俺と家族の名前がそのリストに載っているらしい。そして今夜からは」俺はスイートネスのほうを示した。「俺の部下も」

彼は笑いだした。「それは、警部、とんでもなく困ったことになったたな」

「申し訳ないが、あんたのユーモアのセンスはよくわからない。説明してくれ」

「ヴェイッコは自分が死ぬことをおそれているから、ほかの人間もみなそうだと思いこんでいる。それで彼は数年前に、自分が殺したい、あるいは破滅させたい人間のリストをつくりはじめた。彼は未来の犠牲者に、どんな運命が待っているかを教えるのが大好きだ。命令発令後一週間ほどで殺す。なかには、リストに載っていても、十年近くそのままという人間もいる。ヴェイッコはそのほうが効果的だと思っている。相手が何年も自分の死について考えつづけて、長い時間がたち、あの脅しははったりだったと考えはじめたときに、バン！　彼は殺しを実行する。当然のことだが、多くの人びとが殺される前に彼を殺そうとする。わたしの仕事が増える」

「殺しを実行するのは誰だ？　あんたか？」

彼はむっとした。「警部、わたしは職業軍人で人命の保護者だ。人殺しではない」

「それなら誰が？　〝くそリスト〟がどう働くのか説明すればいい」

彼は筋肉をほぐし、腕組みをした。「彼のボディーガードのうちふたりはコルシカ・マフィア出身だ。父と息子。その一家は数十年、いやもしかしたら数世紀にわたって、暗殺を生業にしている。息子は父から商売を学ぶ。彼らはとても形式ばったシステムで働く。ヴェイッコが自分の考えた処罰をふたりに伝える。そして値段を話しあう。その金はアレクサンテリ通りにあるノルデア銀行の支店の貸金庫に入れられる。父と息子が鍵をもっている。ヴェイッコも鍵をもっている。契約が合意されると、ヴェイッコはふたりのどちらかといっしょに金を入れにいって、殺しが実行されたら、金は引きだされる。ヴェイッコが死んだら、彼らはリストを完全に実行し、貸金庫をからにする。もちろんこれは、自主管理のシステムだ。だからヴェイッコはそのふたりを選んだ。彼はコルシカ人親子を信用している」

邪悪なくそったれが周到に考え抜いたシステムだ。何日も眠らずに構想したのだろう。たぶんあいつはハエの羽をむしってよろこぶ人間だ。「いまその貸金庫にはどれくらいの金があると思う？」

「じっさい、わたしは彼らがあなたがたを〝くそリスト〟に加える相談を聞いていたよ。あなたは警官だから、報酬は六桁だった。ほとんどの殺しの対象は他国の知名度の高い人物だから、報酬は高くなる。現在は九人の名前がリストにあり、九十七万五千ユーロが貸金庫に入っている」

巨額の金だ。人命にはどれくらいの価値があるのだろうか。「通常の殺人はいくらなんだ？」

「おもしろいことに、殺しの大半のターゲットは親しい相手だ。ふられた恋人とか。通常の、ほんとうにありふれた、ヒットマンの自宅近くで重要でもなんでもない人物をターゲットにする殺しは、追加費用もかからず、平均で約一万二千米ドルが相場だ。西側諸国ではどこもそれくらいだよ」

くそ、人の命はこれほど安いのか。「俺はこの問題にどう対処すべきだと思う？」

彼は肩をすくめた。「わからんよ」

俺はスイートネスに事務所から紙とペンをもってこさせて、フィリップ・ムーアにコルシカ人の名前とパスポート番号、さらに彼自身のも書くように言った。

「わたしが彼らのパスポート番号を記憶していると思うのか？」

「しているだろう」

彼は声を立てて笑った。「ご明察だ」彼はそれらを書いた。

「フィリップ、俺がこの問題を解決するのに手を貸す気はないか？　きみは人命を助けるのが自分の仕事だと言った。俺の赤ん坊の娘がリストに載っている。彼が娘にどんなことを計画しているか、口にすることもできない」

「その必要はない。知っているよ。当たり前だが、ノルデアの貸金庫をからにすることがひとつの方法だ。コルシカ人親子はただでは殺しをやらない。だがヴェイッコは桁外れの億万長者だ。貸金庫にある金は彼にとっては小銭に過ぎない。もしあなたが銀行のセキュリティーを突破する方法を見つけたとしても、ヴェイッコはまた金を入れるだけだ。だから金を補充できないように、彼を殺さなくてはならない。それはわたしを敵にするということだ。彼を生かしておくことがわたしの仕事だからな。こう言っては失礼だが、あなたたちふたりでは力不足だと思う」

俺は皮肉をこめて、言わずもがなのことを指摘した。「ふたりのまぬけなポン引きにテーザー銃でやられた誰かが、よく言うな」

彼はほほえんで、その皮肉に首を振った。「そのとおりだ。彼らは前にもゲームに参加したことがあり、プレーする金をもっていた。それでわたしは彼らを腕の長さより近づけるというミスをおかした」彼はくっくっと笑った。「それに、あのあほどもにそんな度胸があるとは、まったく思わなかったよ」

「後頭部に銃弾を撃ちこまれるか、あんたたちをだますチャンスに賭けるかの二者択一だったからな」

彼はにやりと笑った。「フィンランド警察官のあなたが、やつらを処刑する？　それはちょっと信じられない。誰かを殺したのはいつだった？」

「きみを連れてきてから、ふたり射殺した」

彼はそれがほんとうだと理解して、言葉に詰まった。「それなら、あなたはいま、わたしを殺すことを考えているはずだ。だがわたしにはいくらでも替えがいるから、何も変わらない。ヴェイッコはわたしの死体が冷たくなる前に、わたしくらいの技能をもつ元エリート軍人を雇い入れる」

俺にはもう何も言うことはなかった。

「わたしのｉＰａｄは返してもらえないということだろう」

「そうだ」

「まあいい。きょうまた買うことにする」

「もしあんたが俺を助けることに同意するとしたら、要求は何だ？」

彼はほほえんだ。「引退だ。貸金庫の中身はもちろんだが。だがわたしの仕事を考えれば、同意は不可能だ」

俺は急に警戒心が湧いた。こんな話をするには、疲れすぎている。スイートネスを見た。

「おまえは何か言いたいことはあるか？」

彼はフィリップ・ムーアの前で背をかがめ、顔と顔を近づけた。「あんたはひとつ間違っている。俺の大事な人間に何か――どんなささいなことでも――あったら、俺はあんたを殺す。その力はある」

ムーアは何も言わなかった。たぶんどんな返事をしても、その場で頭に銃弾を撃ちこまれることになるとわかったのだろう。

「俺たちとやりあうことになれば」俺は言った。「俺たちが独自の技能をもっているとわかるだろう。きみがもっていない技能だ。俺はだてに警部になったわけじゃない」スイートネスをあごで示す。「こいつのは、見ればわかるだろう」

俺たちは彼の手首を背中で縛り、無言でヘルシンキのダウンタウンへと向かった。その時間に考えることができた。「ヴェイッコ・サウッコにはなんと言うつもりだ？」俺は彼に訊いた。

「すべて事実を。わたしはそれがいちばんいいと思っている。あとになってつじつまを合わせるために嘘をつく必要がないから」

「決めた」俺は言った。「あんたはこれから俺のために働く」

彼は寛大にほほえんだ。「どうしてそうなるんだ？」

「俺は自分の〝くそリスト〟を始める。あんたの立場なら俺にたいするヴェイッコの動きを真っ先に知ることができる。知識は罪に等しい。もし俺たちの誰かに何かがあったら、俺はそれを血の借金だと見なし、取り立てる。俺と俺の大事な人びとの安全を保つことだ。それから、俺はロヴィーセという名前のエストニア人の少女を捜している。彼女は管理売春させる目的で拉致された。彼女の居所を知ったら、俺に連絡するんだ」彼の膝の上に名刺を放り投げた。「そうしなかったら、それは処罰の理由になるとみなす。ここまで全部理解したか？」

「あなたはたいしたタマのもち主だ。それは認める」

俺はＳＡＳのモットーを引用した。「危険を冒す者が勝利する」

彼は何か考えているようで、何も言わなかった。俺はまた危険な敵をつくったのかもしれない。

スイートネスがいましめを切り、ムーアはジープからおりて濡れた服でのんびり歩いていった。彼が吹く口笛の音が聞こえてきた。まるで何事もなかったかのように。スイートネスは注射器からウォッカを出して飲んだ。

十九

近所に車を走らせた。午前十時を少し回っている。きのう一日じゅう寝ていてよかった。そうでなければ夜通し起きていられなかっただろう。駐車スペースがあいていなかったので、駐車場ビルを利用し、二ブロックほど歩いた。歩くのはいま俺がいちばんしたくないことだった。地獄のような痛みに襲われ、一刻も早くベッドに行きたかった。だが俺たちの任務はまだ残っている。きょうはミルヤミの誕生日だ。ヘルシンキ一美味しいベーカリー〈ファッエル〉に行ったが、疲れすぎて選ぶ気にもならず、カウンターのなかにいる女の子に、いちばん大きくて高価なチョコレートケーキにアイシングで〝ヒューヴァー・シュンテュマパイヴァー・ミルヤミ〟――誕生日おめでとう、ミルヤミ――と書いてくれと頼んだ。

彼女がそれを書いて箱に入れるのを待つあいだ、俺たちは店内でコーヒーを飲んだ。スイートネスはコーヒーにフラスクから何か加えた。「まったく、とんでもない夜でしたね？」

「ほんとにな」俺は言った。

支払いをすませた。俺たちはストックマン・デパートの〈アルコ〉に行って、〈ヴーヴ・クリコ〉のシャンパンとギフト用の袋を買って車に戻った。エンジンをかける前に、スイートネスはストリチナヤの瓶からごくごく飲んだ。俺はいままで何か言ったことはなかった。いつか彼が自分でやめると思っていたし、いっしょに行動するようになってからずっと、俺は運転できる状態ではなく、必要なときにはいつでも彼が車を出してくれたからだ。事実上の忠実な召使いだ。だが飲酒運転は気に入らない。

「考えたことはあるか」俺は言った。「おまえが飲酒運転をするたびに、罪のない人びとを危険にさらしているのだということを？　さっき自分でも、大事な人間に何かあったら殺すと言ってたじゃないか。おまえが誰かの大事な人間を殺すかもしれないんだぞ」

彼は険しい顔をして、俺のほうを見た。「俺は運転がうまいと思いますか？」

「ああ」

「俺が酔って運転して、不注意になったことがありますか？」

「いや」

「おりて歩きたいですか？」

いままで俺にこんな口の利き方をしたことはなかった。「いや」

「シッテン・トゥルパ・キーニ」──それなら黙ってろ。

俺が悪かった。彼は疲れて、おびえて、いらだっている。いまもちだすべきではなかった。

俺は口を閉じた。

この話を終わりにするためにミルヤミに電話をかけた。「誕生日おめでとう」俺は言った。

「ありがとう。いつまでもあなたと同い年にならないと思うとうれしいわ」

俺は笑った。古い安っぽい冗談はいつでも笑える。「これから迎えにいく」

「夜のお仕事はうまくいった？　あの女性は見つかった？」

「見つけたけど、またいなくなった。話すと長くなるし、長い夜だった。徹夜だったんだ」

「ロビーで待っているわ。イェンナは具合が悪いのよ」

「二日酔いか？」

「いいえ、吐き気がするみたい。ゆうべも今朝も戻してしまって。それにわたしはアヌのお世話をしていたから、わたしたちぜんぜんミニバーを利用しなかったのよ」

俺たちはホテル〈クムルス〉に着き、彼女たちを車まで連れてきた。イェンナは、元気なときでも雪の女王のような肌色だが、もっと蒼白になっていた。

アパートメントの建物のそばに駐車スペースが見つかった。まず俺がジープからおり、窓と屋根の上に監視者がいないかと見渡したが、誰もいなかった。俺たちはなかに入った。脳腫瘍の手術の前でも、これほど疲れた記憶はなかった。あのころは常時偏頭痛に苦しめられ、不眠症だったのに。それでも、寝る前にまだやることがあった。取りあげてきたうんざりするほどたくさんの情報通信機器のなかの情報を、自分のコンピューターにダウンロードしなければならない。所有者たちは通信事業者に連絡して、端末を盗まれたと言ってロックさせるだろう。すでにいくつかはロックがかかっているはずだ。ほかのやつらがそうする前に、できるだけ情報をコピーしておかなければ。

俺は自分のノートパソコンの電源を入れ、ＵＳＢケーブルを挿して作業を始めた。ミルヤミに何をしているのかと訊かれたから、説明した。彼女は俺にばかねと言って、代わりにやっておくからもう寝なさいと言った。俺は抗議し、ブルーレイをつかうデータ転送やそれぞれの機器に合ったケーブルをつかう必要があることなどをべらべらしゃべった。ミルヤミは黙りなさいと言った。そんなのは全部知っているから。

精神安定剤、鎮痛剤、筋弛緩剤。すべて二倍、コッシュのダブルで飲みくだした。ミルヤミが俺の膝の傷を見て、包帯を巻きなおしてくれた。俺は言った。「夕方前に起こしてくれ。誕生日祝いをしよう」

俺は寝室に行くために、無理して立ちあがった。ミルヤミは俺の頰にキスをした。「おやすみなさい」

眠れなかった。すぐには。だがようやく眠りが訪れると、死人のように眠った。

二十

午後五時ごろ、ひとりでに目が覚めた。イェンナがアヌの面倒を見ていた。スイートネスとミルヤミは食堂で座っていて、テーブルの上には、栓を抜いた瓶ビール、ショットグラス、コッシュのボトルがあった。すでにかなり飲んでいる。いつものように、スイートネスはまったく顔に出ていないが、ミルヤミは少し陽気になり、とろんとした目をしていた。

「誕生日のハグをしてちょうだい、それから座って飲みましょう」彼女は言った。

俺は寝る前にのんだ薬のせいでまだふらふらしていた。「俺はヤギのように臭いから、シャワーを浴びないと」俺は言った。「五分待ってくれ」

俺はシャワーを浴びてひげを剃り、パーティーにふさわしい服に着替えた。新品のジーンズとシャツ。それはケイトが買った服だった。ミルヤミには言わないが、俺には彼女の誕生日はどうでもよかった。すべてうまくいけば、明後日にはミロがケイトを連れて帰ってくる。すべてうまくいかなかったらという心配で、頭がいっぱいだった。

ふたりはコッシュを一本あけて、冷凍庫からあたらしいボトルを取りだし、栓をあけた。まだ早い。俺の予知能力はこの夜がひどい終わり方をすると告げていた。それに、イェンナが酒を飲んでいないことも、妙に気がかりだった。もしかしたら彼女は親切から、自分が酒を飲まずにアヌの世話をすればミルヤミが酒を飲めると思っているのかもしれないが、俺が酒を飲まなくていいし、いつもそうしている。いままで一度もイェンナが酒を断ったのを見たことがなかった。俺のために酒を飲まないというのは、彼女の性格からして考えられない。俺はミルヤミをハグして、彼女の隣に座った。スイートネスがショットグラスに酒を注ぎ、テーブルを滑らせて俺のほうへ寄越した。

俺はグラスを掲げた。「ミルヤミ、きみに。二十三歳の一年にきみの望みがすべて叶いますように。きみは俺にとって天からの賜物だった。きみがいなかったら、自分がどうしていたかわからない」これはほんとうだった。

俺たちは酒を一気に飲み干した。俺は冷蔵庫からビールを出してきて『パルプ・フィクション』のサントラをかけた。ミルヤミのお気に入りの一枚だ。俺たちは酒を飲み、さらに飲んだ。俺はすごく腹が減っていたし、彼らも体内のアルコールを少しでも吸収するものが必要だった。ふたりは俺より先に飲んでいた分、言うことはしっかりしていても、酔っぱらっていた。

「何か食べよう」俺は言った。

「すてきなレストランに行きたい」ミルヤミが言った。

あまりいい考えじゃない。彼女はすでに酔いすぎている。レストランが彼女の入店を許すかどうかわからない。警官の影響力を行使しなければならないかもしれない。俺はいま、誰にたいしても横柄ずくなことをしたくなかった。

「何が食べたいんだ？」俺は訊いた。

「スシよ」彼女はそれしかないというふうに勢いよくうなずいた。「スシを山ほど」

スイートネスとイェンナはふたりともしかめ面をした。だがきょうは彼らの誕生日じゃない。俺もスシが食べたくなった。

「うちで外食するのはどうだ？」俺は訊いた。

ミルヤミは少しろれつが回らなかった。「それ、ろ、うういうこと？」

「〈ガストロナウッティ〉に電話する」

彼女は全員のグラスにコッシュを注いだ。「それって、十軒以上の提携レストランから選べて、電話で注文すると、その料理をレストランからうちまで届けてくれるあのお店？」

「その店だ。それに彼らのリストにある三つのスシ・レストランから選べる」

彼女は悲しそうで、同時に切なそうでもある酔った笑顔を浮かべた。一瞬、スシのことを忘れたみたいだった。「あなたのサーブの窓を、防弾ガラスに交換しておいたわ」彼女は言った。

不思議だ。「どうしてそんなに早くできたんだ？」

彼女はグラスをもてあそんだ。「女の魅力を駆使したの」

ミルヤミの魅力はたくさんある。魅惑的で、まぶしいほどの美人で、知的で、頭の回転が速く、すばらしいユーモアのセンスのもち主で、生まれつき慈愛深く、親切で、いっしょにいてたのしい。それにヴィットゥヴァキ——ヴァギナの力——もある。俺はその言葉の語源は知らないし、長い年月のあいだに失われてしまったのかもしれないが、それはヴァギナには神秘的な力があると信じられていた時代の、女性性を賛美する異教の儀式に由来する言葉だ。ヴィットゥヴァキをもっている女性がいるとすれば、それはミルヤミだ。俺が彼女を愛さないでいられる理由は、ただひとつだけだった。俺はすでに妻を愛している。

ケイトは俺の妻で、俺の子の母親だ。俺はほかの人間はひとりもいらないほど彼女のことを愛している。脳腫瘍を切除した影響で感情を感じる能力をなくしてしまったが、それはゆっくりと、だが確実に戻ってきている。ミルヤミには、鉄が磁石に引きつけられるように性的に惹かれている——異性愛者の男なら誰でもそうなる——が、いちばん強く感じているのは友情だ。

「ありがとう」俺は言った。「お返しにスシをおごらせてくれ」

「〈ガストロナウッティ〉はすごく高いんじゃない？」

俺はほほえんだ。「安くはない」

「お金持ちでいるのってどんな感じ？」彼女は訊いた。

考えてみた。「いちばん大きいのは、多くの人びとが苦しんでいるプレッシャーの一部が軽減されるということだ」

「あなたとスイートネスとミロは、麻薬ディーラーからいくらくらい盗んだの？」

酔っぱらいの女の子の質問。無邪気でこどもっぽい。俺はもっとほほえんで、コッシュを飲んだ。「うんとだ」

「そろそろミルヤミに誕生日プレゼントをあげて、シャンパンをあけましょう」スイートネスが言った。

シャンパンのことをすっかり忘れていた。いまの彼女にこれ以上酒がいるわけがない。だがまあいいだろう、誕生日なのだから。金を詰めた酒店の袋はクローゼットに隠してある。俺はそれを取ってきて、彼女の前に置いた。そして完璧なホスト役として全員分のシャンパングラスを用意した。

「うえー」イェンナは言った。あまりにも彼女らしくなかったので、もしかしたら妊娠していてつわりなのかと俺は思った。だが何も言わず、ほかの全員に酒を注いだ。「わたしはいらない」

まったくらしくない。俺は酒を注ぎ、ミルヤミの誕生日に乾杯して、彼女にプレゼントをあけてみろと言った。

彼女はひもをほどくのに苦労していたが、なんとかあけてなかを見た。うろたえた顔をして、頭をはっきりさせようとしているみたいに首を振った。彼女が袋をさかさにすると、テーブルの上に札が山積みになった。

「どうして？」彼女はものすごくびっくりしていて、それしか言葉が出てこなかった。

どうしてこのプレゼントなのか、それともどうやってこれを手に入れたのか、彼女がどちらを質問しているのかわからなかった。「だいたい五十万ユーロある。ゆうべのあがりだ。

スイートネスが稼いだ。礼は彼に言ってくれ」

ミルヤミは酔っているせいかスイートネスについての部分を聞き逃し、俺に抱きついてきて、笑いながら泣いた。女の酔っぱらいに多い泣き上戸になっている。彼女はシャンパンをごくごく飲んで、金を俺のほうへ押しやった。「多すぎるわ。受けとれない」

俺は笑って、押し返した。「いいんだ、受けとってくれ」

彼女はもう反論しなかった。信じられないという笑顔を浮かべて金を見ていた。

俺は本棚のいろいろながらくたを置いてある木の箱から、まだ封を切っていないカードをもってきて、スイートネスに手渡した。「いかさまでつかったトリックを見せてくれ」

彼は言った。「もうかなり酔っているから、うまくできるかどうか」だがカードを出してジョーカーを捨てた。彼が切り、俺がカットして、彼が親になった。俺はロイヤルストレートフラッシュ、スイートネスは2のワンペア。彼はまたカードを順番どおりに並べて、今回は彼がロイヤルストレートフラッシュ、俺が2のワンペアだった。何もわからなかった。スイートネスはTシャツを着ているから、袖口に隠しているわけでもない。

「いったいどうやってるんだ？」俺は訊いた。

彼は目にもとまらぬ速さでカードを宙に引きあげたかと思うと、まとめて俺に寄越し、いたずらっぽいほほえみを浮かべた。「時間があり余るほどあるときに覚えることです。よかったら教えます。でもできるようになるかどうか。あなたは器用じゃないから」

たしかに。俺の手つきはクマ並みで、長年のウエートリフティングで手は扁平に、指はずんぐり太くなっている。不器用でものを壊すこともよくある。俺の手にはふたつの状態しかない。とまるか動くか。そこで気づいたが、そういう意味では下手でがさつな愛人なのだろう。

俺は感心してスシを山ほど注文した。シャンパン、そしてもちろん、いつでもそこにあるコッシュを飲みながら配達を待つあいだに、スイートネスと俺は、ロヴィーセをどうやって見つけ、また見失ってしまったかを話した。男をふたり殺したことは省略して。

「どうして彼の背中に包丁を突きたてたのは彼女ではないとわかるの？」イェンナが訊いた。

「わからない」俺は言った。「だがそいつが彼女にしようとしていたことを思えば、どうでもいい。だが彼女はほんとうのことを言っていると思う。それに雑誌に出てくるような美人は誰かも気になる。その女が人殺しだ。だが殺人の状況を鑑みれば、ロシア側はフィンランド警察の捜査を望まず、外交特権を行使して事件を終わらせるだろう。俺はそれでかまわない。賭けてもいいが、すでにあのアパートメントはからっぽにされ、改装されてペンキが塗りかえられているはずだ。だがちょっと興味があるから、採取した指紋をコンピューターで照会してみる」

スシが来た。スイートネスはいままで一度も食べたことがなかったらしい。彼は疑わしげににおいをかいでみた。「中国人の女をファックするようなものですか？」

俺はどういう意味かと訊いた。

「味はいいんだけど、二時間後にはまた食いたくなる」彼は古い悪趣味な冗談にげらげら笑った。ばか笑いにミルヤミも俺もつられて笑った。イェンナは渋い顔をしていた。彼が自分以外の女とセックスする冗談がおもしろくなかったらしい。彼女はスシに手を出さなかった。具合が悪いせいでいらいらしている。

スイートネスはスシのうまさを発見し、俺たちは三人で大きなふた皿を食いつくした。たのしい夜になった。これほどの酒を飲んだら酔っぱらいのパーティーの常で泣いたり口論になったりすると心配していた。が、そうはならなかった。夜中過ぎ、俺たちはもう寝ることにした。

ミルヤミが夫婦の寝室についてきた。俺は酔っていたが、へべれけではなかった。彼女は酔っぱらい、よろよろと歩きながらサマードレスのストラップを肩からはずした。ドレスが床に落ちる。すでに裸足でノーブラで、パンティーを脱いで俺のほうへやってきた。俺の股に手を置き、当然そこにあると知っていた、硬くなったものをなでた。

俺は脚のあいだから彼女の手をはずし、押さえた。

「わたしが待っていた誕生日プレゼントをちょうだい」彼女は言った。

なんてことだ。彼女は美しい。最初に会ったとき、俺は彼女から目が離せなかった。その彼女が裸で目の前にいて、俺はそのしなやかなからだを上から下まで眺めまわした。「できない」俺は言った。

彼女は俺のジーンズのボタンをはずしはじめた。「それならわたしから、あなたの欲しがっているプレゼントをあげる」

俺は片手で彼女の両手首を握った。「前にも言ったはずだ。俺はケイトを裏切らない」

酒と失望で彼女は癇癪を爆発させた。怒りが目のなかで燃えあがる。「ケイトって誰？　どこにもいないいじゃない」

「俺の女房のケイト。娘の母親だ」

彼女は怒鳴る一歩手前だった。「ヘルシンキじゅうの男はひとり残らずわたしとファックしたいと思っているのに、わたしはあなた以外誰も欲しくない。あなた。そうよ、あなたよ。それなのにその人がわたしを拒絶する。なんて恩知らずのろくでなしなの」

酔っぱらって話が大きくなっているが、真実からそれほど遠いわけでもない。「そうかもしれない。だが俺は誠実な人間だ。きみにたいしても、ある意味で誠実だ。きみに頼まれたらなんでもする、これ以外なら。もし俺がきみの言うとおりにしたとして、俺のことを同じように思えるのか？　俺がケイトを捨ててきみを取ったら、きみにも同じことをしないとどうして信用できる？　すまない、俺には妻がいるんだ」

彼女はベッドをひっぱたいた。たぶん俺をひっぱたく代わりに。「あなたの妻。妻って？　その妻はどこにいるの？　妻は夫と子どもの世話をするものよ。あなたの世話をしているのは誰？　あなたの子どもの世話をしているのは？　あなたに尽くしている女は誰なの？　わたしよ。わたしだわ」彼女は最後に叫んだ。「わたしじゃない！」

彼女は声を低くした。「あなたに妻がいるとしたら、それはわたしよ。くだらない誓いの言葉なんて関係ない。行動が大事なのよ。わたしは毎日あなたへの愛を示している。事実上、わたしがあなたの妻よ。あなたの妻」ふたたび彼女は叫んでベッドをひっぱたいた。「わたしがあなたの妻だわ！」

彼女は泣きだし、ベッドの端に腰掛けて顔を両手で覆った。

俺は彼女の隣に座り、抱きしめた。「すまない」

彼女は俺の肩に顔を押しつけてすすり泣いた。彼女は柑橘（かんきつ）類と花の香りがした。泣きやむまでに少しかかった。そして彼女は悲しそうな茶色の目で俺を見上げた。「せめて隣で寝てもいい？」

俺はうなずいた。「ああ」俺は立ちあがってジーンズを脱いだ。彼女はベッドの頭のほうに行って上掛けをはがした。彼女が裸のままでいっしょに寝ることはできない。何かが起きる。抽斗からTシャツを出して彼女に手渡した。「これを着てくれないか」

彼女は受けとり、あまりにがっかりしていて何も言わなかった。ぶかぶかのミニスカート丈の寝間着代わりだ。それでも俺の彼女への欲望は減らなかった。ジャガイモの袋を着ていても彼女はセクシーに見えるだろう。俺はいつもは裸で寝るが、ボクサーショーツをはいたままで寝た。

彼女はすり寄ってこなかった。俺は頭のなかで彼女の言葉を考え、目の前に裸の彼女がいると想像していた。痛みを引き起こすことなく人生を生きることは可能なのだろうか？　自分がいちばん大事にしている人にたいしても？　俺は寝たふりをした。

ミルヤミは左手を俺の右手とつないだ。マットレスがかすかに振動するのに気づいた。彼女がマスターベーションしている。いってから、彼女は忍び泣いた。俺は目を閉じ、何も気がつかないふりをした。

二十一

あくる朝九時、寝室のドアが軽くノックされる音で目覚めた。俺は無視した。横になったままでまどろみ、二日酔いの日をたのしみたかった。二日酔いは悪く言われすぎだ。重度の二日酔いはたしかにひどいが、軽い二日酔いは、もし何もすることがなければ、むしろ心地よい。それにともなう倦怠感が俺を弛緩させる。ピザとヤッファ――オレンジソーダ――糖分と塩分の組み合わせが、二日酔いには最高の薬だ。ほとんどの人びとはわかっていないが、二日酔いは、アルコールを摂取したから起きるのではなく、からだがアルコールを奪われて激怒するから起きる。アルコールはある意味、インスタント依存を引き起こす。だから迎え酒が有効なのだ。

ミルヤミは起きなかった。ノックが激しくなる。イェンナが大声で言った。「入るからね」「どうぞ」俺は答えた。彼女は入ってきて、俺たちがいっしょに寝ているのを見た。ゆうべの怒鳴り合いでミルヤミと俺がいっしょにいるのは知っていたはずだ。その表情は賛成でも反対でもなかった。彼女はどうでもいいという感じで、俺を無視してミルヤミを起こそうと揺さぶった。「医者に連れていってくれないとこ」イェンナは言った。

ミルヤミはひどく気分が悪そうだった。「そうね、わかった。ちょっと待って」

「どうしてスイートネスに連れてってもらわないんだ?」俺は訊いた。

「今朝の彼を見たらわかるわ。それに、ミルヤミは約束したのよ」

「タクシーで行け」俺は言った。

イェンナは俺に怒鳴った。「あたしがくそタクシーで行きたいと思ったら、とっくに呼んでるわ。それにあんたのアドバイスが欲しいと思ったら、その頭を絞りあげてる」

この数時間、怒鳴られっぱなしだ。それもいわれのないことで。俺は頭に枕をかぶせて、口出しはやめた。だがアヌが泣きだした。二日酔いの朝寝坊はなしだ。俺は娘の世話をするためにベッドから出た。アヌの部屋で娘を抱いてあやしていると、ドアがばたんという音が聞こえた。スイートネスとイェンナはアヌの部屋の予備のベッドで寝ている。スイートネスはアヌが泣き叫んでも、ぴくりともしなかった。二日酔いがひどいのだろう。俺はミルヤミに、好きなときにケイトのアウディをつかってもいいと言ってあった。ふたりはアウディで行くのだろう。

そとで、バンという音がした。分厚い防弾ガラスを通して聞こえたのだから、かなり大きな音だろう。俺はアヌをベッドに寝かせて、杖をつかみ、ハルユ通りを見下ろす大きな窓のところまで行った。アウディが炎につつまれ、黒煙がもくもくと上がっている。イェンナは歩道に倒れ、動かない。ミルヤミは道路に出て転がっている。彼女はカットオフのジーンズのショートパンツと、上は薄手のキャミソールを着ていた。服が燃え、彼女の髪が焼け焦げている。

ありったけの大声でスイートネスを呼び、椅子の横のテーブルの上にあった携帯電話を取って緊急通報の１１２にかけ、車が爆発したと言った。少なくともふたりが怪我をしている。救急車と消防車を頼む。

スイートネスは下着に手をつっこみ、股間をかきながら寝室から出てきた。「いったいなんです？」彼は訊いた。

俺は指差した。彼は一目見て、すぐにドアから飛びだしていき、下着姿のまま現場に駆けつけた。応急処置は彼に任せる。俺は病院に行く準備をした。ジーンズとシャツを着てスニーカーを履き、アヌをベビーカーに乗せ、赤ん坊に必要なもの全部と、きのう寝る前にスイートネスが床に脱ぎ散らかした服、彼の靴もいっしょにベビーカーに入れて、下におりていった。俺が下に行くまで十分ほどのあいだに、消防自動車、警察の車、救急車が到着していた。いいレスポンスタイムだ、ありがたい。火は消えていた。

イェンナは救急車に乗せられていた。俺はのぞきこんだ。意識があった。彼女もショートパンツをはいていたがそれは血みどろになり、脚も血でよごれていた。

救急救命士がミルヤミをストレッチャーに乗せた。彼女の燃えた服がところどころ皮膚にくっついていた。からだの上のほうの火傷は下半身ほどひどくなかった。ショックで震えている。救急救命士が彼女に何かを注射して、腕に点滴の針を刺した。

スイートネスと俺は警官と話した。俺はミルヤミの両親はロヴァニエミに住んでいると言った。スイートネスはイェンナの両親の名前と住所を言った。警察が彼らに連絡する。俺がアヌをカーシートに乗せているあいだに、スイートネスは服を着て、俺たちは救急外来へと向かう救急車のあとからついていった。

俺たちは名乗り、ふたりが処置されている手術室に入ることを許された。医師が説明してくれた。車のなかの火は運転席の下から出火した。イェンナは軽い火傷だけだ。だが彼女は妊娠していて、火事のショックか、車から飛びおりたためか——事故による心的外傷かなにか——のせいで流産した。それ以外に怪我はない。スイートネスの目じりに涙がたまった。

彼は自分の母親も危険かもしれないとパニックになり、電話して説明し、ホテルに泊まってくれと頼んだ。母親はどこにも行かないと拒否した。彼は頭をかかえた。

だがミルヤミの火傷は重症だった。どうやら彼女は、あわてふためいて車のドアをなかなかあけられず、逃げるのが遅れた。彼女の脚はひどい熱傷を負い、一部炭化していた。皮膚移植が必要になる。場合によっては胴体にも。首と顔は皮膚が焦げているせいでじっさいよりもひどく見える。その部分の傷は最小限度ですむだろうが、意識をとり戻したら激痛を感じるだろう。そこで二日間ほど眠らせておき、目覚めたらすぐにモルヒネ点滴を始める。医師は俺に帰ったほうがいいと言った。できることは何もない。彼は俺の電話番号を控え、彼女が意識をとり戻したときに電話をくれると約束してくれた。せめてそばにいてやれるように。

スイートネス、病衣を着たままのイェンナ、俺とアヌは、無言のまま帰宅した。十一時間病院にいて、コーヒーとまずいサンドウィッチしかとらなかった。そのあいだずっと、俺たちは廊下の椅子に座って何も話さなかった。話をしたらこれが誰の仕業かを推理することになる。スイートネスも俺もまだその準備ができていなかった。それは怒りに変わり、緊急救命室で怒りをぶちまけることはできない。

途中で〈ヘスブルゲル〉のドライブスルーに寄った。アウディはなくなっていた。警察が出火原因を調べるために牽引していった。

家の食堂のテーブルの上にハンバーガーとフライドポテトの入った紙袋が置かれた。きょうのできごとのあとで、誰も食欲がなかった。俺はからだじゅうが痛かった。優秀な医師である兄、ヤリの言うとおりに、薬をのんだ。即効性の麻薬性鎮痛剤を水に溶かしてのむと、すぐに痛みがやわらいだ。ヤリの言うとおりだった。松葉杖を捨てて杖をつかうことで、銃弾で砕かれた膝の関節に余分な負担がかかり、俺はいまその代償を支払っている。だがコルチゾン注射のおかげでなんとか動けている。

イェンナは最悪の気分だと言って、シャワーを浴びに行った。スイートネスがビールとコッシュのボトルとグラスをもってきた。俺たちはジャンクフードの載ったテーブルを挟んで向かい合った。コッシュを飲み干す。スイートネスがお代わりを注いだ。

「こんなときこそ何もわからなくなるほど酔っぱらいたいと思う」俺は言った。「だができない。アヌの面倒を見なきゃいけないから」

スイートネスは言った。「イェンナは酒を飲んでいないから、あいつが面倒を見てくれるかも」

　これまで彼が言ったことのなかで、もっとも身勝手で、軽率で、愚かな言葉だった。イェンナはきょう地獄のような目に遭った。その彼女を全力で慰めようとする代わりに、仕事を押しつけようとしている。彼女が聞いていなくてよかった。そう言おうとしたとき、本人が、濡れた金髪を尻まで垂らし、タオルを巻いただけの姿で入ってきた。

　イェンナは身長一五〇センチメートル、体重は五〇キロでその約半分は胸の重さだ。彼女はテーブルにあったコッシュのボトルを取って、らっぱ飲みした。少なくとも四口分の酒がごくごくと喉をとおった。そして俺たちのほうへテーブルを滑らせて返した。「乾杯」

　彼女は流産したばかりだ。俺が思うかぎり、彼女は自分が妊娠しているとは知らなかったようだし、スイートネスも自分が父親になることに気づいていなかった。具合が悪く酒を避けていたのだから、俺が気をつけてやるべきだった。ここはふたりきりにしてやろう。「ちょっと座り心地のいい椅子に座ってくる」俺は言い、ビールとショットグラスを運んで、肘掛け椅子に腰かけた。足台に足を乗せて、コッシュを飲み、ふたりの会話を聞かないようにした。アヌは俺の膝の上、カットは椅子の背もたれの上にやってきて俺の肩に前脚を置いた。数分もしないうちに、俺はまどろみに落ち、けんかのきっかけは聞き逃した。

「ハイスタ・ヴィットゥ」――生意気野郎――イェンナが言った。

「しゃぶりやがれ」

「自分でしゃぶりなさいよ。あたしはもう、二度とあんたとセックスしないから！」

昼寝している場合じゃない。

イェンナは激怒していた。「どうしてあたしがあんなに具合悪くて、きょう医者に行くつもりだったか知ってる？」

彼の声の怒りが狼狽に変わる。「いや。どうしてだ？」

「中絶するつもりだったからよ、このデブ！」

怒りも狼狽も消えて、悲しみがとって代わった。「俺は父親になるはずだったのに、おまえはそんなことをするつもりだったのか？　なぜ？　俺の子どもでもあったのに。知る権利があった」

彼は椅子に座り、彼女は立っていて、身長差のせいでふたりは目の高さが同じくらいだった。

イェンナはせせら笑った。「権利。あんたの権利だって。あたしに嘘をついたでしょ。一日じゅう酒を飲むのはやめるって言ったのに。仕事は人をぶちのめすことだし」彼女は俺を指差した。「この人に会う前のあなたはいい人だったのに。いまは酔っぱらいの、警察の身分証をもった暴力犯だわ。嘘つきのろくでなし」

俺のせいか？　彼が暴力的な酔っぱらいになったのは、兄の死のせいだ。俺はただ彼に仕事をやっただけだ。

「それに気づいてないみたいだから教えてあげるけど」イェンナは言った。「あたしはまだ十六歳でもっと遊びたいのよ。せっかくの若さを、あなたの赤ん坊のおむつを替えて無駄にしたがると思うの？　手伝うつもりだったとか、あたしにも自分にも嘘をつくんじゃないわよ」

スイートネスは怒鳴った。「おまえは俺の赤ん坊を殺す気だったんだろう」

彼がイェンナを殴ろうとこぶしを振りかぶった。もし殴ったら殺してしまうかもしれない。俺は叫んだ。「やめろ！」クッションの下の隠し場所から四五口径を取りだしてスイートネスを狙った。

俺はアヌを抱いていたが、娘は動きにびっくりして大声で泣きだし、混乱に拍車をかけた。スイートネスは動きをとめて俺を見た。その笑い声はあまりにも悪意に満ちていたので、彼の声だとは信じられなかった。「はあ？　今度は俺を撃つんですか、ポモ？」

「彼女を殴ったらだめだ」俺は言った。「まっぷたつにしてしまうぞ。おまえを殺すわけじゃない。脚を撃って倒すだけだ」

彼の口が動き、中途半端な反論を考えていたようだが、何も出てこなかった。俺はふたりを見つめた。イェンナが手を白いこぶしに握りしめ――彼女を撃つわけにもいかず、俺にできることはほとんどなかった――大きく振りかぶってスイートネスの鼻にパンチを食らわせた。彼は殴られるとわかっていて、よけなかった。鼻が折れる音がして、顔の横に折れ曲がった。血が出て、まるで締まりの悪い蛇口のようにぽたぽたと垂れた。

彼は反応したり文句を言ったりしなかった。ただ〈ヘスブルゲル〉の袋から紙ナプキンを取りだしてテーブルの上に広げ、ほかをよごさないようにその上にかがんだ。

イェンナはコッシュのボトルをつかみ、またごくごく飲んだ。「ふたりとも、くたばっちまえ」彼女はボトルを持ってアヌの部屋に行ってしまった。

俺はアヌをベビーカーにおろし、スイートネスのところに歩いていって、肩に手をかけた。

「すまなかった」俺は言った。

「いえ」スイートネスは言った。「あなたは正しいことをしてくれた」

「病院に行くか、それとも俺が鼻を戻してやろうか？　病院に行ったほうがきれいに治るが」

「そんなの。戻してください。まず強い酒を」さいわい、彼はコッシュをケースで買っていた。

俺は彼に鎮痛剤を二錠とコップに半分注いだコッシュを与えた。彼は両方飲んだ。数分間、座って血を流しながら、薬と酒が効いてくるのを待った。

「よさそうです」彼は言った。

バスルームに行った。ここなら照明は明るいし、血が飛んでも掃除が楽だ。俺は親指と人差し指で鼻をつまみ、ぐいっと引いた。軟骨が擦れる音がしたが、元に戻らなかった。スイートネスは声を出さなかったが、目に涙を浮かべた。俺はもう一度やり、今度は戻りそうだったが、まだだめだった。彼は顔をしかめて吠えた。

「くそっ」彼は言った。

「すまない。指ではちゃんと戻せない。鼻の孔(あな)に鉛筆をつっこんでひっぱろうか。そうすればまっすぐ治せるかもしれない」

「ったく。ボトルをください」

きれいに折れているように見えた。彼の鼻は潰れているのではなく、横に倒れている。

「どうすればいいかというと」俺は言った。「鼻を顔からひっぱりあげて、ずらし、あるべき位置に戻すんだ」

俺がボトルを取ってきて、彼はラッパ飲みした。俺もごくごく飲んだ。彼は鏡を見て、両手の親指のつけ根で鼻を挟み、ぐいっと前に引いた。軟骨が軋む。彼の鼻は正しい場所に戻った。「ファック」彼は言った。「よかった。あなたにもらった薬は、コッシュといっしょに飲んで、だいぶ効きました」

「ああ」俺は言った。「そうだろう。そういえば腹が減ったな」

「俺もです」スイートネスは言った。

彼は鼻血をとめるためにトイレットペーパーを鼻の孔に詰め、俺たちは食堂に戻ってダブルチーズバーガーとフライドポテトをがつがつ食った。

「俺の口出すことじゃないが」俺は言った。「もし気に障ったらそう言ってくれ、だがおまえとイェンナは避妊していないのか？」

彼はバーガーを半分ほおばっていた。そのせいで答えたのは一分後だった。「もちろんしてます。リズム法で。たいていはレッド・ホット・チリ・ペッパーズのリズムです。イェンナの好きなファック用音楽だから」

二十二

　ドアがあく音で目が覚めた。スーツケースのキャスターを転がす音が聞こえた。ケイトが帰ってきた。俺はスウェットパンツをはき、彼女を出迎えた。その目には生気がなく、まるで死んでいるようだった。一週間で十歳も老けたように見える。ミロがまるで逃げ道をふさぐように、彼女のうしろにいた。俺はケイトを抱きしめた。彼女はされるままになっていたが、抱擁を返してはくれなかった。

「会いたかった」俺は言った。

　彼女はろれつが回らなかった。「アヌはどこ？」

「ベッドで眠っている」

「連れてきてくれる？」

「もちろん」

　俺はドアをノックした。ゆうべのイェンナの怒りとスイートネスのＫＯのあとで、どんなことになっているかわからなかった。「入って」イェンナが言った。

　ふたりはいっしょにベッドに寝て、イェンナはスイートネスの胸に頭を乗せていた。すべては赦されたようだ。

「ケイトが帰ってきた」俺は言った。「それとイェンナ、きみは誤解しているみたいだが、俺はミルヤミとセックスしていない。彼女はただ俺と同じベッドで寝たがっただけだ。何もなかった」

「あたしには関係ない」彼女は言った。「なんであたしに?」

「不用意に、俺がケイトを裏切ったとかほのめかしてほしくないからだ。俺は彼女を裏切ったことはない」

そのとき気づいた。ベッドのシーツ類を交換するつもりだったのに。ミルヤミの香りがするはずだ。ファック、ファック、ファック。

俺はアヌをケイトのところに連れていった。彼女はアヌを腕に抱き、俺が怪我の心配をするくらいきつく抱きしめて、泣きだした。ただ泣くのではなく、嘆き悲しんでいるような泣き方だった。赤ん坊と再会したのではなく、赤ん坊を亡くした母親のような泣き声だった。

ミロが俺の耳元でささやいた。「ケイトは帰りの機内で、少しも眠っていません。だからほぼ二日間寝ていないことになります。ずっと酒を飲んでいました」

アヌが泣きだした。「わたしのことが嫌いなんだわ」ケイトが言った。

「そんなはずはない」俺は言った。「この子はきみを愛している。きみが緊張しているからびっくりしているだけだ」

「わたしがこの子を捨てたから嫌っているのよ。それでいいの。わたしは嫌われて当然。この子はわたしにはもったいない。わたしのような女は赤ちゃんを産んだらいけないの」

彼女は俺の肘掛け椅子と揃いの足台に腰掛け、アヌを抱っこして、やさしく揺すりながら、ずっと泣いていた。俺はどうしたらいいかわからず、ソファーに座って待った。

ミロが小声で言った。「精神安定剤はありますか？」

俺はうなずき、取ってきて彼にオキサゼパムを渡した。

彼は台所に行った。何錠かスプーンの背で粉々に砕き、コッシュとヤッファで強い酒をつくって薬を溶かした。彼はその酒をケイトに持っていった。「さあ、ケイト」彼は言った。「これを飲んだほうがいい」

彼女は涙をふいて洟をすすった。「わたしの誘拐犯でバーテンダー」彼女は言った。そして酒を半分、一気飲みした。

酒を全部飲むころには泣きやみ、目がとろんとしてきた。「ベッドに行かないと」彼女はそう言ってアヌを俺に渡し、よろよろと寝室に入っていった。

「なんてことだ」俺は言った。

ミロはソファーで俺の隣に座った。「ええ」彼は言った。「彼女は混乱して、ずっと酔っぱらっています。言ってることのつじつまが合わない」

「おまえは眠れたか？」俺は訊いた。

「マイアミでは寝る時間がとれなかったから、帰りの飛行機のなかで少し寝ました。飛行機ならケイトがおとなしくしていると思って。だからだいじょうぶです」

「ありがとう。恩に着る」

「どういたしまして、その必要はありません。立場が逆ならあなただって同じことをした」

「いろいろとあったんだ」俺は言った。「どれも悪いことばかりだ。俺たちは話し合う必要がある。どっちが先にする？」

　俺は肘掛け椅子に座った。ミロはソファーに仰向けに横になってからだを伸ばした。足をまっすぐ突きだして足首で交差させ、両手を組んで腹の上に置いた。彼は目をつぶって話した。「わたしからいきます。あちらに着いたときにあなたに言ったとおり、ジョンはスピードボールをやっていて、ケイトは酒で泥酔していました。わたしはしばらく、あいた窓から漏れてくるふたりの会話を盗み聞きしていました。ケイトは殺人犯は母親になれないとか、空から燃えながら落ちてくる男とか、おかしな話をしていました」

「彼女はＰＴＳＤなんだ」俺は言った。

「それはわかりました。それにもうひとつわかったのは、ケイトが弟の悪習に染まるのは時間の問題だったということです。彼女は興味をいだき、スピードボールがどんな感じか、ジョンに訊いていました。〝エレベーター・シャフトのなかを落ちていくようだ〟と彼は答えました。ケイトがそれに惹かれているのがわかりました。ジョンは〝あと一日ジャンキー〟です。〝あと一日したら、更生施設に入る〟。それをケイトは信じていました。だからわたしは、〈ウォルマート〉という店に行きました。聞いたことありますか？」

「アメリカのテレビで名前を聞いたことがある」

「とてつもなく奇妙なところです。ショッピングモールくらいばかでかくて、考えられるありとあらゆるものを売っています。一歩も店のそとに出ないで何年間でも生きていけそうです。ポテトチップスが百種類もあります。店内があまりにも広いから電動のショッピングカートに乗って買い物をするんです。そんなのつかうのは年寄りだけだと思うでしょうけど、乗っている人びとはほとんど、太りすぎで歩けない人たちでした。あんなデブばかりの場所ははじめてでした」

ミロお得意の聖書のような長話か。今回ばかりはずばりと本題に入ってほしいと俺は思った。

「とにかく、わたしはその店で狩猟用ナイフを買いました。ガソリンスタンドで買った野球帽とサングラスで変装して。ガソリンスタンドも変でした。とにかくでかい。百種類の栄養ドリンクを売っていました。いったいなぜ、百種類もの栄養ドリンクが必要なんでしょう?」

俺は怒鳴りつけたいのを必死でこらえた。

「ジョンの毎日は、朝早く出かけて、八分の一オンスのヘロインとコカインを買って、ほとんどを売りさばき、残りを自分用につかうというものです。わたしは彼のディーラーをつけて、その家に不法侵入し、それぞれ一オンスずつ盗みました。あくる朝、わたしはジョンが麻薬を買いにいくところを待ち伏せて、ケイトを連れて帰ると彼に言いました。彼は怒って脅してきましたが、わたしは彼の喉にナイフを突きつけて、麻薬を見せました。ケイトを帰したら麻薬をやると言いました。ケイトとは二度と、けっして連絡をとらないという条件付きで。そしてジョンに、この麻薬を自分でつかってもいいし、売りさばいて更正施設に入る金をつくってもいいと言いました。彼はわたしの手から麻薬を奪うように取って、あとでうちにケイトを迎えにきてくれと言いました。彼は姉を売ったんです」

「それは驚くことじゃない」俺は言った。

「わたしがその日の午後彼の家に行くと、ケイトは半分酔っぱらってて、わたしは彼女に、荷造りするようにと言いました。連れて帰るからと。彼女は横柄になってやれるもんならやってみろと言いました。わたしは彼女にナイフを見せて、もしいっしょに帰らないなら、この場でジョンを殺すと脅しました。彼は自分の役を演じてわたしに協力し、ケイトに夫と子どものところに帰るべきだ、出ていけと言いました」

「ケイトはどうだった？」

「すごく腹を立てました。でもご覧のとおり、けっきょくは受け入れた」

「ジョンはどうなると思う？」

「彼の座るソファーの前のテーブルにノートパソコンが置いてありました。ウェブカム内蔵の。わたしはコンピューターをウイルスに感染させて、ウェブカムで彼の様子を見られるようにしておきました」

　俺はミロののぞき趣味を計算に入れていなかった。もちろんミロは、ジョンがどうなるか知りたがる。彼の人生はそれなしでは完全にはならない。彼はジョンに麻薬をやって、ゲームをプレーした。売りさばいて更生して生きるか。麻薬をやって死ぬか。スピードボール依存症者は長生きしない。命を削る遊びだ。ミロはルーレットの円盤を回して、ジョンの命を賭けた。

「おまえに酷な話をしなければならない」俺は言った。

ミルヤミの話からはじめて、殺されたロシア人外交官、ポーカーゲーム、〝くそリスト〟、嫌がらせ、その裏にヤン・ピトカネンがいたことなど、すべて話した。

俺が話しているあいだ、ミロはひと言も口をきかなかった。彼の全身に怒りが駆け巡り、アドレナリンで心臓が早鐘を打ち、首と額の血管が激しく脈打つのが見えた。俺が話しおわったとき、彼は言った。「このために人が死にます」

「誰だ？　俺たちはあまりに多くの敵をつくったから、全員を殺すわけにはいかない」

「あなたも気づいているでしょうが」ミロは言った。「犯人はケイトの車を焼いた。狙われたのはあなたの妻で、わたしの従妹のミルヤミはただ巻きこまれて被害に遭った」

たぶん彼の言うとおりだとは思うが、感情的になって中途半端な復讐に走る前に、ちゃんと確証を得るべきだと思った。さもないと俺たちが刑務所送りになりかねない。刑務所は暮らしやすいところではない。警官にはとくに。「まずなによりも出火原因を突きとめなくては」俺は言った。

「いいでしょう。さっそく出かけましょう」

「だめだ。ケイトが目覚めたときにここにいてやりたい」

それにロヴィーセ・タムを見つけて、俺の任務の気高さをケイトに見せたかった。またトランペットの音が聞こえてきた。

ミロはくすくす笑って、子どもにするように俺を諭した。「いいですか、ケイトは二日間寝ていなかったんですよ。からだを流れる血液よりも多くの酒を飲みました。おまけにさっきわたしは彼女に、馬でも気絶するくらいの精神安定剤をのませました。きょうは彼女は起きません。明日になれば」

俺は彼女の精神科医に電話した。トルステンは、どうやって連れ戻したんだと訊いた。「それはどうでもいい」俺は言った。「いま俺は、どうやって彼女の面倒を見るのがいちばんいいのか、訊いているんだ」

彼は明日十一時にケイトを自分のオフィスまで連れてくるようにと指示した。たぶんケイトだけではなく、俺たちふたりと話をするつもりなのだろう。

スイートネスとイェンナはまだベッドにいた。俺はイェンナに、しばらくアヌの面倒を見てくれるかと訊いた。彼女は引き受けてくれて、怒っているかと俺に訊いた。俺は怒っていないと答えた。スイートネスには、ゆうべの血の痕が残っていたらきれいにしておいてくれと指示した。ケイトが見たら、動揺するかもしれない。彼はやっておくと言った。

俺は寝室に行って着替えた。ケイトはチェーンソーのようないびきをかいていた。たしかにぐっすり眠っている。ミロの言うとおりなのだろう。「明日になれば」

二十三

ミロがすべての警察車両の代名詞であるクラウン・ヴィクトリアを運転して、俺たちは国家捜査局のガレージに行った。科学捜査課の鑑定士がアウディの下に入っていた。俺たちが声をかけると、車体の下から滑り出てきて、俺たちはたがいに自己紹介した。

「負傷者があったと聞きました」彼は言った。「助かりそうですか？」

「女性がふたり火傷を負った」俺は言った。「ひとりは重症だ。俺たちのよく知っている人間だった。だが助かるだろう」

「お気の毒です」彼は言った。「車の状態から火災がどんな感じだったか想像がつきます」

ミロと俺は彼の親切な言葉に礼を言った。「何があったんだ？」俺は訊いた。

彼はよごれたウエスで手の油をぬぐった。「正直言って、困っています。車には詳しいですか？」

俺たちはイエスと答えた。

ボンネットがあいていて、その下の一部の部品がとりはずされていた。彼はそれを指差しながら説明した。「燃料噴射装置のうちふたつにカーボンが詰まっていました。安いガソリンをつかったみたいに。でもほかの燃料噴射装置はきれいでした。だからピストンがふたつちゃんと動作せず、燃料がエンジンに噴出されました。それで火が点くというのもありえる話ですが、温度が燃焼レベルに達するまでに数分間かかります。だがじっさいには、運転者の彼女がエンジンをかけてすぐに火があがっています。それに、この車はまだあたらしくて、走行距離は七千キロしかいっていません。その距離であんなにカーボンが堆積するはずがないんです。それにどうしてふたつだけ？　それにどうやって火がガソリンタンクに引火したのか？　フューエルラインの圧力がさがらなければ、火がそんなうしろに燃え移って引火するはずがありません。ガソリンに火を点けるのは簡単じゃない。バケツに入ったガソリンに煙草を投げ入れても、たぶんそのまま消えるだけでしょう。引火するのはガソリン蒸気です。酸素が少しあればなおいい。給油キャップがなくなっていました。タンクが爆発したときに吹き飛ばされたのかもしれませんが。そしてもうひとつの疑問は、どうして車内に火がついたのか、ということです。まるでフューエルラインから上向きに床に燃料が噴射されていたみたいに、そこから出火しています。そのラインは燃えてなくなってしまい、何があったか特定するのは難しい」

「あの車はこの数週間で二、三回しか走っていない」俺は言った。「走った距離も短い。最後にガソリンを入れたのは俺で、ほぼ満タンだった。燃料噴射装置が詰まっていたはずはない。ありえない」

鑑定士は申し訳なさそうに、お手上げのしぐさをした。「なんと言ったらいいかわかりません。あんな火災になるシナリオは想像できない」

　ミロが言った。「ちょっと想像してみてください。車が盗まれてどこかのガレージに運びこまれ、細工されていたとしたら。六つある燃料噴射装置のうちふたつが、詰まったものと交換された。車は正常な四つの噴出装置がついたシリンダーの働きだけで走り、もとあった場所に戻された。その車からガソリンを抜いてレーシングカー用の特殊燃料を入れ、残った正常なピストンを過度に働かせてエンジンを早く温めた。車にはあまり多くの燃料を入れなかった。満タンのタンクは酸素の欠乏で燃焼を妨げるかもしれないから、エンジンがかかり、短い距離を走るだけしか入れなかった。車が早く過熱して火が点くように。給油キャップはあけてあった。タンク内に酸素を供給し、火が蒸気に引火したときに爆発しやすくするために。フューエルラインにはいくつか穴をあけて、運転席の下に燃料が噴射されるようにした。プラスチック容器入りのエーテルなど揮発性の燃焼促進剤がエンジン室と運転席の下のどこかに置かれた。プラスチックは溶け、燃焼促進剤に引火して、インジェクターノズルが火を噴いた。穴から燃料が噴射されているフューエルラインの圧力がさがり、火が後方に燃え移った。火はフューエルラインから飛びだし、運転席の下にあった燃料促進剤に火花を散らし、引火して、燃料タンクに戻り、タンクが爆発した」

　鑑定士はそれを考えていた。「それは可能ですが、あまりにも複雑でとてもありそうにない。車に細工して人殺しをする場合、たいていはもっと単純な方法でおこなわれます。ブレーキラインを切るとか、そういうことです。だが溶けたプラスチックを探すのは可能です。

エンジン、フューエルライン、燃料タンクの残留物サンプルを採取して、分析します。わたしがどんな仮説を立ててるよりもいいでしょう」

俺たちは彼に礼を言ってガレージをあとにした。俺はロヴィーセ・タムを見つけた殺人現場で採取した指紋を照会して、ロシア大使が電話をかけたあとであのアパートメントに行き、ミコヤンのロヴィーセにたいする性的虐待を中断させたのは誰か、突きとめたかった。俺たちは国家捜査局へ行った。数カ月前、ヘルシンキ警察殺人捜査課からここへ異動になったときに来て以来だった。警部の俺にはオフィスがあるはずだ。俺は好奇心からどこにあるのか訊いてみた。見つけた部屋はがらんとして、コンピューターの載った机と椅子が置かれていた。

俺はコンピューターにログインして、サーシャ・ミコヤンとロシア人スパイふたりの殺害についてデータベースに何か載っているかどうか調べてみた。これは自宅アパートメントでも簡単にできることだ。俺のコンピューターは、自宅のワークステーションから、データベースにネットワーク接続されている。何もニュースになっていなかった。科学捜査課は、弾痕だらけのドアや部屋のあちこちに黒い指紋を見つけたらきっと驚いたはずだ。つまりあの殺人事件は通報されなかった。ロシア人は死体を運びだしてドアを交換し、すべてを隠蔽したということだ。

だが肉切り包丁に残っていた指紋については、合致する記録を見つけた。ロシア大使夫人エレーナ・メルクロワのものだった。なぜこんなことが？　外交官とその家族は、逮捕や指紋採取はされないことになっているのに。俺は彼女を逮捕した警官に電話した。彼によれば、彼女はダウンタウンのブティックや〈ストックマン〉デパートでの万引きを好む窃盗症（クレプトマニア）だということだった。彼女は逮捕されたときに身分証をもたず、何時間も身元を明らかにしなかったため、通常どおりに処理された。その警官はさらに、彼女はこの世でいちばん美しい女だとつけ加えた。

そして彼女はたぶん、サーシャ・ミコヤンを殺した。興味深い。

そのとき気づいたが、ロシア大使と売春組織にかかわっているロシア人スパイたちはおそらく、俺とスイートネスがミコヤンを殺したと思っているだろう。俺たちはあのアパートメントに向かっていた。ミコヤンは俺たちを出迎えることになっていた。彼らがそう考えても当然だ。

俺はまたひらめいた。ロシア人スパイたちの登場と、ロヴィーセ・タムの再誘拐を説明する答えはこうだ。大使夫人エレーナは、大使館の誰かに電話して――そのとき大使は携帯電話をもっていなかったから――自分が何をしたかを打ち明けた。スパイたちが派遣されたのは、すべてをなかったことにして彼女を護るためだ。

二十四

ミロと俺はうちのアパートメントに帰った。ジグソーパズルを組み立て、サーシャ・ミコヤンの死に至ったできごとの流れを再構築する時間だ。彼の殺害それ自体は俺にはどうでもいいことだが、彼が人身売買しようとしていた娘はロヴィーセ・タムだけではないだろう。それに彼は仲間といっしょに組織を運営していたはずだ。

最初にサーシャの銀行口座を調べた。口座残高は十万三千ユーロ。次に彼の購買履歴を調べた。彼は贅沢な暮らしをしていた。高級レストラン、服飾店、女性たちに贈り物をしていたことを示すブティックなど。それにホテル〈カンプ〉に九週間続けて部屋をとっている。一泊四百ユーロで請求は超高額になるが、彼は週に一回精算していた。〈カンプ〉はロシア大使館の徒歩圏にあり、愛人との逢引きの場所としては完璧だ。とくにその愛人が、大使夫人エレーナ・メルクロワであった場合は。

ミルヤミは約束したとおり、さまざまな情報通信機器の情報を俺のコンピューターに保存しておいてくれた。スイートネスはいま、イェンナといっしょに寝室にいる。きょうはたぶん、いちゃいちゃして仲直りする日なのだろう。だが情報の一部がキリル文字だったので、彼にロシア語を翻訳してもらう必要があった。俺はノックして、少しいいかと尋ねた。「もちろんです」ドアの向こうから彼は言った。その声は怒っていなかったから、もうすっかり仲直りしたのだろう。

　彼はジーンズだけをはいてシャツなしの恰好で出てきた。生まれたときからパワーリフティングをしているようなからだだが、彼のような怠け者がそんなことをするはずがない。ただそういう遺伝子に恵まれたというだけだ。それに裸足だった。その足は、俺の両足を合わせたくらい幅広かった。鼻は腫れあがってはちきれそうで、両目の周りが黒くあざになっていた。

「誰に鼻を折られたんだ?」ミロが訊いた。

　スイートネスはポケットに両手をつっこんで、面目なさそうに床を見つめた。「イエンナです」

　ミロはばか笑いした。「いい子だ」

　スイートネスはミロと目を合わせなかった。代わりにコンピューター画面をじっと見つめた。

　ポーカーゲームの夜、ロシア大使の最後の通話は、ナターシャ・ポリャノワという人物への発信だった。サーシャの最後の着信は二三番からだった。その電話番号はセルゲイ・メルクロフ大使が最後にかけたものと一致した、つまり二三番はナターシャだ。

　iPadのなかに入っていたエクセルのスプレッドシートに、一行目に一番から一七番、左の列に今年の週ごとの日付と時間の入ったものがあった。もうひとつのスプレッドシートも同じような感じで、一番から一七九番まで数字が並び、下の名前、苗字の頭文字――ロヴィーセ・Tがあったので間違いない――たぶんパスポート番号、そして〝利益〟と〝借金〟が書かれていた。

借金のサブカテゴリーに〝罰金〟というのがあった。違反した娘は罰金を支払わされるらしい。売上はパーセントで分割され、どうやら娘たちに三〇パーセント、サーシャと仲間たちに七〇パーセントということらしい。

つまりこういうことだ。女性たちは借金を返済したら自由になるという約束で年季奉公人として働く。だが違反すれば罰金を支払わなければならない。借金――そもそもそれ自体でっちあげだが――の完済が近づくと、あることないこと違反とされて罰金が課され、いつまでたっても借金が終わらず、自由にもなれない。狡猾で非常に効率的なシステムだ。

俺は頭のなかで計算してみた。俺の読みが正しければ、サーシャと仲間たちはヘルシンキで十七のアパートメントを運営し、毎月約六千ユーロ稼いでいた。一年間で約一二五万ユーロになる。一七九人の女性が十七のアパートメントには入りきれないから、ヘルシンキのほかの都市に、誰かほかの人間が管理する場所があるのだろう。つまり人身売買全体の利益は、彼のスプレッドシートに書かれている数字の数倍になる。

この商売の財務にさえ虫唾が走る。この事件の真相にたどりついたとき、自分が何をするか、関係者をどう罰するかわからない。だが彼らがこの女性たちに割り当てた悲惨と恐怖に見合う厳しい罰でなければ。政府はあてにならない。外交官は法律の上にいて、これに関与したことがわかっても、たんにロシアに送り返されるだけだ。俺は自分がため息をついているのに気づいた。どれほど努力しても、平和主義者にはなれそうもない。

ナターシャ・ポリャノワに電話した。彼女の電話はもうつかわれていなかった。サーシャの電話帳に〝YM〟というイニシャルがあった。大使夫人、エレーナ・メルクロワの番号だと期待した。俺はその番号にかけてみた。女性が出た。「はい」

俺のロシア語はへたくそだ。この電話は非常に重要で、言いまちがいや訳しまちがいは許されない。俺は英語で自己紹介した。彼女の英語はすばらしかった。「なにかわたしに御用ですか、警部」

「わたしはサーシャ・ミコヤンの殺人事件を捜査しています。よろしければいくつか質問させていただきたいのですが」

「そんな名前の人は知らないわ」

俺ははったりをかましてみた。「きのうの朝早く、あなたと愛人のサーシャ・ミコヤンは、いつもの密会場所であるホテル〈カンプ〉でいっしょのところを目撃されています。ホテルの防犯カメラに記録されています。ナターシャ・ポリャノワが彼に電話をかけてきて、すぐに対処しなければならない仕事があると伝言した。あなたはプナヴオリのアパートメントまで彼をつけていって、彼が障害のある少女と性的行為に及ぼうとしているところを見つけた。無理もないことですが、あなたは驚き、腹を立てた。口論になり、あなたが彼を刺し殺すという悪夢の結末となった」

彼女の声は変わらなかった。レストランでウエイターから今夜の日替わりメニューを説明されているかのように、まったく無反応だった。「わたしに何を求めていらっしゃるの？」

「お話です。それだけです。サーシャ・ミコヤンにもあなたの……事件にも興味はありません。彼は人身売買にかかわっていました。そのことについてお話ししたいと思っています」

「いいわ。夫はいま、サンクトペテルブルクに行っているの。三時に大使館にいらして」

「あいにく、わたしはあなたの大使館の一部に悪印象をもたれています。大使館に入ったら、二度と出てこられないかもしれない。中立な場所を選んでもいいですか？　ご存じのように、わたしにはあなたを逮捕する力も、起訴させる力もありません」

「それならエスプラナーディ公園で、噴水の近くの、通りの向かいにコーヒーショップがあるあたりで待ち合わせしましょう。いい天気になると言っていたわ。お散歩してもいいかもしれない」彼女は電話を切った。

「ミーティングをしないと」スイートネスが言った。

「まずケイトの弟がどうなったか、見てみましょう」ミロが言った。「ケイトが寝ているうちに」

「ミロ」俺は言った。「おまえののぞき趣味はうちに帰るまで待てないのか？　彼がどうなったか、俺は知りたくもない」

「数分しかかかりません」ミロは言い、コンピューターのマウスを握った。俺は立ちあがって肘掛け椅子まで行き、彼にコンピューターの操作席を譲った。のぞき屋ミロ。他人の家に不法侵入して何も盗まず、ただその暮らしぶりを眺める。無理に見るのをやめさせても、ミーティングのあいだ上の空になり、こちらの話を聞かなくなるだけだろう。俺たちのコンピューターはネットワーク化されているから、彼はジョンのパソコンを自分のパソコンに、そして俺のパソコンへとつないだ。

「モーションセンサーで彼のウェブカメラを作動させています」ミロは言った。「だから録画されるのは、彼がソファーに座ったときだけです。よくそこに座って麻薬をやっていました」

俺はカットをなでて、ミロを無視した。

スイートネスがミロといっしょに見ていた。数分後、彼らが声を洩らしたり、小声で叫んだりするのが聞こえてきた。

「おっと」

「ああっ」

「おい」

「やばい」

「おおおお」

ミロが俺のほうを見た。「まったく。胸がくそむかつきました。でもこれであなたはもう二度と、あの問題にわずらわされることはありません」

俺は見るべきだと思った。ミロを送りこんだのは俺だ。起きたことの責任の一端は俺にある。椅子から身を起こし、テーブルに手をついて膝にかかる圧力を軽減した。

ミロは最初から見せてくれた。ジョンがテーブルに麻薬の大袋をふたつ並べて置いている。それぞれから少しずつ出し、剃刀の刃で混ぜてきれいに列をつくった。二十ドル札を丸めて吸引し、また二列つくった。また二列。また。彼はまるで電気のコンセントにつながれたみたいに、背筋をぴんと伸ばして目をぎらぎらさせた。髪の毛が全部逆立ちしそうだった。

ミロが早送りした。ジョンが前のめりに倒れている。鼻と口から血が噴きだしている。からだががくんと動いたり、ぴくぴくと痙攣したりしている。血はとまらない。彼はクッションをひっぱってきて口にあて、噛んだ。それで体内の出血をとめようとするかのように。やがてうしろに倒れ、見えなくなった。

俺は腹を立てるべきかどうかわからなかった。「質の悪い麻薬を与えたのか?」

「そんなことしません。彼のディーラーから盗んだものです。いつもつかっているのと同じですよ」

「つまりこうか」俺は言った。「彼はコカイン、そしてヘロインをやった。まずコカインが素早くからだを駆け巡り、正気を失った彼はヘロインを過剰摂取して、事実上心臓を破裂させた」

「お察しのとおりです、サー」

「消去しろ」俺は言った。「そして何があったかすべて忘れるんだ。もしケイトが知ったら俺の結婚は終わりだ」

「彼が自分で選んだことです」ミロは言った。「更生施設に行ってもよかったのに」

「わかってる」俺は言った。「だがもう二度とこの話はしたくない」

ミロはジョンが、あんな大量の麻薬を与えられたら、かならず過剰摂取するとわかっていた。ミロはジョンの頭に銃弾を撃ちこむのと同じくらい確実なやり方で、彼を殺した。自分の手がけた作品を鑑賞するためにウェブカムをセットした。だが彼がしたことはケイトと俺のためでもあった。ケイトはもう二度と、弟のもとに逃げて自滅することはできない。俺は正直感謝しか感じなかった。

俺はしばらくカットといっしょに椅子に座り、頭のなかのジョンが死ぬ映像が消えるのを待った。とつぜん痛みが激しくなった。膝が悲鳴をあげながらずきずきと脈打った。俺はヤリにコルチゾン注射をしてもらったときにするなと言われたことを全部した。その影響が出ている。そばのテーブルにグラスに半分注がれた水が置いてある。俺はコデイン二錠とタイレノールの錠剤を入れ、泡立ちがとまるまで待ち、それをチェーサーにして精神安定剤二錠をのんだ。

俺はコンピューターの前の椅子に戻った。パソコンのなかにはまだ、ヴェイッコ・サウッコの息子と娘の誘拐事件にかんするファイルがすべて残っている。そのなかに、サウッコの従業員のファイルもあった。俺はフィリップ・ムーアのファイルを調べた。いまからほぼ二年前の誘拐のとき、ムーアには別居中の妻と息子がいた。息子はいま十一歳になっている。

彼はヘルシンキのインターナショナル・スクールに通っている。妻は高校で英語を教えている。ファイルにはふたりの写真が含まれていた。俺はふたりの画像を自分の携帯電話に送り、サウッコのｉＰｈｏｎｅからダウンロードした電話帳から、ムーアの電話番号を調べた。俺は彼に、画像を添付してメールを送った。メッセージは短かった。「炎上車。女性重傷。血の借金」

すぐにムーアが電話をかけてきた。「あのメールはどういう意味だ？」彼は訊いた。

「あんたがジープをおりる前に言ったはずだ。知識は罪に等しいと」

「わたしはあなたに、自分は軍人で人殺しではないと言った。それにわたしは女性と子供を傷つけるのには反対だ」

「あんたが何に賛成して何に反対しているかには興味がない」

「あなたの車が焼かれるなんて、知らなかった」

「下手な嘘だ。ほんとうのことを話せ」

「わたしが知っているのは、彼の恋人が流産したことと、重傷の火傷を負った娘はあなたの部下の従妹であなたの愛人だということだ」

俺は愛人という誤解を正すことはしなかった。「もう一度嘘をついてみろ」俺は言った。

「この電話を切って警告を実行するからな」

「つまりわたしを敵に回す気なのか。命取りになるかもしれないのに」

スイートネスが俺のそばのテーブルにコッシュを置いた。「人びとが死ぬというのには同意見だ。それが誰かはこれから決まる」

彼はためらった。考えている。「流血を防ぐという目的で、何があったのかをあなたに教える。その代わりにわたしの家族が国を出るチャンスをくれ」

俺はコッシュを飲んだ。膝の痛みはやわらいできた。「その取り決めにかんしては合意してもいい。先に話をするんだ。そのあとであんたに追加の要求をすべきかどうか決める」

「先に合意をしてくれないと困る」彼は言った。「そうでなければ、家族と自分の身を護るために、あなたたち全員を狩らなければならなくなる」

俺は何も言わなかった。

「わたしはあの車の爆破には関与していないし、知ったのは爆発のあとだった。あれはヴェイッコの考えで、その前にロシア人に相談したらしい。実行したのは国家捜査局のヤン・ピトカネンとコルシカ人親子だ」

「知ったのは事故のあとだったとしても」俺は言った。「あんたは俺に教えなかった。あんたはこれから俺のために働くと言ったはずだ。コルシカ人親子を殺せ」

「冗談だろう？」

「あんたは運がいい。俺はヴェイッコ・サウッコを殺せと言ってるわけじゃない。娘の誘拐殺人事件と息子の射殺事件のあとでそんなことがあれば、フィンランド史上最大規模の犯人捜しが展開され、あんたは捕まるだろうからな。コルシカ人を殺せ、死体はどこかに捨てて見つからないようにしろ」

「その要求は大きすぎる」彼は言った。「わたしは国を出なければならなくなる」

「俺の知ったことじゃない。コルシカ人がいなくなれば、代わりが見つかるまで〝くそリスト〟が実行されることはない。終わったら電話をくれ」

「いつかこの礼はさせてもらうからな」

「けっこう。そのとき会おう」

彼は電話を切った。

「まったく」スイートネスは言った。「またとんでもないことをしているんじゃないでしょうね」

俺は目を閉じて考えた。誰かの家族に危害を加えると脅すことは俺の性分に反している。だが自分の家族がいちばん大事だ。

ピトカネン。内務大臣の手下。オスモ・アハティアイネンの命を助けてやったのに、これがその礼か。もしかしたら彼は自分の手下が俺に戦争を仕掛けているとは知らないのかもしれない。俺は彼に電話をかけようと思ったが、やめた。そんなことをしたら俺が内部に情報源をもっていることがばれてしまう。秘密警察の長として、彼が通話記録を調べれば二分半で特定できるだろう。

ミロはすっかり感心すると同時に少しとまどった様子で俺に尋ねた。「ほんとうにムーアの家族を狙うつもりだったんですか？」

「まさか」俺は言った。「だが俺の経歴を見ればないとは言い切れないはずだ。彼はそのリスクをとらないだろうと思った。思ったとおりだった」

「ミーティングをしましょう」ミロは言った。

ミロは変わった。以前の彼には自信がない部分があった。人を感心させたい。人に認められたい。そういう部分がすっかり消えて、落ち着きと自信がとって代わった。撃たれたこと、切られたこと、障害を負ったことが彼を鍛え、強靱な鋼にした。苦しみによって彼は成長した。

二十五

　俺たちは寝室の様子を見た。女の子たちは全員、アヌも含めて、眠っている。俺はプライバシーを確保するためにサウナをつけた。サウナが温まるのを待つあいだ、俺たちは無言で居間に座り、それぞれの考えにふけった。スイートネスはもちろんもっと酒を飲み、俺は膝の包帯をはずして傷痕を確認した。ひどく腫れているが、膿んでいるわけではないし、かなり酷使したことを考えればまあいいほうだろう。

　三人ともビールをあけ、シャワーでからだを洗って、サウナに座った。ミロは断りもなしに、ひしゃくで三回サウナストーンに水をかけた。前にも彼といっしょにサウナに入ったことがあるが、若者特有の〝サウナは根比べ〟だと思いこんでいるふしがある。俺も二十代のころはそうだった。だがいま、中年にさしかかり――そしてどうやら年齢を重ねた男はみなそうらしいが――やみくもに熱くするより、いい汗をかきたいと思うようになった。あまりに熱くなって鼻のなかを火傷しそうになり、俺はいったんそとへ出て、冷たいシャワーを浴び、からだを冷やしてからまたなかに入った。

「ほどほどにしてくれよ」俺は言った。「それにサウナのエチケットでは、俺が角に座って水をかける役だろう」

ミロは痩せすぎだ。横を向いて舌を出したらまるでファスナーのように見える。一度彼に、それはおまえの脚か、それとも鶏に乗っかっているのかと訊いて、ものすごく怒らせたことがあった。だが彼はけっして弱いわけではなく、ただ痩せているだけで、強靱な筋肉で覆われている。

彼は批判を無視して本題に入った。「誰を生かして、誰を死なせるんですか？」

ガンディーのような平和主義は、俺ではうまくいかないのはしかたがないが、ほんとうに、誰のことも傷つけたくなかった。「まずすべきなのは、誰も死なずにこれを解決する方法を探すことだ」

スイートネスはビール瓶の口を親指で押さえて逆さにし、火傷しないで飲むために瓶の口を冷やした。「悪いけど、ポモ、それは不可能です。俺の赤ん坊が死にました」

俺はあえて言わなかったが、その赤ん坊はどうせ中絶されるはずだった。彼はそのことを直視したくないのだろう。

「それに」彼は言った。「俺たちにはあまりにも敵が多すぎます。その全員とどうやって和解するんですか？」

ミロが数えあげた。「ヴェイッコ・サウッコ、そしてムーアが始末しなければコルシカ人親子も。内務大臣、国家警察長官、あなたが人身売買を疑うロシア人外交官。その全員が法の適用を受けることなく、彼らのために汚れ仕事をする手下をかかえています」

俺は絶望のため息を洩らした。「ローペ・マリネンも忘れるな」

彼はいまや国会議員だが、俺たちはあの極右野郎を脅して彼らの麻薬密売を暴き、人種差別政策を妨害した。

「俺にはもうひとつ目標がある」俺は言った。「あのスプレッドシートは、人身売買の証拠だ。あの娘たち、とくにロヴィーセ・タムを助けたい」

ミロとスイートネスはうなずいた。「彼女を連れてきた男たちは彼女を自分のものだと思っている」俺は言った。「誰かが彼女を護ってやらなければ」

「ロヴィーセの母親から電話がありました」スイートネスは言った。「田舎に住むところを確保したと言っていました。そこに隠れて、ロヴィーセが忘れ去られるように」彼はビールをごくごく飲んだ。「あなたがケイトにロヴィーセを見せて何かを証明しようとしているのはわかります。でもポモ、それであなたと奥さんのあいだの何もかもが解決しなくても、がっかりしないでください。そんなにうまくはいきません」

俺は心のなかできっとうまくいくはずだと思いつづけてきたが、スイートネスの言うとおりだと悟った。「しばらくのあいだ、俺たち全員、ポルヴォーにある俺の家に寝泊まりするべきだと思う。窓には防弾ガラスが入っていて、家の前は川だから、少なくともそちら側からは簡単に攻撃されることはない。それに、向こうの家のほうが広い。このアパートメントは大人五人、赤ん坊ひとり、猫一匹が住むには狭すぎる」

俺はその家をアルヴィド・ラハティネンから相続した。彼が五十年間連れ添った妻は骨肉腫で苦しんで死んだ。彼は妻が死ぬのに手を貸した。俺はその隠蔽を手伝った。俺たちは親しい友人になった。彼は俺にとって祖父のような存在であり、俺を相続人にした。そしてたぶん、九十歳でひとりになり、もう生きていく理由が何もないと思って、彼は拳銃で自分の脳を吹き飛ばした。

「わたしもここに住んでいることになってるんですか？」ミロが訊いた。

俺はサウナストーンに水をかけた。シューッと音を立てて蒸気があがる。「俺たちは全員いっしょにいるべきだと思う。俺たちを殺すいちばん簡単な方法は、ひとりずつ順番に群れから引き離して殺すことだ」

「警官殺しは大ごとです」ミロは言った。「俺たち警官は仲間を大事にする。もしあなたとわたし、またはその家族が殺されたら、ヘルシンキ警察殺人捜査課は地の果てまでも犯人を追いかけ、かならず事件を解決するでしょう」

俺はようやく、どうしてこんなことになったのかを理解した。それは驚くべき真実であり、それとともに避けられない結末も見えた。この世界には圧力に屈するのを拒み、たとえ何があろうとものごとを最後まで見届ける男たちがいる。そうした男たちは危険だとして世間から疎（うと）んじられ、権力者からおそれられる。そうした男たちはどうぞ殺してくれと言っているようなものだ。

ミロ、スイートネス、俺の三人はそうした男なのだ。戦友。血の兄弟。俺たちは全員、こいつらだけは何があっても自分に刃（やいば）を向けないという確信でたがいに結びついている。俺たちはあまりにも仕事をうまくやりすぎた。常識も、法律さえも顧みず、主人のためではなく正義のために働いた。それこそが——窃盗でも犯罪でも人殺しでもなく——俺たちが罰せられるべき違反行為だった。

ミロの思考の流れがどこに向かうか、俺にはわかる。地獄絵だ。それでも、その計画の穴を指摘するために、彼にはっきりと言葉にさせる必要がある。「何か考えがあるんだろう」俺は言った。「言ってみろ」

「少し考える時間をください。からだを冷やしましょう」

俺たちはサウナを出て、バスルームで順番に冷たいシャワーを浴びてコッシュのボトルから回し飲みし、またサウナに戻った。

「いいだろう」俺は言った。「教えてくれ」

「一日で全員殺します」

あまりにもミロらしい考えだったので、思わず笑ってしまいそうになった。「〝全員〟には誰が入っているのか、言ってみろ」

「ヴェイッコ・サウッコ、国家警察長官、内務大臣、ピトカネン」

「いいな」スイートネスが言った。

今度こそ吹きだしてしまった。「おまえはさっき、警官である俺たちふたりが殺されたら犯人が逮捕されるまでけっして捜査は終わらないと言った」俺は言った。「おまえの言っているのは歴史的規模の大量殺人だ。ぜったいに逃げきれるわけがない。そもそも人殺しを正当化するのも難しいのに、おまえが言ってるのは大虐殺じゃないか」

俺はサウナストーンにもっと水をかけ、サウナを気持ちのいい熱い蒸気で満たした。

「もちろん逃げきれるわけないです」ミロは言った。「身代わりがいれば別ですが」

「身代わり？」

「一匹狼の殺人犯です。俺たちにツキがあれば、一連の事件の捜査も自分たちでやることになりますよ」

「そいつはたぶん残りの人生の大部分を精神科病院で過ごすことになるんだぞ。誰にそんなことをさせる気だ？」

「それにふさわしい男。ローペ・マリネンです」

たしかにマリネンにはふさわしい。彼は多くの犯罪、とくに殺人教唆の罪をおかしたのにうまく罰を逃れた。彼のせいでリスベット・セーデルンドは殺され、首を切られた。その頭部はソマリア人の政治組織に送りつけられた。

セーデルンドはスウェーデン語を母語とする白人で、〈スウェーデン人民党〉に所属していた政治家だ。彼女は人生を公務に捧げていた。二〇〇七年の総選挙後、彼女は移民・ヨーロッパ担当長官に任命された。移民の権利の擁護者として精力的に働いた。政府内でももっとも移民の権利を強く訴え、そのために極右の人種差別主義者の蔑視と憎悪の的になった。一時期、その犯罪性を理由に剃除されるまで、〈リスベット・セーデルンドを殺せるなら寿命を二年やってもいい〉というフェイスブックのページまで存在した。そのページには数百人のメンバーがいた。

みずからを庶民の政党と称する真正フィン人党は、総選挙前もいまも、ヨーロッパ会議のメンバーであるトピ・ルーティオが党首をつとめている。同党の非公式のナンバー2が、ローペ・マリネンだ。当時の彼は議席をもっていなかったが、そのブログはフィンランド一の人気を誇り、一日に五十万のアクセス数を記録したこともある。真正フィン人党の政治目標は反移民・反EU・フィンランドのEU脱退という以外、よくわからない。彼らは人種差別主義との批判を否定し、自分たちを〝マーハンムーットクリーティコット〟、つまり〝移民の批判者〟と呼ぶ。マリネンによれば、フィンランドの社会悪はすべて移民のせいだ。

マリネンはセーデルンドを嫌っていた。自分のブログではっきりそう言っていた。リスベット・セーデルンドを殺した者には彼女のポストが与えられるという噂が広まった。だがそれは、ローペ・マリネンが流したただの噂だった。彼にそんなことを決める力はないのに、その噂を真に受けた人間がたくさんいた。さらにマリネンは、ヘロインを売りさばいているネオナチら極右活動家たちとつきあいがある。ネオナチたちはヘロインを、末端では黒人に売っていた。サウッコの言葉を借りれば、「〝黒いやつら〟をおとなしくさせておくために」。

マリネンの支持者たちが彼を密告することはない。つまりマリネンの犯罪は立証できない。二年前、狂言誘拐事件のあと、ヴェイッコ・サウッコの娘は狙撃手に殺された。彼女の兄アンティが一千万ユーロとともに消えた。それに怒った彼の共犯者が妹を射殺したのだ。アンティはわれわれも殺そうとした。スイートネスは彼がぐちゃぐちゃになるまで銃弾を撃ちこみ、痛みと苦しみにたいする当然の賠償として俺たちは一千万ユーロを奪った。サウッコがあまりにもくずだから、もし俺たちがもらわなければ、汚職政治家どものものになるだけだからだ。

俺たちはサウッコの娘を殺したライフルを発見し、マリネンの指紋をテープで転写して、捜査を担当していた刑事にマリネンを引き渡すことにした。マリネンはその殺害には関与していなかったが、それ以外の数々の犯罪では起訴されることはないだろうから、濡れ衣を着せてやろうと思ったのだ。俺たちはライフルをマリネンのサマーコテージに隠し、刑事に隠し場所を教えた。だが権力者たちは、刑務所のなかのマリネンより、いかれた国会議員でいるほうが利用価値があると考えた。そこでライフルの指紋を消し、隠蔽した。ライフルは隠され、証拠としてつかわれることも、書類に記録されることもなかった。マリネンはこうして、リスベット・セーデルルンドの殺人教唆の罪をのがれた。

俺は興味を引かれた。まだミロの計画を認める気にはならないが、最後まで聞いてみたくなった。「続けてくれ」

「わたしはJFK暗殺事件の隠蔽がちゃちないたずらに見えてくるほどの緻密さで、マリネンを一匹狼の殺人犯に仕立て上げます」

彼はお得意の劇的な演出で、ビールを逆さにして瓶の口を冷やし、ふたたび逆さにして飲んだ。俺はミロといっしょに仕事をするようになって、かなり忍耐力を鍛えられた。そういえば、この数週間、ずっと感じていたいらだちがなくなっている。脳内の化学物質と手術の影響が落ち着きつつある。俺は何も言わず、彼が話しだすのを待った。

「まず、わたしが、マリネンのおぞましい犯罪の動機をうたう約二千五百ページの声明文を書きます。簡単です。彼はすでに自分のブログに、数万ページ分のいかれた扇動的文章を書いていますから。わたしはそれを、〝ユナボマー〟テッド・カジンスキーやヴァージニア工科大学銃乱射事件のチョ・スンヒ、その他の声明と組み合わせるだけでいい。それだけ大量の材料が揃っていて、そもそももともと頭のネジの飛んだ男による、長ったらしいだけの筋のとおらない小論文でいいわけですから、時間も労力もそれほどかかりません」

「片手しかつかえないのに、何千ページもタイプするのは大変じゃないのか？」

「ぜんぜん。口述ソフトウェアをつかいます。タイプするよりも速い」

「マリネンを一匹狼の殺人犯にしたとする。犯行時間に彼にアリバイがあったらどうするんだ？」

ミロはあきれたように俺を見た。「わかりきったことを。大量殺人は彼の自殺で終わるに決まっているでしょう」

「そうだった、うっかりしていたよ。俺たちは軍隊を始められるほど武器をもっているが、彼の所有だとわかる銃を用意しなければならない」

「データベースをチェックして、われわれに必要なものをもっている人間を探し、不法侵入して盗みます。念のため、わたしがマリネンのふりをして武器を発射している映像を撮り、ＹｏｕＴｕｂｅに流します。それに内務大臣と国家警察長官の、とんでもなく恥ずかしいセックス映像も。彼らの変態行為が、殺人事件への関心を少しは分散させるでしょう。マリネンとわたしはだいたい同じ背恰好です。彼のものを身に着けて――目出し帽をかぶり――武器を乱射している映像を撮影したうえで、元の場所に戻しておけば、凶器といっしょに捜査で発見されます。当然、凶器の銃には、不運な終焉前に彼がつけた指紋が残っています。映像の吹き替えを彼にやらせてもいいかもしれません」

「〝不運な終焉〟はどういうふうに起きるんだ？」

「場所はやつのサマーコテージで。わたしのサマーコテージからボートですぐです。誰かと待ち合わせると思わせておびきだすか、拉致するか。それはどちらでもいい。重要なのは、家族連れではなく彼ひとりで来させることです」

ミロの計画には一点、不備がある。「どうやって全員を一カ所に集めるんだ？」

彼はしたり顔でほほえんだ。「そんなことはしません。あなたは彼らの携帯電話、ブラックベリー、ｉＰｈｏｎｅ、ｉＰａｄを盗んだ。スケジュール表が入っています。彼らがいつどこにいるか、丸見えです。もし場所が離れすぎていて一日で全員を射殺するのが難しければ、爆弾を仕掛けます」

「爆弾。つまり誰かが巻き添えになってもいいと思っているのか？」

「携帯電話で最後に回路がつながる仕掛けにすれば、彼らの姿を確認しながら、罪のない人間が巻き添えをくわないタイミングで実行できます。なんといっても、三人いますからね。誰が誰を殺すかを選び、単独犯説を裏付けるような時間設定でやれば問題ないです」

「爆発物はいつ用意できる？」

「ヘルシンキは驚くべきスピードで発展しています。地理的な理由でそとへは広がらないし、高層ビルは好まれないから、建物は地上ではなく地下に延びています。そういうトンネルは爆発物でつくられる。われわれの目的のために少々失敬するのは簡単です。ものすごい量があるはずですから」

「ムーアが、コルシカ人親子を殺さなかったらどうする？　そいつらはサウッコの〝くそリスト〟に載っている全員を殺すつもりなんだぞ」

「われわれがふたりを殺すか、貸金庫のなかの金をなくしてしまう――その方法はまだわかりませんが、きっと見つけます――そうすれば取引中止です。ムーアによれば、なかに百万ユーロ近くあるという。もらっておきましょう。そうしたらどうなるか」

「少し考えさせてくれ」俺はそう言ってサウナを出て、冷たい水を浴び、コッシュを飲んだ。決断に時間はかからなかった。

俺はサウナのなかに戻り、座った。シャワーでからだが冷えていたから、温めるためにサウナストーンに水をかけた。「だめだ」俺は言った。

ミロが眉をひそめた。「だめってどういう意味です？」

「だめはだめだ。そんな大勢の人間を殺したくない」

「何をねぼけたことを言ってるんですか。やつらはあなたと家族を殺そうとしてるんですよ。ついでにわたしとスイートネスのも。アウディが爆発したとき、ミルヤミとイェンナが乗っているとやつらは知らなかった。狙いはケイトだったんですよ」

「すまないが」俺は言った。「どうしてもこれを実行する自分を想像できない」

「ポモ」スイートネスが言った。「これにかんしては俺もミロに賛成です」

これまでふたりが組んで俺に反対したことは一度もなかった。「いったいいつから民主主義になった？　スイートネス、おまえが俺をポモ――ボス――と呼ぶのは、俺が最終決定をするということじゃなかったのか」

ミロは気が抜けて熱くなったビールをごくごく飲み、「うえっ」と言って冷たいやつを取りにいった。戻ってきて俺の隣に座った。「あなたの権限を無視するつもりも、怒らせるつもりもありません。でもあなたが上司なのは仕事上のことです。自分と自分の大切な人間を護ることにかんしては、われわれにも発言権はあります。あなたがどうしても反対なら、加わらなくてもいいです。でもこれはかならず起きることです」

俺はケイトのことを考えた。俺の非合法活動が彼女の情緒障害のきっかけとなった。俺が人を殺したり殺人の共犯になったり――計画を聞くかぎりかならずそうなる――することを彼女が知れば、俺たちの結婚は終わり、彼女の病気は悪化する。そのことと、今後も彼女の命が狙われるおそれを、天秤にかける必要がある。俺はふたりに説明した。

ミロの答えはこうだった。「声明文、銃、そして必要なら爆発物を用意するのに二週間ほどかかります。そのあいだに考えてください。ケイトにかんしていえば、あなたが計画に加わると決めたら、言わないほうがいい。もちろん言わないと思いますが」

「とりあえずは保留にしよう」俺は言った。「みんなでアルヴィドの家に移り、そのあいだ計画の進行を俺に報告してくれ。それでいいな？」

「了解です」彼は言った。

「ロヴィーセ・タムをどうやったら見つけられるか、考えはあるか？」俺は訊いた。

「わたしの理解しているところでは」ミロは言った。「ロシア人外交官にさらわれたんですよね？」

「そうだ」

「それならたぶん、大使館か別の売春宿に拉致されていったはずです。別の売春宿の可能性が高いでしょうね」

「俺もそう思う」

「ロシア人外交官が売春宿の運営をおこなっているんですよね？」

「いや、ほとんどは外交官ではなく、外交官用パスポートを隠れ蓑にしているスパイだろう。フィンランド人も数人雇っているらしい。彼らの情報通信機器のなかにあったファイルによれば」

「それなら大使館で働いている職員を尾行し、問題の売春宿を特定する必要があります。もちろん問題になるのが、大使館では二十から三十人の人間が働いているのに、われわれは三人だということです。警察の人的資源があると助かるんですが」

俺は壁にもたれかかって、片膝を引きあげ、悪いほうの膝をベンチの上に伸ばした。熱のおかげで膝とあごの痛みがやわらいでいる。

「俺にちょっと考えがあります」スイートネスが言い、全員分のビールをとってきた。

彼はふたたび座って言った。「言おうかどうしようか迷ったんですが、俺の従弟のアイに頼めるかもしれません」

「アイって」ミロが言った。「人が痛いときに言う〝痛い〟か？」

「そうです」

「なぜ〝アイ〟って呼ばれてるんだ？」俺は尋ねた。

「従弟は親父の妹の子どもで、いま十六歳です。叔母はひどい酔っぱらいの麻薬常習者で、ラリってるときはほんとに残酷だった。アイが三歳くらいのとき、クッキーか何かを取ろうと手を伸ばしたら、叔母がひっぱたいたそうです。鉄のフライパンで思い切りひっぱたいて、彼の手と手首の骨を折った。彼は〝アイ〟と悲鳴をあげて泣きだした。それで叔母はますます腹を立てて、ほんとうに泣かせてやるからと言って、息子の手を煮えたぎるお湯のなかに入れた。親父が三日後に叔母のところに行ったとき、アイはなんの手当ても受けていなかった。皮膚が肘のところまでまるで手袋のように剝けてしまっていたそうです。親父は妹を刑務所行きにはしたくないと思って、アイをうちに連れてきて、軟膏を塗り、包帯を巻いておいたそうです。いちおう治るまで」

「いちおう？」

「手は干からびたみたいになって、神経はすべて死にました。手はじっさいよりもひどい見た目です。あいつはタフなところを人に見せようとして、いつも煙草の火を手で消してるから。ほんとにタフなやつですよ」

「それでも、なぜ〝アイ〟と呼ばれているのか、説明になってない」ミロは言った。

「彼の母親は残酷だったと言ったでしょ。息子をばかにして、そう呼びはじめたんです。酒と薬物でハイになると、おもしろいことみたいに、その話をします。それであだ名がついた。でもいまあいつは、その名前以外では呼ばれたがらない。まるで何かの勲章のように思っているのかもしれません」

「残酷〝だった〟と言ったな。いまはどうしているんだ？」

「三年前にいなくなりました。アイは母親が麻薬を買いにいって、戻らなかったと言ってます。ほんとうは殺したのだろうと俺は思います。あいつは母親より残酷です。悪魔みたいなやつだから、やつに連絡をとるのは気が進みません。母親は薬物依存症で障害者年金をもらっていました。彼女がいなくなってから、アイは独り暮らしをしています。叔母が行方不明になったと届けず、彼は障害者年金で生活しているんでしょう」

「父親はどうしたんだ？」俺は訊いた。

「誰かわかりません」

「それで彼がどう助けになるんだ？」

「あいつはイースト・ヘルシンキでギャング団を率いています。ロシア人の尾行をやってくれると思います、金さえ払えば」

まったく、なんて生い立ちだ。「かまわない」俺は言った。「そいつに電話しろ。十代の悪魔の生まれ変わりと取引するのもおもしろいだろう」

二十六

スイートネスが、アイを訪問する約束をとりつけた。スイートネスは酔っていないと言ったが、俺たちは三人とも酔っぱらっていた。俺はタクシーで行くべきだと言った。タクシーがとまったのは、明らかに政府補助金で維持されている建物の前だった。ここに住んでいるのは、難民、麻薬常習者、精神障害者、そして貧困という不運に見舞われた人びとだった。ドアの周りにゴミが散乱している。そのドアのガラスは割れてなくなっている。建物の前では真夜中過ぎだというのに幼い子どもたちが遊んでいる。それが全員白人だということに俺は気づいた。ふつうはこういう建物に住む住民には黒人移民が多い。政府が彼らをこういうきたない建物に住まわせるからだ。こうした建物の一部は政府の所有物で、残りを個人が所有している。

俺たちはエレベーターで三階にのぼり、呼び鈴を押した。十代の少年がドアをあけた。

「警官は好きじゃない」彼は言った。「身分証」

彼が差しだした手は節くれだち、干からびて、焼け焦げができていた。小指と人差し指が変な方向に曲がっている。彼は手のひらで煙草の火をもみ消し、吸殻を廊下に捨てて、手のひらを上にして手を差しだした。焦げた肉のにおいで胸がむかむかする。それが彼の狙いだ。手はほとんど動かないらしい。身分証を見せろというのは要求ではなく、命令だった。俺たちは彼の死んだ手に、身分証を載せた。彼はもうひとつの手でそれを調べ、返してくれた。

「入って」

入ると、目に涙がにじむほど煙草の煙が充満しているのをのぞけば、部屋は塵ひとつ落ちてないほどきれいだった。それに内装もきちんとしている。十四歳から二十代前半くらいの十数人の若者がたむろし、だいたいは床に座り、全員煙草を吸っていて、ビールやシードルを飲んでいる者もいた。黒いブーツかスニーカー、黒いジーンズ、パーカーという下層白人のお決まりの恰好で、なかにはフードを頭にかぶっている者や、野球帽を斜めにかぶっている者もいた。俺が大嫌いな種類のガキどもだ。

だがアイは違った。彼は上品なプレッピー風の服装をしていた。青いラコステのシャツにはアイロンがかかっている。彼は百歳くらいに見えた。俺が会ったなかでもっとも老けたティーンエージャーだ。顔に傷はなかったが、人生にやつれきっていた。どうやら彼の玉座である革張りの肘掛け椅子に座り、肘から先を肘掛けに置いた。座るところがなかったので、俺たちは彼の前に立った。まるで王様に請願に来たみたいだ。

「従兄に挨拶もなしか？」スイートネスが言った。

アイはめんどくさそうに言った。「こんにちは、従兄殿」

彼は俺を見た。「用件をどうぞ」身分証で俺が上官だとわかったのだろう。そこまで気づく人間はあまりいない。

「きみのことから話そう」俺は言った。

「いいでしょう。どうしてもと言うなら」

ごろつきたちがアイの言葉をひと言も聞き漏らすまいと、耳を澄ましているのがわかる。

「きみはまだ十代の少年だ。十三歳のころから独り暮らしをしているそうだな。社会福祉事務所に何も言われないのか？」

アイは煙草に火を点けた。玉座の横に灰皿のスタンドがある。「彼らが疑う理由を何も与えないからだよ。学校を休んだことは一度もない。成績はクラスで一番。服装もきちんとしている」

まるで小説のなかに入ってしまったように感じた。シャーロック・ホームズの世界で、ベイカー街遊撃隊にとり囲まれ、彼らは小柄で手の不自由なモリアーティ教授の言うことしか聞かない。

「俺の用件はこれだ」俺は言った。「ロヴィーセ・タムという名前の少女を捜している。彼女はロシア人外交官らに誘拐された。ロシア大使館はロシアの領土ということになっている。つまりクレムリンを捜索できないのと同じで、大使館を捜索することもできない。彼女は売春を強制されるだろう。ロシア人外交官は、俺の知るかぎり、十七カ所の売春宿を運営しているが、その場所がわからない。きみの仲間たちで、外交官、その多くはじっさいはスパイだが、そいつらを尾行し、売春にかかわっている人間を特定し、売春宿の場所を調べ、可能ならロヴィーセの居場所をつきとめてほしい。彼女は小柄で、ダウン症だ」俺はロヴィーセの写真を取りだし、部屋にいる若者たちに回した。「いちばん簡単なやり方は、客として売春宿に入ることだと思う。きみたちは売春婦のサービスを利用しても気にしないタイプに見えるが」

彼は少し考えている様子だった。「なぜ警察をつかわない？」

「個人的な理由から、これは警察の権限外になるからだ」

彼は床に座っているある少年を見た。その少年は立ちあがって彼にビールを運んできた。

「監視について多少は知っているつもりだ」アイは言った。「なぜ彼らの車にGPSを取りつけて追跡しないんだ？　念のためタイヤにチョークでしるしをつけてもいいだろう。監視カメラの映像を分析して車両番号と運転者の映像を手に入れることもできるはずだ」

ミロが口を挟んだ。「車は毎日、盗聴器や爆弾が仕掛けられていないか徹底的に調べられる。車の窓ガラスは全部スモークだ。大使館を出入りする車に誰が乗っているのかわからないように、移動手段を手配している」

アイはあてこすった。「あなたはロシア大使館の監視機器対策のことは何でもわかっているみたいじゃないか」

「違う」ミロは言った。「それは外交安全保障の通常の手順だ」

アイはビールを飲んだ。「そうだとしても、あなたたち訓練を受けた警部ができないのに、俺たちが彼らの警備をくぐって目的を達成できると思っているのか」

「スロはきみならできると言った」俺は言った。スイートネスの本名をつかったのは、アイがあだ名を知っているとは思わなかったからだ。「できるのか、できないのか？」

「それはぼくのやる気次第だ」

俺は財布から、サーシャ・ミコヤンのクレジットカードと口座暗証番号を取りだした。「これは殺された男の口座だ。きょう調べてみた。まだ口座は生きていて、十万三千ユーロある。ＡＴＭで毎日三千ユーロ引きだすことが可能だ。それともいっきに全額を引きだして別口座に移してもいい、万一ロックされたら、俺の仲間が」——俺はミロを指し示した——「きみがオフショアの口座を開くのを手伝う」

彼が手を差しだした。俺はカードと暗証番号を渡し、彼はそれをざっと見た。これほどの大金を稼ぐ機会はこれまでなかったはずだ。

「いいだろう」アイは言った。

「この仕事をこなす手段と意志はあるのか？　これだけの金を支払うのだから、きっちり結果は出してもらうぞ」

「ある。そして結果は保証する。ともすればぼくたちの手段は」彼は言葉を探した。「熱心すぎるかもしれないが」

俺は彼の仲間たちのほうを向いた。彼らは話を聞いていて、巨額の報酬にあぜんとしていた。俺は彼らの尊敬を得た。彼らに妹とファックしてるかと質問しても、ほんとうの答えが返ってくるだろう。「これまで重罪の逮捕歴のあるやつは？」ふたりを除いて全員が手を挙げた。「武器をもっている者は？」四人が拳銃を掲げた。ナイフを取りだして見せた者もいた。

俺はアイに訊いた。「きみたち全員を警察協力者として届けておこうか？　何人かは逮捕されることになるだろう。だが俺の情報提供者として働いていたと説明すれば、起訴されることはない」

彼は少し考えていた。「せっかくだが、遠慮する。あとでそのつけが回ってきそうな気がする。何か思いきったことをする必要があれば、〝未成年者〟をつかう」

俺は彼に名刺を渡した。「定期的に報告してくれ」

「そうしよう」

最初に気になったことを思いだした。「ここには黒人は住んでないのか？」

「いない」

「なぜ？」

彼は立ちあがり、別室に行って、クロスマンのエアライフルを持ってきた。ペレット弾をこめ、十回ほどポンプを押して圧力を高める。あいた窓に近寄る。下の中庭で五歳くらいの少女が遊んでいた。彼はエアライフルでその子を撃った。少女は痛みにびっくりして悲鳴をあげた。

「ぼくたちは善良で神を畏れる白人といっしょに住む」アイは言った。「刺されたり、撃たれたり、殴られたりして、黒人たちはよそで幸せを探すことにしたらしい。それでぼくの友人が彼らのアパートメントに越してきた。みんなここに住むようになったよ」

たしかにこのガキは悪魔のようだ。これほど精神的にねじまがった子どもは見たことがない。「定期的に報告を」と言い置き、俺たちはタクシーで帰った。

二十七

午前九時に電話が鳴った。国家捜査局科学捜査課の鑑定士だった。

「あなたのアウディに興味が湧いて徹夜で調べました」彼は言った。

「ありがとう、感謝するよ」

「何がわかったか知ったら、そう言っていられないかもしれません。まず、ガスタンクには特殊な燃料が入っていました。車のエンジンをかけるにはじゅうぶんでも、長距離を走るには足りない量です。カーボンが詰まっていた燃料噴射装置のノズルの前と、運転席の下に、エーテルの痕跡がありました。たぶん燃料が運転席の下に噴出されるように、穴をあけたんでしょう。それでフューエルラインの圧力がさがり、燃料はラインの後方に逆流してシートの下のエーテル、そして燃料タンクに点火しました」

「つまりプロの仕業だったということか」

煙草を強く吸い、息を吹いて何かを飲む音から判断して、彼はたぶんコーヒーをすすった。

「それも非常に巧妙な仕業です。プロだと思う根拠はこうです。エーテルはプラスチックを溶かします。だからエーテルを、フリーザーバッグのようなプラスチックの袋に入れ、そのバッグを薄いバルサ材の水密箱に入れて、エーテルの一部が箱のなかにこぼれるようにしておきます。カーボンが詰まったノズルから火が出て、バルサに燃え移り、そのなかのエーテルに点火して爆発につながる。燃えてしまった箱を見つけるのは困難です。なぜならバルサはあまり燃え残らず、そこらじゅうカーボンだらけになるからです。でもバルサの残りからアセトンが検出されました。それで、たぶんこういうことだと思います。誰かがあなたを殺そうと、もしくは焼け焦げにしようとしたがっていた」

「好きな酒はなんだ？」俺は訊いた。

「シングルモルトのスコッチですが。なぜ？」

「お礼にあとでボトルをもっていくよ」

彼がにっこり笑うのが見えるようだった。感謝されることの少ない仕事だ。「気をつけてください」彼は言った。

ケイトを連れてタクシーでトルステン・ホルムクヴィストの診察を受けに行った。彼にはじめて会ったのはヘルシンキに出て来てすぐだった。俺はスーフィア・エルミ殺害事件を解決したが、容疑者だった人びとがつぎつぎと死に、ある意味、消去法で解決したようなものだった。俺は顔を撃たれた。ヘルシンキ警察殺人捜査課への異動を約束されたが、警察は俺をあたらしいポストに着任させる前に精神状態を詳しく調べる必要があると考えた。

最初からトルステンは虫が好かなかった。彼はスウェーデン語を母語とするフィンランド人で、裕福で、自分を〝バットル・フォーク〟だと思っているという印象を受けた。バットル・フォークというのは、裕福なスウェーデン系フィンランド人が自分たちのことを指していうときにつかう、俺たち一般市民より一段優れた人間という言葉だ。彼のプレッピー風の高級服から、エイジュの根でつくったパイプで吸うりんごの香り付き煙草まで何もかも、すべてこれ見よがしだと感じたし、彼は俺をコントロールしようとするときに、俺がそれをわからないと思っている。俺は人を尋問するのが仕事だ。俺たちはいわば同業者だということを、彼はけっしてわかろうとせず、俺にはそれが不愉快だった。彼は仕事ができないわけではなく、その反対だ。ただ、俺には合わない。

だが彼は、患者のことを心から心配している。急な依頼なのに、ケイトが危機的状況だということで診察を引き受けてくれたことでもわかる。彼のオフィスは大使館が立ち並ぶ高級住宅街エイラにある美しい家で、数百万ユーロはする。張り出し窓からは海が見える。Ｔシャツと短パンでも寒くない完璧な日で、コバルトブルーの空の下、プレジャーボートがいくつも海に浮かんでいた。

きょうここに来る前にケイトを起こしたとき、彼女は抵抗しなかった。自分でも必要だとわかっているのだろう。げっそりしたひどい顔をして、疲れきっている。酒と時差ボケだけではここまでならない。何かほかのことが彼女の魂を責め苛んでいる。

「きょうのセッションにカリが同席してもかまわないかな？」トルステンはケイトに訊いた。

彼女はいいと言った。

「わたしの考えでは」トルステンは言った。「観察者として、またきみが経験した試練を目撃した人間として、わたしがどうやってきみを助けたらいいのか、彼がヒントを与えてくれると思うんだ。彼の存在が気になったり、彼がいることでわたしを信頼して打ち明けることができなかったりした場合はすぐにそう言ってほしい。診察が終わるまで彼には待合室で待っていてもらうことにする。それでいいかな？」

彼の英語は流暢だった。彼女はうなずき、同意した。

トルステンはコーヒーか紅茶はどうかと言ってくれた。俺はコーヒーを頼んだ。ケイトはハーブティーを頼んだ。俺はふたりから少し離れたソファーに座り、ケイトはちいさなテーブルを挟んで、トルステンと向かい合わせの椅子に座った。彼は俺に灰皿を用意し、自分のパイプに煙草を詰めて火を点けた。

「きみから話すかい、それともわたしからにしようか？」彼は訊いた。

彼女は震えた。「あなたから」

「いいだろう。前回まで治療は順調にいっていたと思う。なにがきっかけで逃げようと思ったんだい？」

彼女は目に涙を浮かべた。「ものごとを、いろいろと思いだせなくて。それでアヌの世話ができないのではないかと心配になったの。わたしの病気はよくならず、悪くなっていた。わたしは誰かを殺した。人殺しは母親になってはいけない。母親は人殺しをしたらいけないのよ。わたしは娘にふさわしくない」

「だから自分を罰するためにお嬢さんを置いていった？」

彼女は中断して涙をふいた。「それもあった」

トルステンは脚を組み、背もたれに寄りかかって、煙草をふかした。「きみのからだから酒のにおいがする。息からも。汗にふくまれるほど飲んでいたということか。なぜだい？」

彼女はうなずいた。「どんどん飲む量が増えていって、それも自分がいないほうがアヌのためだと感じた理由のひとつだったの」彼女は嗚咽し、泣きだした。

「なぜそんなに大量の酒を飲んでいたのか、訊いてもいいかな？」

「自己治療しようとしたの。うちの家族のやり方で。父はアルコール依存症だった。弟は麻薬依存症。わたしたちは人生に立ち向かえない」

「きみの弟さんも。だからきみは彼のところに逃げたのか？」

彼女はうなずいた。「弟ならわかってくれると思った」

「きみは酒が欲しくてたまらず、自分はアルコール依存症だと思うかい？」

彼女は首を振った。

「わたしもそうは思わない。きみが帰る前に、アルコールよりも気分を落ち着かせてくれる薬を処方しよう」

沈黙。

「きみはアメリカに逃げる前から」トルステンは言った。「カリに会いたがらなかった。なぜだい？」

「彼を見て。ひどい状態だわ、わたしのせいで。たしかに彼は悪いことをしたけど、最初にわたしに訊いてくれた。わたしが許可したのよ。アドリアンという、わたしが殺した人のこともそう。わたしがカリに、彼と協力していっしょに動くようにと勧めたの。でもその人は、カリとミロともうすぐ子どもが生まれるはずだった女性を撃った。女性もお腹の赤ちゃんも死んだわ」

彼女は恥じているような顔で俺を見た。「それに彼が誰なのか、わからなくなるときがある。自分がどこにいるのか、周りにいる人びとは誰なのか、わからなくなる。いつもではないけど、ときどき。そうすると、頭のなかが、島でアドリアン・モローを殺したあの日のことでいっぱいになってしまう」

彼女は爪を噛んだ。そんなことをしているのはいままで一度も見たことがなかった。

トルステンは肘を膝について身を乗りだし、両手を組み合わせた。「ケイト、少し休んだらどうだろう？〈アウロラ〉という施設があり、人生がつらくて堪えられなくなった人びとがしばらく休めるところだ。きみは何もしなくていい。必要なことはすべてしてもらえる。そうしたいかい？」

彼女は恐怖で真っ青になった。「それは精神科病院？」

トルステンは励ますような顔をした。「そうだ。だがいいところだよ。心配することは何もない。職員はみなとても親切だし」

彼女があまりに激しく首を振ったから、一回転してねじ切れ、床に落ちるのではないかと心配になった。「いやよ、いや、いや、いや……」

俺は思わずトルステンに訊きそうになった。彼女は行きたくないらしいから、代わりに俺がそこに行って、親切に世話され、すべてやってもらって休息できるだろうかと。だが口には出さなかった。

彼は力づけるように彼女の膝をぽんぽんと叩いた。「ただ訊いてみただけだよ。無理に行かなくてもいい。きみのもうひとつの選択肢は家に帰ることだ。家に戻って、夫と娘といっしょに暮らす」

彼女は無感情な目で俺を見た。「彼にはわたしは必要ない。わたしの後釜(あとがま)の二十三歳の超美人がいるのよ」

トルステンは片方の眉を吊りあげた。ひどいメロドラマの演技のようだ。「後釜?」

ケイトは言った。「わたしはその子を友だちだと思っていたのに。ベッドは彼女の石鹸(せっけん)と香水のにおいがぷんぷんしていた」

トルステンのまなざしは、俺に説明を求めていた。

「ケイト、俺は浮気したことはない。一度も」それはほんとうだが、状況をありのままに説明したら彼女は心配するだろうから、罪のない嘘をつくことにした。「きみが出ていったとき、俺はひどい状態で、アヌの面倒を見られなかった。ミルヤミは、イェンナ、スイートネスとうちに寝泊まりして手伝ってくれた。俺はミルヤミに俺たちのベッドをつかってもらい、自分は椅子で寝た。いい機会だから話しておくが、ミルヤミはきみの車を借り、事故があった。彼女はひどい火傷を負い、しばらく入院することになっている」

これを聞いて、彼女は言葉も出なかった。

「俺はきみがどうかと思うようなことをやってきた」俺は言った。「それはきみの責任じゃない。俺が選んだことだ。きみは俺に許可を与えたことで自分を責めている。だがきみは脳腫瘍で死ぬかもしれない男の願いを聞いてやっただけだ。俺がきみをその立場に置いたのはフェアじゃなかった。きみはアドリアン・モローを殺した自分を責めている。だがあれはしかたがないことだった。彼は俺たち全員を殺すつもりだった、きみは俺たちを助けてくれた。彼の死は彼自身のせいだ。きみのしたことは犯罪じゃない、英雄的行為だった」

「あなたのしていることも、変わってしまったあなたもいやなの。犯罪をおかす。盗む。人を酸で溶かす」

トルステンは口をぽかんとあけて俺を見た。

「俺は殺していない」俺は言った。「マフィア間の抗争を防ぐために死体をふたつ消しただけだ」

俺は煙草に火を点けて少し時間をかせぎ、自分の言うことを考えて、ケイトのほうを見た。

「脳腫瘍摘出手術の影響は思っていたより大きかった。俺はまだ完全に回復したとは言えないが、だいぶよくなった。俺は一部の有力者を怒らせた。それはもう、彼らのためにいかがわしいことをやりたくないからだ。もしきみが戻ってきてくれたら、俺たちはしばらくアルヴィドの家に滞在することになる。きっと気に入る。美しくゆったりした家だ。川に面して建っている。休むのにいい。イェンナ、スイートネス、ミロもいっしょに来ることになっている。イェンナもミルヤミといっしょに事故に遭った。彼女は妊娠していたんだが、事故で流産した。彼女には場所を変えることが必要なんだ。俺たち全員にとって休暇のようなものになる」

「あなたはまだいかがわしいことをしている」ケイトは言った。「事実上わたしをさらって無理やり連れ帰ったじゃない」

トルステンが助け舟を出してくれた。「わたしがカリに、治療のためにきみを連れ戻したほうがいいと言ったんだ。きみの病気は命にかかわるところまできている。カリには言わなかったが、わたしはきみが自分を傷つけるのではないかと懸念していた」彼のほほえみはやさしかった。「きみは医師の指示でさらわれたんだ」

ケイトはおもしろがらずに、俺をにらんだ。「あなたは自分をゴッドファーザーか何かだと思っている。わたしはマイケル・コルレオーネと結婚してしまった」

鋭い指摘だ。じっさいミロとスイートネスは、俺たちの次の一歩を、『ゴッドファーザー』がやりそうな仕事にしたがっている。

「もしケイトがきみといっしょに行ったら」トルステンが訊いた。「彼女は安全か？」

半分だけの真実。「もちろん安全だ。彼女は二十四時間警官に囲まれることになる」次に真実。なぜなら俺とミロとスイートネスで護らなければ、彼女はゆゆしい危険にさらされる。「彼女にとってこれ以上安全な場所はない」

「ケイト」トルステンは言った。「きみはどうするのがいちばんいいと思う?」

「わたしは娘を抱っこして一万年くらい眠っていたい」

「カリといっしょに住んでもだいじょうぶかい?」

「彼がどんな人か、どんな人になりたがっているのか、もうわたしにはわからない。わたしたちは結婚しているべきかどうかもわからない。わたしは何週間も彼を避けて、彼を娘に会わせなかった。それはフェアじゃなかった。それに彼が病気で弱っているのに家を出たことも、何も言わずにアヌを置いていったことも悪かったわ。少しずつカリとの生活に慣れるようにする」

「きみは独り暮らしができる状態ではない。それはわかったかい?」

彼女はためらった。認めたくないのだろう。「ええ」

「もしまた逃げたり、状態が悪くなったりしたら、カリはわたしに電話をすること、そしてケイト、きみにはさっき話した休息が必要だ。ふたりとも、わかったかな?」

俺たちはうなずいた。

「それからカリ」トルステンは言った。「ケイトは具合がよくないし、彼女との生活は不自由なこともあると理解しておいてくれ。きみもあまり元気そうには見えない。だいじょうぶか?」

「もちろん」

彼はケイトに処方箋を書いた。「これは抗うつ剤ヴァルドキサンだ。比較的あたらしい薬だが、かなりいい結果が出ている。副作用はほとんどない。睡眠を助けてくれる。それにやめるべき時期が来た場合、ほかの抗うつ剤よりも楽にやめられる」

処方箋をケイトに手渡した。「カリ、ここはケイトにとって安心できる場所だ。もしきみが彼女に何か言いたいことや、頼みたいことがあるなら、いま言ったほうがいい」

俺は自分の妻を見たが、彼女に以前の面影はなかった。苦悩によってもたらされた変化に、俺は悲しみしか感じなかった。「どうして出ていったんだ?」俺は訊いた。「解離性昏迷から覚めたきみは、その半日後には家を出た。わからない。きみは安全な場所で愛され、大事にされていたのに」

「アヌがいなかったら、わたしたち全員、あの島で死んでしまえばよかったと思う。ヘルシンキになんて来なければよかった。あなたが、たとえ世の中を変えられなくても、善良で正直な警察官で満足してくれたらよかったのに。あなたを見ているのもいやだった。醜悪なことを全部思いだしてしまうから」

「いまは?」

「いまでも、わたしたち全員死んでしまえばよかったと思う。あなたを見ることはできるけど、つらい」

質問がなされ、答えが返された。訊かなければよかった。打ちのめされるような答えが返ってくる質問をするものではない。俺はほかには何も言わなかった。

「きょうはここまでにしよう」トルステンは言った。

二十八

〈ユリオピストン・アプテーッキ〉――ヘルシンキ市内でも大きな薬局――に行って、ケイトの処方薬を出してもらった。ダウンタウンにある商業地区のショッピングセンターの向かいにある。通りの反対側に鉄道の駅がある。俺たちはタクシーでそこまで行った。ケイトと俺は何も話さなかった。彼女は順番待ちの札を取り、彼女が俺を見なくてすむように、店内をぶらぶらと歩いた。

俺の携帯電話が鳴った。病院の看護師で、ミルヤミが目覚めて俺に会いたがっていると言った。できるだけ早く行くと答えた。俺たちは家に帰った。ミロがソファーに座り、俺のノートパソコンを膝に置いて俺が押収したさまざまな通信機器から入手した大量の情報を調べていた。イェンナとスイートネスはみすぼらしい部屋着姿で食堂のテーブルにつき、昼下がりのビールを飲んでいた。スイートネスの鼻の腫れはひいたが、目の周りの内出血は色が濃くなり、水色から黒に近い色まであらゆる色があった。

俺はケイトに訊いた。「彼らが酒を飲むのは気になるか?」

「あなたたちが何をしてもいいわ。ただ眠りたいだけ」

俺はケイトに待ってくれと頼み、イェンナに手伝ってもらってベッドのシーツを洗濯したてのものに交換した。ミルヤミの香りのするベッドにケイトを寝かせたくなかった。いつもそうだが俺はひとりで毛布カバー――縦も横も大きな枕カバーのようなもの――の交換ができない。女性たちが四角の穴に腕を入れ、底に手を回し、毛布をつかんでいっきに振るときちんとカバーのなかに納まるのを見て、いつも感心する。

ケイトによればアメリカ人は毛布カバーをほとんどつかわないで剝きだしの毛布をかけて寝るらしい。きたなく不潔な習慣だと俺は思った。短いあいだだが俺はアメリカに滞在したことがあり、そのときも毛布カバーはなかったが、それは学生向けのアパートで人びとは手近にあるものですませているからかと思っていた。外国のテレビや映画で、登場人物が靴を履いたままベッドに座ったり寝たりするのを見ると、ぞっとする。

ケイトはいらいらしながら台所で待っていた。彼女にヴァルドキサンをのませ、自分も鎮痛剤、精神安定剤、筋弛緩剤をのんだ。べつに神経過敏になっているわけでもなく、精神安定剤はいらないように思えたが、神経科医の兄は緊張がやわらげば傷ついた筋肉のこわばりもらくになると言った。俺の膝は凄惨（せいさん）な地獄のように痛んだ。この痛みが消えるならなんでものむ。ケイトがアヌを連れてきてほしいと言ったので、俺は妻と娘をベッドに寝かせた。

「ミルヤミが目を覚まして俺に会いたがっている」俺はミロに言った。「病院まで乗せていってくれるか？」

「いいですよ」ミロは言い、ノートパソコンの電源を切った。「行きましょう」

メイラハティ病院はちいさな建物がごちゃごちゃ立ち並ぶ地区にある大きな病院だ。正面受付で熱傷専門病棟の場所を訊いた。回復後期の患者たちが廊下を歩き、食堂に行ったり、おもてに一服しに行ったりしているのを見て、この病棟で間違いないとわかった。目や耳や鼻や指がない人もいた。それにくらべればミルヤミは軽症ですんだが、彼女が彼らのようになる可能性もあったと思うと、腹が立った。

俺はミロに廊下で待っていてくれるように頼んだ。彼はミルヤミの従兄で友人だ。ミロにも会うように彼女に言うと約束した。看護師について病室に入った。

ミルヤミの姿はあまり見えなかった。彼女は全身の六〇パーセントにさまざまな度合の火傷を負った。ガーゼと、彼女が軟膏をこすってしまわないように巻かれているプラスチック製のラップでからだを覆われている。よくわからないが、もしかしたらそれで感染症を防いでいるのかもしれない。俺が彼女のベッドの横に椅子をひっぱっていくと、彼女はガーゼにつつまれた手を差しだした。そっとその手を取った。

「話すのはつらくないか？」俺は訊いた。

「口を大きくあけなければだいじょうぶ」

「ばかげた質問だが、具合は？」

「気持ち悪い説明まで聞きたい？」

「ああ」

「わたしのからだの中央部から下はかりかりに焼けた。手術を数回と皮膚移植が必要になるわ。医師たちが言ったことを全部は憶えられなかったけど、すべて終わるまでに二年かかるそうよ」

俺の頭に浮かんだのは〝悪かった〟という言葉だけだったが、それはつまらない、生ぬるい言葉で、彼女の苦しみにはとうてい足りない。だから何も言わなかった。

彼女は火傷とガーゼとラップのせいでほほえむこともできなかったが、なんとかほほえもうとした。「チャンスがあるうちにわたしを抱けばよかったのに。その部分が治るまで何年もかかるって」

俺は嘘をついた。「ほんとうに。そうすればよかったよ」俺は話題を変えた。「ご両親は？」

「ロヴァニエミから飛行機でやってきて以来、ほとんどずっと付き添ってくれてたの。だからホテルに行って少し眠ったほうがいいと言ったわ」

「もし何か困ったことがあったら、俺に電話するように伝えてくれ」

「わたしの状態について何か知ってる？」

「緊急救命室できみを診た医師から話を聞いた」

彼女は自己調節できるモルヒネ点滴につながれている。彼女は自己投与した。「彼らはわたしを元気づけるために嘘をついてるんじゃないかと思って。わたしの顔がどうなったか教えて。ほんとのことを言って」

「きみの顔はいちばん火から遠かったから、いちばん火傷が軽かった。下半身のほとんどは

Ⅲ度熱傷だった。胴体下部から上は、Ⅰ度またはⅡ度熱傷だ。いま鏡で自分を見たらびっくりするし不安になるだろうが、これは一時的なことで、ほとんどの軽度の熱傷は数週間でかなり治る。きみの髪も焼けてしまった。だが髪は伸びる」

彼女は鼻をすすり、泣かないようにがんばって、なんとかほほえもうとした。「二日前、わたしはきれいだったのに。信じられない」

彼女の目は覆われていなかった。彼女が目をとじたとき、俺はそのまぶたに口づけした。「いまでもきみは、なかもそともきれいだ。つらいだろうが、耐えるんだ。ガーゼがとれて顔が見えれば、自分でもそれがわかるはずだよ」

彼女は俺の手を握る手に力をこめようとした。痛みに顔をしかめる。「カリ、わたしはあなたを愛してる。あなたの人生に何があって、誰がいても、それを憶えていてほしいの」

俺は一瞬考え、彼女をいちばんいい気分にさせてやるにはなんと言えばいいか判断した。「俺もきみに憶えていてほしい。もし状況さえ許せば、俺はきみが示してくれた愛に応えていた。きみが人生のパートナーになってくれたら自慢に思っていただろう。もしきみが俺の子の母親になったら、誇らしく思っていただろう。きみが俺の人生にあらわれたとき、天からの賜物だと思った。俺もきみを愛している」この言葉の大部分には多少の真実が含まれていたが、最後のひと言は真っ赤な嘘だった。俺は彼女を少しも愛していなかった。

彼女は静かに涙を流し、俺たちはしばらく沈黙を共有した。

「わたしはどうなるの?」彼女が言った。「歩けるようになるまでに長い時間がかかる。いつ仕事に復帰できるかもわからない。何カ月もこの病院に入院しているのはいや」

「うちに来ればいい。在宅ケアを手配するよ」

ミルヤミはまたモルヒネを投与した。「あなたの奥さんがいい顔をしないでしょう」

しないだろう。「きみたちは友人になれそうだった。ケイトとアヌが必要としていたとき、きみはふたりの面倒を見てくれた。俺が必要としていたとき、きみは俺の面倒も見てくれた。きみの面倒を見ることに、妻が反対するなんて想像できない」

ありありと想像できる。猛烈に反対されるだろう。だがそれは数週間先のことだ。そのときになんとかすればいい。いまはこうするのが正しいことだ。

俺はミルヤミが何か言うのを待ったが、彼女は眠っていた。モルヒネ、熱傷の痛み、会話による疲労が重なって意識を失ったのだろう。帰り際に彼女の担当医師に、彼女の火傷の原因となった火災を刑事事件として捜査しているから、もし彼女の状態に変化があったらすぐに知らせてくれるようにと頼んだ。

二十九

午後三時にロシア大使夫人との待ち合わせがあった。俺はミロに、待ち合わせ場所の噴水のところで車をおろしてくれるように頼んだ。彼女はもう来ていた。ロヴィーセは彼女を〝雑誌みたいな人〟と言ったが、まさにそうだった。ファッションモデルたちもその容姿をうらやむだろう。二・五センチヒールのパンプスを履いていても、俺とほとんど同じくらい背が高かった。だが俺とは違って、彼女の体重のほとんどは若駒のようにほっそりした脚の重さのはずだ。モデルのように痩せていて、短すぎないスカートとノースリーブのトップスという服装だった。蜂蜜色の金髪は肩につかない長さで、カールした髪が耳と額にかかり、子どものようなあどけなさを感じさせる顔立ちで、目は青い氷河の氷のようだった。人殺しの顔には見えない。

彼女はもちろん、傷痕で俺だとわかった。挨拶と握手を交わした。エスプラナーディ公園は市の中心にある手入れの行き届いた細長い公園で、俺が気に入っている場所のひとつだった。片方の端に港とマーケット広場、反対端には流行りのレストラン〈テアテリ〉——劇場——がある。噴水のそばにあるヘルシンキでもっとも古く伝統的なレストラン〈カッペリ〉

のテラスではディキシーランド・ジャズバンドが演奏していた。どちらのレストランにも広々としたテラスがあり、客はその席に座って道行く人を見たり見られたりする。陽光、暖かい空気、潮風と青空のせいで、パティオで一日ビールを飲みながら過ごしたくなる。

「どこに行きますか?」俺は訊いた。

彼女のほほえみはどんな男の心も溶かしてしまうだろう。「どこでもいいわ。あなたにお任せする」

近くにアイスクリームの屋台があった。俺はそちらをあごで示した。「ダブルのコーンを買って噴水の縁に座るのはどうですか?」

そんなことが可能とは思っていなかったが、彼女のほほえみは輝きを増した。「男の人にアイスクリームを買ってもらったのはずっと前のことだわ。あなたは警官にしてはとてもすてきな人ね」

俺は笑った。「まだ俺のことを知らないだけですよ」

エレーナは気を引くような態度をとった。彼女は目をきらきらさせた。「これからあなたのことをもっとよく知ることになると思っている?」

「まさか」俺は言った。「そんな思い込みはしません」

アイスクリームを買って噴水を囲む大理石の縁に腰掛けた。「この銅像をどう判断していいのか、いつもわからないわ」エレーナは言った。

「あなただけじゃありません。一九〇八年に建てられてからずっと意見が分かれています。

ハヴィス・アマンダ像という像です。海藻の上に立つ乙女を四匹の魚と四頭のアシカが取り囲んでいます」

「あなたはすてきな刑事さんで歴史学者でもあるのね」彼女のほほえみは消え、俺を見極めようとする計算高い女性の顔になった。

俺が好きなアイスクリームの味はピスタチオだ。溶けはじめていた。垂れないようにコーンの周囲をなめた。「いくつかお訊きしたいことがあります。どうして愛人を殺したんですか？」

彼女は不愉快そうに口元を歪めた。それとも嫌悪なのか。「どこからお話ししたらいいかしら？　わたしはいわば動産なの。夫は大使で、財産と権力がある。わたしの父にはそれ以上に財産と権力がある。ふたりはわたしの取引に合意した。夫はわたしと結婚する特権のために、おもに石油と天然ガスの株式で父に支払った。つまりわたしたちの結婚は一種の合併ね」

俺は冗談を言った。「豚と羊はないんですか？」

彼女はにこりと笑った。

「なぜ万引きを？」この質問は何よりも好奇心からのものだった。

彼女はおかしそうにけらけら笑った。「夫を激怒させるためよ！　わたしは彼の妻だけど、父のかわいい娘でもある。夫はわたしが何をしても冷静に受けとめてうまく問題を処理しないといけない。わたしは退屈すると問題を起こすことにしているの」

「〝冷静に受けとめる〟ことのなかに、サーシャとの不倫もふくまれていたんですか？」

「ある意味ではそうね。でも夫はサーシャについて真実を言うことで、わたしを罰したのよ。彼が人身売買にどっぷりかかわっていて、ほかの女に無理やりセックスを強いていると言って。わたしはサーシャを愛していたのに、夫はそれを台無しにすることで復讐したの」

「そしてあなたはサーシャを殺した」

「彼はわたしのベッドから直接あのアパートメントに行って、わたしが見たところ、あのきたならしい小娘を犯すつもりだった。誰にでも限界はあるわ。それに正直に言えば、わたしはどちらかと言うと癇癪もちなの」

「それに控え目な表現の名人でもある」

彼女はアイスクリームをなめた。「夫と結婚しているのはそれほど悪くないわ。週に二回のセックスは義務だと言われるけど、時間にすれば三十分くらいだもの。でも、あの人がわたしとサーシャの関係を台無しにしたことは赦せない。あれはわたしの無駄な人生に意味を与えてくれていたのに。あの殺人について、あなたは何もできないのはもうご存じなんでしょう？」

「ええ、承知しています。わたしは殺人には興味がありません。あなたの愛人は当然の報いを受けた。むしろやさしすぎるほどだったとわたしは思います。ところで、あなたの夫の部下たちが殺人を隠蔽するためにサーシャの死体を運びだし、〝小娘〟を拉致したことをご存じですか？　たぶん彼女が目撃者だったからでしょう」

彼女は例の魅力的なほほえみを浮かべた。「もちろん知っているわ。夫に電話しようとしたんだけど、つながらなかったの。だから大使館の部下のひとりに電話したのよ。夫の居場所を知ってる人。ようやく夫が電話をかけてきたから、わたしは自分が何をしたか説明して、後始末を頼んだ。夫はものすごく不機嫌だったわ」

「少女がどこにいるか知っていますか?」

彼女はアイスクリームのコーンを齧った。「なぜわたしが知っているの? それになぜわたしがそんなことを気にすると?」

「わたしがきょうここに来たのは、ロシア人外交官たちが管理売春にかかわっているからです。ナターシャ・ポリャノワという女性が調整役だと見ています。彼女と、ヘルシンキに少なくとも十七ある売春宿などに監禁されている百八十人もの女性を見つけたい。あなたが協力してくだされば、ポリャノワと女性たちを見つけて、これを終わらせることができる」

「それなら協力できるわ」彼女は言った。「ロシア通商代表部は十軒ほどアパートメントを所有している。そのほかにいくつか賃借しているはずよ。ナターシャ・ポリャノワは通商代表部のためにそれらの不動産を管理しているわ」

「その不動産のリストをいただけますか?」

彼女はばかなことは言わなかった。その口調は怒っているようだった。「おわかりだと思うけど、わたしは処理しなければならない大事な問題をかかえているの。あなたほど優秀な警部さんはわたしの協力なんてなくても、リストくらい手に入るでしょう?」

「そうですね。だが彼女の電話番号はもうつかわれていません。彼女を見つけるにはどこに行ったらいいか、ご存じですか？」

彼女は腹を立てている。「それだけの不動産を管理していたら、そのうちのひとつに住んでいるとは思わないの？　あなたの推理を全部わたしがやってあげなくちゃいけないわけ？」

「いいえ、もうじゅうぶんです」俺は考え直した。「もうひとつだけ質問させてください。なぜドアの取っ手と肉斬り包丁に指紋を残していったんですか？」

彼女はまた目を輝かせた。「夫をもっと困らせるためよ、もちろん」

時間を割いてもらった礼を述べた。

「じっさい」彼女は言った。「わたしはあなたにもっと協力してあげることになるわ。数カ月前から考えていたのだけど、いまならタイミングが完璧。わたしの夫を破滅させ、あなたはご自分の慈悲深い使命を果たす。まあ少なくとも、あなたのじゃまをすることはやめさせられる。彼はあと二時間でヘルシンキに到着し、あすの朝、驚きのプレゼントをもらう」

つい好奇心に駆られた。「その計画を教えていただけませんか？」

彼女は、最初の、あどけないといってもいい表情を浮かべ、心からうれしそうに笑った。「ヴァーラ警部、願いごとはよく考えてからしなさいって、誰も教えてくれなかったの？　明日の朝、〈カンプ〉のわたしの部屋に来て。そのときにすべてわかるわ」

彼女は財布を取りだし、キーカードを抜いた。「これで入って」

「鍵ならあります」俺は言った。「サーシャの財布をいただきましたから」

「有能ね」彼女は言った。「さすがだわ」

そう言って彼女は立ちあがり、歩いていった。

三十

家の状況は代わり映えしなかった。スイートネスとイェンナはビールを飲んでいる。ミロはソファーに横になってクッションで頭を起こし、俺のノートパソコンを膝の上に置いてバランスをとりながら操作している。目は充血して真っ赤だ。ラリっているのだろう。

「ケイトはどこに？」俺はミロに訊いた。

「アヌといっしょに寝室にいます」

俺はばかみたいに感じたが、まだ行動規則を定めていなかったので、自分の寝室のドアをノックした。

「入って」ケイトがそう言い、俺はお仕着せを着て彼女の指示を待つべきだろうかと感じた。

彼女はスウェットパンツに古いトレーニングウエアのシャツ姿でベッドの上掛けの上に横になっていた。本や雑誌は見当たらない。どことなくおびえたような表情を浮かべて壁を見つめ、部屋に入った俺を見ようとしなかった。「ここは病院なの？」彼女は訊いた。

「ちがう。きみは自分の家にいるんだ。俺が誰かわかるか？」

彼女の目は動かなかった。「いいえ」

俺はベッドの端に腰掛けた。「俺はカリ、きみの夫だよ」

「疲れているの」彼女は言った。「ひとりにしてくれる？　休めるように」

「わかった。アヌを連れていっていいかな、授乳とおむつ替えのために」

彼女はうなずいた。俺はアヌを抱いて部屋から出て、ドアをしめた。

肘掛け椅子に座り、アヌを膝に寝かせた。カットはイェンナがきれいに直してくれた椅子の背もたれに飛びのり、ありがたいことに俺を爪とぎ代わりにはしないで、まるで首を絞めるように前脚を肩に乗せてきた。

「ケイトはどうです？」ミロが訊いた。

俺たちは声をひそめて話した。ケイトはときどきフィンランド語を理解することもある。それはおもに話題による。「よくない。政府を転覆させる悪魔的計画はどうなってる？」

「順調です。毎週土曜日、オスモ・アハティアイネン内務大臣とユリ・イヴァロ国家警察長官は〈ヴオサーリ・ゴルフクラブ〉でいっしょにプレーしています。彼らは会員で、十一時にラウンドを開始し、アウトの九ホールを回って、レストランで昼食をとり、その後インの九ホールを回る。ふたりいっしょに屋外にいる時間を特定できました。そしてフィリップ・ムーアのｉＰａｄによれば、ヴェイッコ・サウッコは毎日、土曜日も含めて正午に〝ドライブ〟しています。ちなみに彼がゴルフをプレーするのはあいにく日曜日です。コースも〈ヴオサーリ〉ではありません。〝ドライブ〟が何を意味するのか調べる必要があります。でも都合がいいのは、彼が自宅を出るという点です。コルシカ人親子については、仕事のスケジユールしかわかりません」

「まだ全員を殺すつもりなのか？」

彼は俺を見上げた。「ええ、そうです。それには迷う余地はありません。もちろん、ムーアが指示どおりコルシカ人を殺してくれたら、われわれの仕事がひとつ減るだけです」

「彼ら全員が死んだあと、俺たちはどうするんだ？　ほとぼりが冷めるまで待って、国を離れ、不正手段で得た財産で暮らすのか？　怪我を理由に退職して？　どうなんだ？」

ミロはくっくっと笑った。「そうですね、わたしにかんして言えば、警察に復帰して、犯罪を解決する、そういうことです。仕事が好きなので。なぜ退職する必要があると思うんですか？」

俺はもう一度よく考えてみた。「俺も同じだ。よく言うように、自分の知っていることをするのが一番だからな。だがなぜオスモとユリまで殺すんだ？　あのふたりはあからさまに俺たちに危害を加えたわけじゃない」

「それは彼らが狡猾だからです。ヤン・ピトカネンをヴェイッコ・サウッコにくっつければ、わたしたちにとってゆゆしい事態になるとわかっててやった。それにあのふたりがいなくなれば、わたしたちをなんらかの犯罪で告発できるほど事情を知っている人間は残らない。内務大臣がいなくなれば、ピトカネンは警官殺しで長期刑をくらう覚悟をする必要が出てくる。あいつにその覚悟ができるとは思いません」

「もし俺がやめろと命令したらどうする？」

「無視します。明日、クラウン・ヴィクトリアをここに残してバスで自分のサマーコテージに行き、まずヨットの準備をします。それでローペ・マリネンのコテージに行きます。映像がやつだと思わせるための私物を盗むために。ついでに、そこに係留されているはずのやつの船も調べます。実行日に彼の船を盗むか、それともわたしのを彼のに見せかけるか、どちらかですから。わたしのヨットをつかうなら、船のGPSを入れ替えて、彼のシリアルナンバーのものをわたしのヨットに載せ、やつが残忍な連続殺人をおこなう際の移動に船をつかったと見せかける。マリネンの船を盗むほうが、方法としてはすっきりします。それがすんだらポルヴォーに行きます。あなたの家のそばにヨットを接岸し、そこを基地に作業します。近いうちにサウッコの屋敷の監視に出かけて、〝ドライブ〟が何を意味するのかつきとめます」

「ああ、俺たちは明日移動するつもりだ」俺は言った。「片手でどうやってヨットを操舵するんだ?」

「しません。ロープを引いたり結索したりは無理なので、後部に大きなエンジンをつけて、帆を巻いたまま航行できるようにしました」

俺の携帯電話が鳴った。メイラハティ病院の医師からだ。彼は、たいへん残念だがミルヤミが亡くなったと言った。

「どうしてそんなことが?」俺は言った。「きょう彼女に会ったばかりなのに。ふつうに話していたし、見通しも明るいと言ってたじゃないか」

「あれほどの重度の熱傷は外傷性ショックを引きおこし、からだがそれに対応できなくなって亡くなる場合もあります。彼女の下半身の熱傷はほんとうにひどい状態でした。何かミスがあったというわけではありません。治療は非常にうまくいっていました。それでも亡くなってしまったということです。心からお悔やみ申しあげます」

「これはもう殺人事件の捜査だ。司法解剖を実施しろ」俺は医師に腹を立て、つまり悪い知らせをもたらした使者に八つ当たりして、電話を切った。

「ミロ、悪い知らせだ。ミルヤミが亡くなった」

イェンナとスイートネスも聞いていた。俺たちはそこに座ったまま、しばらくたがいを見つめていた。言葉もなく。少しして、スイートネスが頭をかしげて、食堂のテーブルに集まるように俺に合図した。彼が全員にコッシュを注ぎ、俺たちはミルヤミを悼んで杯を捧げた。最後に会ったとき、彼女への気持ちについて嘘をついてよかったと俺は思った。少なくともそれで、彼女がほんとうだと思いたかったことを信じて死んでいったのがせめてもの救いだった。

三十分ほど、誰も何も言わなかったが、ようやくミロが口を開いた。「まだわたしの計画をやり過ぎだと思いますか？」

「好きにやれ」俺は言った。「ヤン・ピトカネンは俺の獲物だ」彼個人に恨みはないが、貸しがある。彼は殺すつもりで車を爆破し、ミルヤミを黒焦げにしてイェンナを傷つけた。ここまで来たら俺たちのどちらかが死ぬ必要がある。彼もそれをわかっているのだろうか。彼がこの状況をつくりだしたのは嫉妬からだったのだろうか。以前は彼が非合法行為の花形、オスモ・アハティアイネンのいちばんの手駒だった。だが麻薬の金と力、非合法監視活動、強権的手法、国じゅうの注目を集める犯罪捜査まで、すべて俺のものになった。俺としてはよろこんで彼に返してやってもよかった。だが、もう遅い。彼は血で代償を支払わなければならない。

復讐を考えながらも、俺はやつらにたいする自分の気持ちは嘘っぱちで、ほんとうは忘れてしまいたがっていることに気づいた。腐敗、死、殺人はもううんざりだった。家族と仲よく暮らしたい、それだけだ。

ケイトがバスローブ姿で顔にほほえみを浮かべながら、寝室から出てきた。彼女はみんなに挨拶して、バスルームに行った。出てくるといったん寝室に戻り、サマードレスを着て髪をおだんごにまとめて出てきた。無理やり連れ戻されてきた直後、十歳も老けて見えていたのがすっかり解消した。俺のケイトが戻ってきたようだった。

「誰かわたしにもビールをくれない？」彼女は言った。

トルステンは彼女が禁酒すべきだとは言っていなかったし、俺はだめだと言ってこのいい雰囲気を壊したくなかった。

「冷蔵庫にたくさん入っている」俺は言った。

彼女は一本あけて俺たちといっしょに座った。俺たち全員、この気分の変化に少々当惑していたが、彼女がたのしそうにしているのを見たら、そんなことはどうでもよかった。

「どうしてみんな浮かない顔をしているの？」

俺が答えた。「ミルヤミを憶えているか？　きみとイェンナと彼女は、春ごろよくいっしょにいたんだが」

「変なこと言わないで。憶えているに決まっているでしょ」

「きょう彼女が亡くなった」

ケイトはそれを聞いて眉をひそめた。なぜ死んだのかとは尋ねなかった。「ミルヤミはきっと、わたしたちが彼女を悼むと同時に彼女の人生を祝福することを望むでしょうね」

名言だ。きっとそうだろう。

「何か音楽をかけるわ」ケイトは言った。「何がいい？」

スイートネスはためらわなかった。「タンゴを、お願いします」

ケイトはスイートネスがタンゴを聴くとは想像できなかったらしい。いままで彼女に、フィンランドにはそこらじゅうにタンゴパレスがあると教えたことはなかった。俺たちのタンゴはだいたいが短調の陰鬱な音楽だから、この場にもふさわしい。俺はウント・モノネンのCDを選んだ。『おとぎの国』が流れた。

スイートネスはケイトに踊りませんかと訊いた。ケイトはくすくす笑った。「わたしは裸足なのよ。あなたに踏まれたら骨が折れてしまうわ」

イェンナが誇らしげに言った。「スイートネスほど上手なダンサーはあまりいないわ」

「タンゴのコンテストで優勝したこともあります」スイートネスは言った。「母さんが俺をレッスンに通わせたから。体操も習いました。カリが俺の親父をろくでなしだと思っているのは知ってますし、たぶんそうなんでしょう。でも月に一度、親父は、苦労をかけてる罪滅ぼしなのか、母さんとタンゴを踊りに行っていました。俺は子どものころからずっとやってました。見てください」

彼は景気づけにコッシュをもう一杯飲み、広いスペースがあいている居間の真ん中に進みでて、直立のままからの宙返りをやってみせた。身長一九〇センチ、体重一二〇キロの大男が。そんなことが可能だとは思っていなかった。「これでダンスしてくれますか?」

ケイトはうれしそうに笑った。「タンゴの踊り方を知らないわ」

スイートネスは彼女の手を取って椅子から立たせた。「教えてあげます」

ケイトは骨盤の骨折で足を引きずっているが、優雅な物腰を身に付け、いまではほとんど誰も気づかない。スイートネスは彼女をリードして、動かし、すぐに彼女は簡単なタンゴを踊れるようになった。彼女は夢見心地だった。ふたりは俺とイェンナが見守るなか、一時間近く踊っていたが、やがてケイトが疲れてきたのがわかった。少し休むと言って椅子に座ったときには息を切らしていた。それでも笑っていたが、すぐにもう寝ることにすると言った。

俺は彼女に薬をのませて、布団をかけ、もう少し起きていると言った。ほんとうは、彼女が目覚めたとき隣に俺がいたら、俺が誰かわからないとかなんとか、なんらかの理由でパニックを起こすかもしれないとこわかったからだ。俺はみんなといっしょにもう一本ビールを飲み、薬をのんで、自分の椅子で眠った。

三十一

朝早く、午前八時ごろに目が覚めた。最初に頭に浮かんだのは、小学校六年生のとき、同級生の男児が母親といっしょに誘拐され、森に拉致された事件のことだった。彼は頭を何度も蹴られて放置された。母親は喉をかき切られた。これは夢なのか、それともほんとうにあったことなのか？　ほんとうのことに思えたが、脳手術後、俺は自分の認識を疑うようになった。だから兄のヤリにメールで、子どものころのルオホ殺人事件を憶えているか質問した。そしてもし憶えているなら、結末はどうだったのか？

俺の記憶では、タパニ・ルオホは二週間ほどして学校に戻ってきた。彼はホームルームの時間、俺の前の席に座っていた。それから間もなくしてある朝、彼は俺に、頭をさわってみろと言った。彼の髪のなかに指を入れて滑らせると、蹴られた傷の大きなかさぶたがあった。彼は俺に、自分は死んだふりをして、男が母を木に縛りつけて喉を切るところを見ていたと言った。彼はレイプのことは何も言っていなかった。単なる殺人だった。

殺人事件を報じた新聞を憶えている。検察は法医学的証拠とタパニの証言によってある男を確実に有罪にできるはずだった。だがタパニは吃音（きつおん）がひどかった。弁護側はそれを利用して彼を混乱した精神障害者にしたてあげ、信用できないとした。それは大嘘だった。タパニは頭のいい子だった。ただ吃音があっただけで。裁判のあとで彼の家族は引っ越した。

ヤリが返信をくれた。彼は憶えていた。被告人は無罪になった。俺はその記憶をずっと遮断していて、一度も思いださなかった。これは俺の脳がきちんと働くようになったということなのだろうか、それとも最近の感情的なできごとが何かの引き金を引いたのだろうか？考えてもわからず、落ち着かなかった。

そのとき別のことを思いだした。俺は十一歳のころ、着るものはお下がりで、食事もじゅうぶんに食べさせてもらっていなかった。当時は労働年齢の全市民の納税申告書が一冊の書籍として出版されていて、それから収入を推測することが可能だった。あるとき学校で、裕福なうちの子が机の上に立ち、問題の本を音読し、子どもたちをつぎつぎと指差して言った。「おまえんちは貧乏」「おまえんちも貧乏」「おまえんちも貧乏だ」俺もそう言われたひとりだった。

七〇年代に中流だと思われていた人びとは、現在の基準ではほぼ貧困層だろう。だが、自分は二級市民の立場に置かれているのだと俺が自覚したのは、そのときが最初だった。その日のことを、三十年ぶりに思いだした。納税申告書は、現在は出版されることはなくなったが、公的記録として公開されている。毎年、俺は貧しさをおそれるあまり、記録を調べて自分と他人を比較し、自分はもう貧しくないと確認して安心していた。自分になぜそんな衝動強迫があるのか、いままですっかり忘れていた。それにたぶん、俺が警官の仕事を選んだのも、いまとつぜん思いだしたこのできごとのせいだった。フィンランドでは警官は、医師の次に尊敬されている職業だ。なぜこういったことを、いまごろ思いだしているのだろう？

ケイトのことを考えた。彼女が俺から逃げだしたとき、トルステンは治療の機会さえ与えられれば、短期間で治せるだろうと言った。彼のその言葉はあまりに単純で楽観的すぎると理解するだけの心理学の知識は俺にもあった。俺は自問した。ケイトがよくならなかったらどうする？　俺は残りの人生ずっと、この椅子に寝て、彼女の世話をするのだろうか？　いまどきの会話や雑誌記事でよくとりあげられる話題は、個人の幸福の重要性だ。流行の考え方では、人は自分が幸福でなければ、他人を幸福にはできないということになっている。それはわがままが最優先だという遠回しな主張であり、責任放棄は、自分のためだけでなく他人のためにも望ましいという、ねじまがった解釈だ。

他者のための犠牲は称賛に値するだけでなく、とりわけ家族内では当然期待されるという義務の概念は、いったいどうなってしまったんだ？　俺はケイト自身のなかにひそむ心理的な危険と、外部から迫る身体的な危険のどちらかが彼女を傷つけるのではないかとおそれている。俺はこの椅子で寝てもいい。必要なら退職して残りの人生四十年間、彼女の世話をしてもいい。そして自分の力の及ぶかぎり、世界の危険から彼女を護りつづけるつもりだ。

ミロは俺のために世界を半周回って、ケイトを助けだしてくれた。彼は屋外トイレのネズミくらいいかれているが、俺の一生の恩人だ。いまはソファーで寝ている。身じろぎして、目を覚ました。ふたりでコーヒーを飲み、煙草を吸いながら、きょう、俺がアルヴィドから相続したポルヴォーの家に移ると決めた。俺はケイトをよく知った環境から〝休暇〟に連れだすことの影響を考えてみた。休暇と言ってさしつかえないだろう。ポルヴォー川に面して建つきれいな家。その気になれば玄関から直接木製の露台に出て、川に飛びこむこともできる。実際的にもこの滞在は安全策だ。川は堀といっしょで、防御の強化になる。

大量殺人をローペ・マリネンの仕業に仕立てあげようとするミロの複雑な計画には、五〇口径のバレットが必要だ。彼が撃ち慣れたライフルがその型だからだが、自分の銃は旋条の合致から足がつきかねないのでつかえない。俺たちが麻薬ディーラーから盗み、でっちあげに利用するか使い捨てにしようと思っていた安い自動式拳銃はあるが、彼が制作したいと思っている映像には、軍用のオートマチックか、セミオートマチック・ライフルがどうしても必要らしい。少なくとも引き金を引くのと同時に発射される銃が必要だ。

問題は、彼の右手の指がほとんど動かないということだ。リハビリによって回復しつつあるが、銃を速射できるほど彼の指の動きがよくなるまで、半年も一年も待っていられない。だが、スナイパーライフルの触発引き金を引くことはじゅうぶん可能だとミロは言う。警察のデータベースと接続したホームネットワークを介して、彼はこの仕事に必要な銃を所持している人物を見つけた。ヘルシンキ在住の退役陸軍少佐が、バレット、SAKO社製のRK62軍用アサルト・ライフル二挺、イスラエル製ウージー短機関銃を所有していた。ミロは少佐の家に不法侵入して銃器を盗んでくるつもりだと言った。

俺は彼に、そんなに大量の武器を必要とするなんて、いったいどんな計画だと訊いた。わからないけど、万全の用意をしておくだけだと彼は言った。また地下建設現場に行って警察の身分証を見せ、検査が必要だとかの口実をつかって爆発物保管所にこっそり入りこむ。スイートネスも連れていって周囲の目をそらし、高純度の爆薬を少量手にいれる。少量でもじゅうぶんだとミロは言った。だがそれはまた別の日に実行することで、きょうは自分のヨットをとりにいって、ポルヴォーの桟橋にヨットを係留する。

「内務大臣と国家警察長官はどうやって殺すんだ？」俺は尋ねた。

「まだ決めていません。でもゴルフをしているときにするでしょうから、われわれの実行日は土曜日になります」

「われわれ？」

「あなたがヤン・ピトカネンを殺すんでしょう？」

そのことは考えたくなかった。彼は俺の妻と娘を殺そうとして、代わりに罪のない女性を殺害した。彼がまた同じことをしようとしても、俺にはとめられない。法的手段がない。つまり選択の余地はない。だがこの件について俺ははげしい葛藤をかかえており、彼を生かしたまま、今回のすべてを過去にしてしまいたいという気持ちもあった。俺は内心、このことについてかなりぐらついていた。だが彼を殺さなければ俺たち全員の脅威となる。俺の希望や俺の気持ちの問題ではすまない。思わずため息が洩れた。「そうだ」

ミロは俺が乗り気ではないのを察した。「わたしたちがやりましょうか？」

自分がやりたくないからといって、誰かに人殺しをやらせることはできない。「いや」

「それならあなたの殺しの時間をわれわれと合わせる必要があります。そうすればピトカネンはその他大勢のひとりになる」

俺はうなずいた。この計画は論理的で、実用的で、いかれている。そのうえ、俺たちがなんの罰も受けずに終わると見て間違いない。単純に、誰もこんなことを信じるはずがないからだ。新聞の見出しを想像してみた。『英雄警官、狂乱の銃乱射』そんなことはけっして実現しない。アルヴィド・ラハティネンが言ったとおり、「イエスは小児性愛者だった、と人びとを説得するようなものだ」。

ミロはシャワーに入った。アヌは俺の椅子の横に置いたベビーカーのなかで眠っている。ミルクを温め、コーヒーカップをふたつ盆に載せ、おぼつかない動きで、片手で盆を持ち、自分の寝室のドアを杖でノックした。

眠そうな声がした。「入って」

俺は部屋に入り、ベッドの端に腰掛けて、盆をベッドの上に置いた。「今朝は少し家族の時間を過ごしたいかと思ったんだ」俺は言った。

ケイトはぽかんとした顔で俺を見た。「なんの家族?」

皮肉で言っているのか、ほんとうにわからないのか、俺には判断がつかなかった。「きみの夫と娘だよ」

彼女の目に当惑が浮かぶ。俺が誰だかわかっていない。そのとき、娘がアヌと一致し、これまで解離性昏迷のときでもアヌはずっと彼女の基盤であったから、彼女は一瞬で現実と現在に戻った。そして記憶の喪失を苦笑でごまかそうとした。「ああ、その家族のことね。わたしたちにあてはめるなんて、その言葉をちゃかしている感じじゃない？」

　怒りを伴っているが、それは俺のせいではなく、記憶の喪失によるいらだちのせいだった。

「アヌにミルクは必要ないわ。授乳するから」

「あいにくだがそれはだめだよ、ケイト。きみは薬をのんでいるから」

　彼女はそれでこみあげてきた涙をこらえ、何も言わなかった。

　この話をケイトが憶えているかどうかわからない。「きょう出発する」俺は言った。「ポルヴォーでちょっとした休暇だ。きれいな街だよ、住民の大部分はスウェーデン語を話す。旧市街にはきみが好きそうな美術工芸品の店もある。アルヴィドが俺に遺してくれた家に滞在する。川べりに建つ美しい家だ。きっとゆっくりできる」

　ケイトはいつも感情表現が豊かだった。いまは何を考えているのかわからない。「そうね」彼女は言った。「できるかも」

　もしよろこびで跳びあがることができたら、やっていただろう。ケイトが俺になんでもいいから前向きなことを言ったのは、数週間ぶりだった。

　俺はミロに、エレーナ・メルクロワとの約束だから〈カンプ〉まで車で送ってくれるかと訊いた。彼は「もちろんです」と言って、着替えた。

　彼のクラウン・ヴィクトリアをつかった。車を出すと、俺の携帯電話が鳴った。フィリップ・ムーア。

「ヴァーラだ」俺は電話に出た。

「おはよう。これは警告の電話だ。この電話は盗聴の心配はないのか？」

「完全に」

「わたしの状況はやや不都合なことになった。わたしは、ふたり殺害すればわたしと家族を生かしてやるというあなたの気前のいい申し出を断ろうと思っていた。代わりに家族を連れて国を出るつもりで。だからいますぐ辞めたいとサウッコに退職を申しでた。彼はわたしの退職に腹を立てた。わたしは五年間彼に仕え、彼に反対したこともなく、ただほかの土地に移りたいからと言ったのに。彼は『やったな、これでおまえも〝くそリスト〟入りだ』と言って、私物をまとめる時間もくれずにわたしを敷地のそとに追いだした。そのような扱いを受けてひどく不快な思いをした」

「それで俺に何をしてほしいんだ？」

「むしろわたしがあなたにしてやるという話だ。いつかはあなたのことを殺す日がくるかもしれないが。わたしは自分のものを手に入れたかったし、彼のリストにもあなたのリストにも載りたくない。だから戻って、コルシカ人のろくでなし親子の喉をかき切ってきた。まるで赤ん坊のようにすやすや寝ていたよ。彼らのパスポートと、彼らとサウッコがもっていた貸金庫の鍵も盗んだ。パスポートを少々切り貼りして父親のコルシカ人の写真とわたしの写真を入れ替え、銀行に行って、貸金庫のなかからわたしの退職金をとってきた」

「手作業で急造した偽パスポートで貸金庫をあけられたのか？」

「いまは七月だ、通常の職員が休暇をとっているほうに賭けた。にきび面でやる気ゼロの大学生の夏季インターンにはそれでじゅうぶんだった」

「ずいぶん忙しくしていたんだな」俺は言った。「どうして俺に電話を？」

「コルシカ人が死んだことを知らせて、わたしたちの関係を終わらせるためだ。差し当たりはな。言っておくが、あなたをおそれたことは一度もない。あの拷問の演出は少々やりすぎだった。まるで映画の台詞のようだった。それに注射器に入っていたのはペントタールナトリウムとLSDではなかったんだろう？」

「そうだ、ウォッカだった」

「貧乏人の自白剤だ。アルコール注射でもある程度は効果がある。いい考えだった。わたしが電話したのは、もうわたしはこの国を出ること、貸金庫の鍵はふたつともバルト海の底に沈んでいることを伝えるためだ。サウッコはまた殺し屋を雇わなければならないが、有能な殺し屋はそれほど多くない。それに彼が貸金庫をドリルでこじあけて、からっぽだと気がつくまでにも時間がかかる。それから金を用意する。いくら億万長者でも家に数百万の現金を置いているわけじゃない。すべて終わるまでに少なくとも二週間はかかるだろう。それがあなたにとって絶好のチャンスになる」

「なんのための？」

彼は笑った。「あなたの好きなことなんでもだ。なんでも」

「ふたつ質問がある」俺は言った。「あんたを信用するために」

「あんたのiPadのカレンダーに、毎日〝ドライブ〟という書きこみがあった。なんのことだ？」

「ゴルフのドライバーショットの練習だ。彼は飛距離を測るために、等間隔でブイをいくつか海に浮かべている。そのブイを狙って、バケツ一杯か二杯のゴルフボールを打ちこむ。彼専用のグリーンとバンカーもあり、パッティングとチップショットの練習もしている」

「死んだコルシカ人親子の死体はどうしたんだ？」

「サウッコは死体まみれだ。娘。息子。そして今回。死んだコルシカ人の経歴を調べたら疑わしいことが出てくるだろう。問題が大きくなり、大々的に報じられる。ふたりとも、おそらくいまごろはもうバルト海の底にいるはずだ。もしかしたらそこで自分の鍵を見つけているかもな」

「どうやって屋敷の警備をかいくぐって侵入したんだ？」

「自分で設計した警備システムだ。デフォルトの暗証番号を知っている。それにいちばん楽な侵入経路、海から入った。水泳するのにいい夜だったよ」

「ありがとう、ムーア」俺は言った。「最後にひとつ。あんたはサウッコが死ぬのをおそれていると言った。俺は彼の心臓に剣を突きつけ、力をこめて胸から血を流させたことがある。彼はまったくたじろがなかった」

「剣？」

「話すと長くなる」

「サウッコはうわべを取り繕う名人だ。ひどい精神的問題をかかえているが、けっしておくびにも出さない」

「退職生活をたのしんでくれ」俺は言った。

「ああ、そうするよ。わたしの忠告を聞いておくんだな。いまのうちにせいぜい好き放題すればいい。わたしと同じくらいのスキルをもつ人間はたくさんいる。サウッコがたちの悪いやつを手に入れたら、そのときは家族に別れを告げるときだ」

このあいだ彼と同じスキルをもった男が俺たちともめたとき、そいつはうかつにも俺の妻に殺されたと言ってやろうかと思ったが、遅かった。彼は電話を切った。

「ムーアの目的はなんでしょう？」ミロが訊いた。

彼の電話の言外の意味を考えてみた。彼が言っていた理由でかけてきたわけではない。仕事をさせるためだ。「俺たちにサウッコを殺してほしいということだろう」

口に出してみると、ほかの真実も明らかになってきた。サウッコは俺に復讐するのに何年も待つつもりだと言ったが、俺の家族はすぐに殺そうとした。彼は死をおそれている。俺をおそれている。彼が方針を決定した。血で血を洗う戦いだ。

ムーアはコルシカ人を殺害したが、サウッコは生かしておいた。誘拐された彼の娘がその後射殺され、息子まであんな派手な死に方をして、さらにサウッコ本人が殺害されたとなれば、フィンランド史上最大規模の犯人捜しが始まるだろう。ムーアにはそれがわかっていた。

サウッコが殺されてムーアがいなくなれば、捜査初日から彼に注目が集まり、かならず逮捕される。だから彼はサウッコを殺さず、やり残した後始末を俺たちにさせようとした。

だが俺たちが相手にしなければならないのはサウッコだけではない。どんな歪んだ論理か知らないが、ヤン・ピトカネンは運命が彼に配った札をミロと俺のせいにしている。ヤン・ピトカネンは車の爆発工作をおこない、ミルヤミを殺した。彼が俺たちを恨んでいる証拠だ。ピトカネンはアハティアイネン内務大臣の手下だ。ピトカネンが何かする前には、アハティアイネンが陰に陽に承認を与えていたのだろう。それにアハティアイネンは、親友のユリ・イヴァロにも相談していたに違いない。つまりあの三人は全員、なんの罪もなく心やさしい若い女性を殺害した共犯者だ。俺はふたりのスキャンダルを腐るほど握っている。イヴァロは俺をおそれている。彼は俺を殺すか刑務所送りにする方法を探しているはずだ。あのふたりは間違いなく、俺がやつらにたいしてしたように、俺のスキャンダルをつかもうと時間と労力をかけたはずだ。

すべての命の価値が一種のバランスシートに要約される。俺、俺の家族、ミロ、スイートネス、もしかしたらイェンナも含めて死ぬか。サウッコ、内務大臣、国家警察長官、人殺し、憎悪の扇動者が死ぬか。ちまちました気の利いたオプションは存在しない。交渉の余地もない。全員が生きる道もない。ひどく難しい決断だが、選べるのはどちらかひとつだけだ。

俺はミロの膝をぽんと叩いた。彼はいぶかしげに俺を見た。

「うちに帰ったら」俺は言った。「おまえにプレゼントがある」

三十二

〈カンプ〉に到着した。俺はミロに車で待っているように頼んだ。不服そうな顔を見て、俺としては連れていってもいいんだが、招待されたのは俺だけだからと説明した。彼は納得してくれた。

ドアマンが俺を憶えていて、挨拶してきた。俺は長い絨毯の上を足を引きずってロビーに入った。大理石の柱の横を通り、シャンデリアと丸天井の下をくぐった。左に曲がるとエレベーターがある。サーシャは金銭と同じくらいホテルのセキュリティーにかんしても無頓着（むとんちゃく）だった。キーカードは部屋番号の書かれたホテルの紙ホルダーに挟んだままだった。俺はエレベーターで四階にあがった。

〈カンプ〉にはさまざまな修復がほどこされている。ホテルの廊下の半分には防犯カメラが設置されている。残りの半分にはない。警備員はひとりだ。彼はだいたい、政府の要人やロックスターといった客を迎える準備に追われている。

俺はキーカードをつかってエレーナのスイートルームに入った。ドアの左側の壁に、エレーナが自分の血で書いた大きな文字があった。たぶん指で書かれた字から、血が滴り落ちている。「夫に殺された」俺は携帯電話で文字の写真を撮った。血痕をたどってバスルームまで行くと、エレーナは俺と会ったときの服装のままでそこにいた。靴は履いていなかった。

何があったのかは明らかだ。彼女は自分で手首を切って、メッセージを書き、部屋をよごさないように、そして死に臨んでも尊厳を保つために、バスルームにやってきた。彼女はひざまずいてバスタブにもたれていた。その指にロシア正教会の祈禱用の数珠を巻き、手を組んでいた。祈りながら失血死したのだろう。どの部屋にもある緑色のゴムのアヒルがバスタブの縁に鎮座している。アヒルがこの光景を軽くし、図らずも一種のあざけりになっているような気がして、俺は動かしたくなったが、思いとどまった。

靴を脱いでスイートルームを見て回り、夫がほんとうに彼女の死にかかわっていたと示す証拠を探した。ベッド脇のナイトテーブルの上に俺宛ての手紙があった。完璧な英語で書かれていた。

親愛なるヴァーラ警部

ご覧のとおり、あなたがわたしの夫と戦う銃弾を提供します。あなたが捜している小娘。夫が彼女の居場所を知っています。夫は飼い主の言いなりです。簡単には情報を渡さないでしょう。拷問して聞きだしてください。それから、わたしからのお願いを聞いてください。あなたのお願いも聞いてさしあげたのですから。壁の文字と、わたしの写真を撮って、わたしの父に送ってください（彼の電子メールアドレスはこの便箋の下のほうを見てください）。わたしの夫とのあいだにどんな問題があったとしても、それはとつぜん終わると約束します。彼の命と同じように。

それでは

エレーナ・メルクロワ

彼女の手紙の論理には欠陥があった。自分の命を断とうとしている女性の物ぐるおしく捨て鉢な精神状態があらわれている。彼女の夫の死を確実なものにする写真を手に入れれば、彼を拷問する必要はない。俺は命を助けてやると言って彼と取引し、ロヴィーセ・タムと交換することもできる。彼女は正気を失った論理で、万全の準備をしていると思ったのかもしれない。ひょっとしたら夫が拷問されるのがよほどうれしくて、うまくいくかどうかはともかく書いておこうと思ったのかもしれない。それほど純粋な憎悪はあまりない。

エレーナは、自分はまだ〝父のかわいい娘〟だと言っていた。財産と権力をもつ彼女の父親は、夫に娘の世話を託した。夫がこの部屋で何が起きたか知ったら、保身のために隠蔽しようとするだろう。そうならないように、俺は大量に写真を撮った。彼女は死ぬことで〝動産〟扱いされた復讐を果たした。それはある意味、彼女の愛人のような男たちに人身売買される貧しい娘たちとまったく変わらない。そしてその商売を指図しているのは、間違いなく彼女の夫だ。もうひとつ間違いないことは、夫は一、二日のうちにロシアに呼び戻され、始末される。それこそ、エレーナの自殺の目的だ。

俺の携帯電話にはロシア大使の番号が入っている。彼に二通ほど、心の痛む画像を送った。彼はすぐに電話してきた。エレーナの最後の願いをかなえたいのはやまやまだが、俺は彼女の夫を拷問する気はない。だが、ロヴィーセ・タムを返してくれたら、画像を公にしないと言ってやった。彼は、できるならそうするが、ロヴィーセの居場所を知らないと言った。写真を隠滅してくれたら二十五万ユーロ払うとも言った。彼の声は恐怖で震えていた。俺は金ではだめだと言って、電話を切った。

ミロに電話して、現場を汚染しないように防護服をもってあがってこいと言った。それからヘルシンキ警察殺人捜査課に通報した。ミロがやってきて、俺たちは防護服を着た。彼は俺が見逃したものを見つけることはできなかった。ロシア大使がメールしてきて、画像を公にしないでくれと懇願した。ロヴィーセが最後に目撃されたのは、エレーナといっしょに大使館から徒歩で出ていくところだったと書いてきた。

ヘルシンキ警察殺人捜査課からインカとイラリがやってきた。彼らは優秀な捜査員なのかもしれないが、不愉快なやつらだった。もう何年も前から、家族を裏切って不倫を続けているらしい。だがほかの人間がいるところでは、何かと罵り（ののし）あい、角を突きあわせている。たぶんそうやって周囲をごまかしているつもりなのだろう。ときどきそれを忘れてほかの同僚にまで同じような口の利き方をして、みんなに嫌われている。

「ヴァーラ」イラリが言った。「いったいどんなつもりでここにいるんだ？」

「ミロと俺はパトカーで巡回していて、応援要請を受信した。近くにいたので、現場へ最初に到着したんだ」彼の失礼に失礼で応酬した冗談だった。俺たちは携帯電話をつかい、パトカーなんてつかったことがない。

「ふん、もういいから。これは国際的事件になる可能性がある。おまえらの事件じゃないし、今後もそうはならない」

「まったく」インカが言った。「休暇中のあなたがここにいる権利はないでしょ。出ていきなさいよ」

俺は目的のものを入手していたし、これが彼らの事件であるのもつかの間だとわかっていた。「わかったよ、幸運を祈る」

ミロと俺が廊下に出るとロシア大使がいた。五人の側近にとり囲まれている。法医学班も到着した。大使は、妻に会わせろ、フィンランド警察は現場を出ていけとわめきちらし、外交特権を定めた条項をいくつも引用している。誰も聞いていない。モスクワがしゃしゃり出てくるまでは、ここは犯行現場の可能性があり、フィンランド警察のものだ。

ミロと俺は防護服を脱いだ。大使が俺に気づいた。「よう、セルゲイ」俺は言った。「ご愁傷さまだったな」

彼は震える指で俺を指差した。アドレナリンが高まり、怒りくるってぶるぶる震えている。

「おまえか」

「俺だよ」俺は言い、俺たちはエレベーターでロビーにおりた。

アイノはケイトの部下のレストラン副支配人で、ケイトの育休中は彼女の代理をつとめている。感じのいい若い女性だ。彼女を安心させてやりたかった。オフィスにいた彼女は泣いていた。「だいじょうぶだ」俺は言った。「フィンランド警察が掌握している。きみにできることは何もない。もし何か必要になれば、そう言われるはずだ。困ったことがあったら俺に電話してくれ」

「ありがとう」彼女は言った。「こんなことはじめてだから、びっくりしてしまって」

ホテルでの死亡事故の統計を引用したら、彼女はたぶんすぐにここを出て二度と戻らず、別の業界で仕事を探すだろう。「これが最初で最後だよ、きっと」俺は言った。

三十三

アパートメントに戻り、ミロに俺の携帯電話を渡した。目下の多くのことと同様に、これもやりたくないことのひとつだった。死者の冒瀆。だが必要なことだ。「エレーナ・メルクロワの写真を、出所はここだとわからないようにインターネット上にばらまけるか？」

彼は何も言わず、俺のパソコンの電源を入れて、携帯電話とケーブルでつなぎ、ネットワークを介して自分のパソコンにログインした。画像を俺のパソコンに落として、言った。

「三十秒で拡散できます」

ロシア大使館はできるだけエレーナの死の報告を遅らせ、そのあいだに大使は、彼女が壁に血文字で書いて夫に突きつけた責任からなんとか逃れる道を探そうとするはずだ。保身のために壁の文字を消し、それがあったという事実を隠蔽する。それからこれは自分をおとしいれるための罠だったと主張する。俺は先手を打ってそれを阻止してやった。エレーナの父親はメールではなく、ネットをつうじて娘の死を知ることになる。卑しく、醜いやり方だ。目的のために手段は正当化される。彼女の父親はメルクロフを殺すだろう。そうしなければ彼が意気地なしとして世界の笑いものになる。大使は死に、相手にすべき敵がひとり減る。

俺が彼に死刑宣告を下すことになる。深い後悔にかられる。罪悪感は俺の人生を定義してきたもっとも重要な感情だ。脳から腫瘍を摘出して以来、何にたいしても後悔を感じることはなかった。それは手術後の後遺症のひとつだとわかっていたが、うれしかった。手術によって俺に起きた多くの変化のうち、後悔の欠如はありがたかった。腫瘍の摘出であいた場所が組織で埋まり、自分がもとの人間に戻りつつあることを、治っているとよろこんでいいのか、不要な感情がふたたび頭をもたげてきたことを怒っていいのか、わからなかった。たぶんそのどちらでもあるのだろう。

「ほら、画像がいきますよ、いってます、いきました」ミロは言った。「わたしへのプレゼントはどこです？」

俺は部屋を見回した。スイートネスとイェンナは台所にいて、ベーコンの焼けるにおいがする。彼らの炭水化物抜きダイエットだ。ケイトはたぶん寝室にいるのだろう。

玄関のコート掛けの上にマフラーや手袋や帽子を置く棚がある。棚の上にはちいさな物置があって、がらくたが置いてある。俺はそこを指差した。「そのなかの左側、いちばん奥の隅に、〈ストックマン〉のギフト用袋があるはずだ」

彼は食堂の椅子を運んできて、その上に立ち、袋を見つけて下におろした。なかをのぞきこんで、茶色の紙につつまれた四角いものを取りだした。彼はつつみを破りはじめた。

「やめろ」俺は言った。「誰にも見られたくない」

ミロは期待に顔を輝かせた。「それならとっておきの特別にいいものなんでしょう。何を買ってくれたんです？」

「買ったんじゃない。おまえに隠しておいたんだ。俺たちが麻薬ディーラーの家に不法侵入したときに、クローゼットのなかにあった。おなじ場所にあった現金でいっぱいの袋につっこんでもってきた。煉瓦大のセムテックスがふたつ入っている」

彼はまるで赤ん坊のようにつつみをそっと抱き、『ロード・オブ・ザ・リング』のゴラムのものまねをした。「いとしいしと。かわいい、かわいい、いとしいしと。よく来てくれたね」

あまりにもそっくりで気味が悪いほどだった。それにミロの〝いとしいしと〟はプラスチック爆弾だ。いかれすぎてて少しおそろしくなる。

「セムテックスのプラスチック爆弾」彼は言った。「ロシアの名品。ビルを丸ごと爆破できる逸品。あなたはほんとにわたしのことを愛してるんですね？」

俺は杖の頭のライオンの口をあけ、自分はたったいま、いったい何をしてしまったのかと考えた。「心から」

「キスしてもいいですか？」彼が近づいてきた。「ディープな」

俺は手をあげて押しとどめた。「どうどう、落ち着け」

彼はにやりとして落ち着いた。みずから課した睡眠不足による目の周りの黒い隈（くま）がまるで油のようにてかてか光った。「どうして隠していたんです？」

「どうやって捨てたらいいかわからなかったから、しまいこんで忘れていた。隠しておいたのは、おまえがビルを爆破するんじゃないかと心配だったからだ」

「わたしの計画に賛成する気になりましたか？」

俺はバルコニーに彼を誘った。そとに出て、誰にも聞かれないようにドアを閉め、煙草に火を点けた。

「わたしの計画を認めるんですね」ミロは言った。「うれしいな」

俺は爆発したアウディがとまっていた駐車スペースを見下ろした。「いや、認めてはいない。少しも。ほかの解決策が見つからず、おまえに捕まってほしくないだけだ。だからセムテックスを渡した。これでプラスチック爆弾を盗む必要がなくなれば、リスクがひとつ減る。予定はどうなってる？　ムーアは俺たちには二週間あると言っていたが」

「それなら短いあいだにたくさんやることがあります。わたしは徹夜して、いかれた大量殺人の声明文を完成させ、ターゲットを監視して一日で全員を殺すもっとも経済的なやり方を考える。それにいちばん重要なのは、射撃の練習です。あなたはとんでもないへたくそだし、わたしは左手で撃つ練習をしないと。ヤン・ピトカネンはあなたが殺るんですよね？」

俺はため息をついてうなずいた。

「彼の車にGPSをつけて、準備ができたらいつでも見つけられるようにしておきます。でもあなたが射撃の腕をあげないかぎり、彼に一瞬で殺されますよ」

そうだろう。俺たちは二本目の煙草に火を点け、並んで、何も言わなかった。俺の目はどうしてもアウディが焼けて黒くなった場所に引きつけられた。「そうだ、言い忘れていた」

俺は言った。「ムーアが言っていたが〝ドライブ〟はサウッコが庭に出てゴルフボールを海に打ちこむ練習らしい」

ミロは煙草を下の通りに投げ捨てた。「わたしはもう行きます。こんな時間だ。ポルヴォーのアルヴィドの――いや、あなたの家で、明日」

俺は宙に十字を切った。「イン・ノミネ・パトリス・エト・フィリ・エト・スピリトゥス・サンクティ――父と子と精霊の御名によって――神とともに行きなさい、息子よ」

「お赦しください、父よ、わたしはこれから大罪をおかしに行くのです」彼は笑った。「それじゃ」

俺は見送らず、バルコニーに残った。俺たちがやろうとしていることについて、頭のなかであれこれ考え、逃げ道を探した。そのとき、似非(えせ)ジャーナリストにして薄汚いスキャンダル蒐集(しゅうしゅう)人、ヤーコ・パッカラのことを思いだした。スキャンダル雑誌で人の評判を破壊する第一人者だ。俺は彼に給料を支払い、計画中のスキャンダル雑誌用にあらゆる政党の政治家たちのスキャンダルを集めさせていた。雑誌発行の計画はおじゃんになったが、必要となった場合に脅迫のネタにするために、スキャンダルを集めつづけるように指示してあった。いまが必要なときだ。俺は肘掛け椅子に座ってずきずきする膝を休め、彼に電話した。

「やあ、警部」彼は言った。「あんたから電話とは驚いたよ」

「なぜだ？」

「聞いてないのか？　いまコペンハーゲンにいるんだ」

「盗聴のおそれがある。公衆電話かバーの電話からかけ直せ」俺は電話を切って待った。

十分後、彼がかけてきた。「なけなしの金でプリペイドの携帯電話を買ったよ」彼は言った。「あまり通話時間がない」

「何があったんだ？」

「SUPOの捜査員がうちに来た。あんたの仕事をしていると言った。そう言えば帰ると思ったんだ。そうしたらぼこぼこにやられて、何もかも押収され、国を出ろと言われた。俺があの文学コレクションにどれほどの手間暇を注ぎこんだか知ってるか？」

人種間憎悪をかきたてる文献のことだ。戦前の反ユダヤ人プロパガンダや、彼が自分の専門と自認するフィンランドの最悪のスキャンダル。

「俺のために集めたものはどうした？　俺が最後に見たもののあとで、あたらしいものや貴重なものを入手したか？」

「かなり」

「どこにある？」

「デジタル時代だ。写真は全部俺のコンピューターのなかで、コンピューターごと押収された」

「バックアップをとってないのか？」

「もちろんある。クラウドスペースの、あんたがくれたのとは別のアカウントに。だが現金を支払ってもらわなければ、渡すことはできない。あんたのおかげでひどい目に遭った。ここで仕事を探すのがどれほど大変だったかわかるか？　デンマーク語なんてほとんど話せないのに」

めそめそした情けない声は以前から癇に障るし、食えない二枚舌野郎だ。俺は醜聞を集めるのにたっぷり払ってやっていたのだから、その材料は厳密には俺のものだ。だがやつの文句も当然だから、その指摘やさらなる要求はやめておいた。「いくらだ？」

「五万」

「ほんとうに役に立つものがあるのか？」

「約束どおり、仕事はきちんとやった。さまざまな政党出身の政治家の恥ずかしい写真だ。大部分はセックス関係。いくつかは金銭関係だ」

「傍受の心配のないネットワークにログオンしろ。別の使い捨て携帯電話か何かを買え。クラウドスペースのアカウントとパスワード、それにあんたの銀行口座番号もいっしょに送れ。三万送る。脅迫材料の代金じゃない。それはもう支払ってあるからな。あんたが失ったコレクションと仕事、それに殴られた補償だ。それでいいな？」

むこうの通話時間が終わり、電話が切れた。

俺はもう一本電話をかけた。ミルヤミの司法解剖はもう終わっているだろう。とても立会う気にはなれなかったから、いつやるのかは訊かなかった。ある検視官は刑事が解剖に立会せず電話で結果を聞こうとするといって激怒していた。警官は捜査のすべての段階に立会すべきだと思っている。書き起こしを手に入れるのには数カ月かかる。俺は速記者に電話して、録音の最後の部分を聞いて死因だけ教えてほしいと頼んだ。彼は親切に、あとでかけ直すと言ってくれた。

それほど長くはかからなかった。「彼女の死因はモルヒネの過剰摂取です」彼は言った。

俺はなぜそんなことが可能なのか質問しようとして、彼は医師ではなく速記者だと思いだし、礼を言って自分で考えた。ミルヤミは自己調節のモルヒネ点滴につながれていた。包帯を巻いた手ではその操作もやっとだったし、過剰摂取が可能だとは思えない。誰かが彼女の病室に行って、とどめを刺した。

俺はムーアが、彼女を俺の愛人だと言っていたのを思いだした。ヤン・ピトカネンに命じられて俺を監視していたバイカーたちが、夜に彼女が俺の寝室に入るのを見てその結論に達したのだろう。俺は自分の携帯電話の着信履歴を調べ、名前ではなく番号で載っている着信を見つけた。ミルヤミの医師の番号だ。電話した。彼は出なかった。俺は彼にメールし、顔に傷のある男がミルヤミの見舞いに来なかったか、勤務中の職員に訊いてくれるように頼んだ。数分後、彼が電話をかけ直してきた。職員に聞くまでもなく、彼がその人相にぴったりの男を目撃したという。礼を言って、電話を切った。つまりピトカネンが俺の友人を殺した。

ピトカネン。俺はやつを殺すと言っていたし、いまや本気でそれを望んでいる。殺されたミルヤミの仇(かたき)は討たなければ。だが俺はまた両天秤にかけていた。血はたいてい血を呼ぶ。俺は心のどこかで誰のことも傷つけたくないと思っていた。すでにたくさんの血が流れた。ミルヤミは何を望むだろうかと考えてみる。彼女はやさしさで人を癒やす女性だった。何もしてほしくないと言っただろう。取引することは可能だ。ミロが内務大臣を殺害したら、ピトカネンは後ろ盾を失い、一匹狼になる。彼に金銭による和解をもちかけてもいい。顔の傷を補償し、休戦する。しかし復讐は、葬儀と同じで、死者のものではなく生者のものだ。俺はほんとうにやつを殺すのだろうか？　その決断を迫られるときまで、わからないのかもしれない。

　スイートネスが台所から出てきて、げっぷをした。「きょう移るんですか？」

「ああ、荷物をまとめておけ。一、二時間で出発する」

　ケイトの様子を見にいった。彼女はシャワーを浴びて、着替え、化粧して髪を整えていた。アヌに授乳している。

「あら、あなただったの」彼女は言った。「どんな感じ？」

　ケイトが家を出てからのやりとりで俺が思ったのは、彼女が最初はホテル、次にアメリカに逃げだしたときの不機嫌な態度は、俺に向けられたものではなく、彼女が自分の精神状態を隠そうとした仮面だったのではないかということだ。そのころケイトは俺が自分にとって大事な人間だということは憶えていても、どんな存在なのか、敵なのか味方なのかわからなかったのだろう。

　ときどきわれに返って俺がアヌの父親だと気づき、娘をうちに連れてきて会わせたが、俺を見ても俺たちの関係については思いださなかった。ケイトは自分が俺を置いていったのには理由があったはずだと思ったが、それが何かはわからなかった。でも理由がなければ家を出るはずがないと思った。だから俺のことを敵と見なした。じっさいには俺は理解できない人物であり、だからこわい存在だった。彼女はその段階を脱しつつある。

ヤーコからメールが届いた。クラウドスペースのユーザー名とパスワードと銀行口座の情報。

「順調だ」俺は言った。「アヌを抱っこしようか？」

「授乳が終わったら」

彼女を動揺させたり傷つけたりしないで伝えるにはどうしたらいいのだろう？　俺は精神科医じゃない。そういう心情は手探りで理解していくしかない。俺の脳腫瘍手術後、ケイトも同じように感じていたはずだ。「悪いけど、抗うつ剤をのんでいるあいだは授乳したらだめだよ」

ケイトはアヌを胸から離して、首を振った。「わたしったら、何を考えていたのかしら。うっかり忘れていたみたい」

理性的な反応。薬が効いてきている。俺はうれしくて、よろこびではち切れそうだった。ベッドの端に腰をおろした。

「きょうポルヴォーに行くって言ってたわね」ケイトは言った。「何をもっていったらいい？」

「まずは夏服だ。川べりは夕方涼しくなることがあるから、ジーンズとセーターもあるといい」

彼女は何か真剣に考えているように、口元を歪めた。「一週間に二度はセッションを受けるためにヘルシンキに戻らないといけない」

この会話は俺にとって、アヌが生まれてからいちばんうれしいことだった。「そんなに遠くない。セッションのときには連れてくると約束する。それに服が足りなかったら、そのときに選べばいい」

「ありがとう、カリ」ケイトは言った。

俺は〝愛してるわ〟を期待していた。だが一歩一歩だ。

三十四

ポルヴォーに着いたのは午後八時くらいだった。荷物は少なかったので、ジープ・ラングラーから運びだして家に運び入れるのにそれほど時間はかからなかった。

この家は、一七六〇年の大火のあとに川沿いにいくつか並んで建てられ、伝統的な赤褐色に塗られている河畔（かはん）の家のひとつだ。もともとは、ドイツのハンザ同盟都市と取引された商品の貯蔵のために建てられた倉庫だった。観光客のメッカである旧市街にあるという立地、その広さ、絵のように美しい建物、歴史的意義から、かなりの価値がある。

ケイトにこれは夏の休暇のようなものだと言ったとき、俺は嘘をついていた。彼女とアヌは常に監視下に置かれ、ミロかスイートネスか俺の警護なしでは外出できなかっただろう。しかし状況が変わって、ほんとうの休暇が可能になった。ロシア人は、自分たちが殺されないようにするという、ほかのことで忙しい。ヴェイッコ・サウッコの殺し屋はフィリップ・ムーアが始末してくれた。俺が心配している唯一の差し迫った危険は、ヤン・ピトカネンだ。だが単独で警官の家族を殺すほど愚かではないだろう。俺たちにはもっとも貴重な、時間と自由がある。この場所でケイトの体調はもっと回復するだろうと俺は期待した。

家の周りを彼女に案内した。アルヴィドと妻のリトヴァは数十年間この家に住み、ふたりが亡くなってからそのままになっていた。彼らの幽霊や影がいたるところに感じられた。不思議だがいやな感じはしなかった。友人の幽霊だからだ。そのおかげでこの家がより温かく、妙に居心地よく感じられた。

俺は旅行用大型鞄からカットを出してやった。彼は跳びでて、探検しにいった。アルヴィドとリトヴァは猫を四匹飼っていた。カットは夢中になってその猫たちを探しまわっていたが、やがて小さな頭でもういないのだとあきらめた。四匹の猫はリトヴァが亡くなったことを悲しんだ。ずっと鳴きつづける声はアルヴィドにとって、半世紀連れ添った妻の死を思い知らせるものだった。ほかの人間に譲ることも考えられず、彼は猫たちを溺死させた。棺として四角い箱をつくり、雪のなかに埋めておいた。そのときは冬で、地面が硬すぎて掘れなかったからだ。箱は釘打ちされていたので、ケイトがなかを見ることはできない。それでも、埋めるか、海に沈めるか、どうにかしたほうがいいだろう。

一階は仕切る壁がなく、大きな広間のようになっていた。正面に、大きなソファーがひとつとつかいこまれた座り心地のよい肘掛け椅子が三つ、コーヒーテーブルを囲むように置かれている。左側の壁に沿ってガラス戸付きのアンティークの本棚が置かれ、酒の戸棚代わりにつかわれている。右側は暖炉だ。奥にダーク・オーク材の大きな食卓があり、その裏に巨大な、床から天井まであるソープストーン製のストーヴがあり、それが部屋の唯一の仕切りになっていた。その向こう、左側には設備の整った近代的な台所が設置され、ガスと薪、両方のコンロがある。天井のフックから鍋やフライパンが吊るされている。裏口のドアの横に簡易シャワー室があり、裏口を出ると煉瓦壁に囲まれた広々とした裏庭だ。ほったらかしにされた花壇があった。ここはわが家のように感じられる。

二階には寝室が二部屋とバスルームがある。ケイトと俺は主寝室に荷物を入れた。アルヴィドとリトヴァの部屋だった。何もかもアンティークだ。ベッド。衣裳戸棚。箪笥（たんす）。書き物机。ふたりは五十年間連れ添った。彼らは新品で購入したのかもしれない。収納家具は彼らのものでいっぱいだった。俺は自分たちのものを入れる場所をつくり、今夜自分はこの部屋で寝るのだろうかと思った。

みんな腹をすかせていた。ほんとうに久しぶりに、俺はケイトとアヌを連れて外出しても安全だと感じられた。俺は〈ヴィルヘルム・オー〉はどうかと提案した。俺たちの家から歩いて数分のレストランだ。雰囲気がよく、広いテラスが川面に張りだしている。テラス席の前にボートがいくつも係留されている。素晴らしい晩で、まだ明るく、川からの風が気持ちよかった。俺たちはケイト以外全員ビールを注文した。彼女はオレンジジュースを頼んだ。トルステンが言っていたことはほんとうだったようだ。ケイトのヴァルドキサンがアルコールに代わって彼女のネペンテス——浮世の憂さを忘れさせてくれる薬——になった。

ケイトは確実によくなっている。俺は心のなかで感謝の祈りを捧げ、このまま快方に向かうようにと期待した。俺はいままで漠然と、彼女の状況は井戸を落ちているようなものだと思っていた。上に光が見えているし、よじ登ってそとに出ることも可能だが、壁はつるつるして滑りやすい。手を滑らせたら簡単に底まで落ちてしまい、大きな水音とともにふたたび凍えるような冷たさの水に浸かってしまう。

　スイートネスはもちろん、コッシュのグラスを三つ並べてつぎつぎと飲み干した。「食欲を出すため」と言うが、すでに食欲は旺盛で酒の助けは必要ない。彼とイェンナはダイエットのために、ステーキを注文した。スイートネスは二枚。

　俺も彼らと同じ赤身の肉を頼みたかった——もうずっと食べていない——だが銃で撃たれた口はまだそこまで噛む力が戻っていない。代わりにサーモンのあぶり焼きマッシュルームソース添えを注文した。ケイトはスズキのフィレのディルとレムラードソース添えを頼んだ。

　夕食後、板張りの遊歩道を散歩した。アヌのベビーカーを押していたおかげで、ケイトの手を握るかどうか悩まずにすんだ。片手でベビーカーを押し、もう片方の手で杖をついて、足を引きずりながら歩いた。

　家に着いた。ケイトは疲れたからもう寝ると言った。俺も疲れていた。アヌを抱いて彼女のあとから階段をのぼり、寝室に入った。彼女は首をかしげて、問いかけるように俺を見た。一種のリトマス試験だ。俺は緊張していた。「いっしょのベッドで寝てもいいかな?」

　彼女はベッドに腰掛け、考えてからうなずいた。「どこかに寝なくてはいけないものね」

　ものすごくほっとした。いまはそれでじゅうぶんだ。俺たちは寝る前に顔を洗い、薬をのんで、並んで歯を磨いた。何も言わずに、ベッドの両側からふとんに入った。俺は彼女の肩にキスをしておやすみと言った。彼女は反応しなかった。

三十五

朝になり、食べ物が何もなかったので、俺たちは朝食をとりに外出した。ケイトは俺にたいしてやさしくはなかったが、礼儀正しかった。彼女はときどき、昏迷に陥っているような無表情になることがあった。何かを思いだせないか、何かいやなことを思いだしたような表情だった。

食後、彼女は旧市街を見てもいいかと訊いた。観光客向けの美術工芸品や、アンティークや、がらくたを売る店がたくさんあり、小さな迷路のようだった。彼女はそういうのが大好きだ。俺はいい夫役を演じて、妻について歩き、彼女の目についたものを買ってやれるように財布を用意していた。

食卓に敷くハンドメイドのプレイスマット、キャンドル、持ち手がトナカイの角でつくられた栓抜き。いまは観光シーズンだ。何組もの夫婦がまったく同じ道をたどっていた。ポルヴォーはスウェーデン語を話す土地で、彼女が店員に質問するとき、通訳として少しは役に立てた。そんなふうにしたのは面白半分でだった。店員たちは外国人客に慣れていて、英語を話せる。

ケイトは疲れやすかった。食料品店に行って少し買い物をした。家に戻ると、彼女は昼寝をすると言った。四時にセッションの予約がある。スイートネスが車で送迎してくれる約束で、俺もいっしょに行くことになっていた。バスで行っても一時間ほどだが、知らない人に囲まれること――または長時間スイートネスとふたりきりでいる精神的圧力――で彼女が消耗してしまうのではないかと心配だったからだ。俺は食料品店で新聞を二紙買った。一紙には、俺が撮影したエレーナの自殺現場の写真が二枚掲載されていた。もう一紙は、品のよさを保つために、写真を載せていなかった。

ロシア大使は本国に召還された。もうすぐ彼は、リッパーとレイパーの言葉を借りれば、魚の餌になる。ミロがケイトの弟に大量の麻薬を与えて彼を殺したように、俺はロシア大使を写真で殺した。どうでもよかった。彼のギャング仲間であるエレーナの父親が、彼を十字架にかけて磔(はりつけ)にすればいい。フィンランドは事件捜査のため彼の勾留(こうりゅう)を請求した。モスクワはそれを拒否し、フィンランド警察が外交協議なしで現場を処理したことについて正式な抗議をおこなった。俺の思ったとおりだ。

だがそれで、もうひとつやることを思いだした。それもすぐにだ。サーシャのｉＰａｄのなかに入っていたリストの、売春を強制させられている若い娘たち約百八十人を助ける。ロヴィーセも。俺がぐずぐずしているあいだにも、彼女たちは苦しんでいる。何も仕事をしていない男にしては、やることが山積みだ。妻を健康な状態に戻し、家族を護る。政府上層部のお偉方との抗争を終わらせ、仲間の安全を確保する。人殺しのアドリアン・モローならこう言っただろう。俺たち全員の人生に調和をもたらす。生半可にできることじゃない。

だが娘たちのことを考えると、トランペットの音が鳴り響くなか、自分が白馬の蹄の音を轟かせて駆けつけ、戦い、勝利を収めるところがまた目に浮かんだ。ケイトは愛情と崇拝で顔を輝かせ、善行によって俺の醜悪な過去は消え去る。もしその娘たち全員を助けることができたら、それはたったひとりを助けるという象徴的な行いではなく、多くの人間を助ける行為になる。俺たちがいままで犯してきた非道の汚名を、ほんとうの意味ですすぐことができる。

俺たちは特殊部隊としての活動で、一線を越えたかもしれない。だが俺たちが傷つけたのは悪人だった。そのほとんどが、いないほうが世の中のためというやつらだ。そこでは正義が行われていた。犯罪行為によって。たしかに悪いことだ。だが俺は、〝困難なことを為すのは誰か？　それを為せる者だ〟という格言を信じている。俺は自分がしたことを悔いてはいないが、くり返すつもりもない。人を傷つけるのは好きではない。自分の結婚を危うくしたくはない。自分が義務を果たしたことを確かめたければ、鏡を見るだけでいい。いまはただ、平和に暮らしたい。

二時ごろ、ミロがやってきた。スイートネスに、ヨットから荷物を運ぶのを手伝ってくれと頼んだ。俺たちのうちで無傷なのはスイートネスだけで、その結果、いつも俺たちに用事を頼まれている。だが彼は一度も文句を言ったことがない。アルコール依存症と社会病質者的傾向をのぞけば、いいやつだ。

俺はふたりといっしょにそとに出て、家のそばに係留したミロのヨットを見た。全長約七・五メートルのコロナド・ヨットで、船室がふたつある。造られてから四十年ほどたっているがよく手入れされている。ミロはいつものように誰でも技術的な詳細に興味をもっていると思いこみ、マストヘッド・スループから、ヨットの喫水、太陽光パネルが何ワット発電可能か、エンジン、プロペラ、ダンフォース型アンカーの詳細な知識までありとあらゆることをしゃべりつづけた。スイートネスと俺にとっては、その大部分はギリシア語も同然だった。だが俺たちは、彼を黙らせるより話をさせておくほうが楽だとわかっていた。

ミロはいつもげっそりしているが、きょうは一段と疲れた顔をしている。頭にあいた真っ赤な穴のような目は、道すがら麻薬をやっていたせいかもしれないが、それでも。「つらい夜だったのか？」

「徹夜で声明文を書いていました」彼は言った。「つらくはありません。むしろたのしかった。でも時間がかかって」

ミロの荷物のほとんどは銃器と弾薬だった。スナイパーライフルを船のなかに置いておくのをいやがったが、俺はそれも、大量の弾薬もケイトに見られたくなかった。小規模な戦争ができるほどの武器をもっているわけを説明しようがない。彼の拳銃は警察の標準貸与品だからまあいいとしても、彼がとくに大切にしている十番径のソードオフのコルト・ショットガンはケイトに見せるわけにはいかない。それは彼女がアドリアン・モローをまっぷたつにしたショットガンだ。

俺たち三人は川に張りだした露台に座り、足を水に浸けて煙草に火を点けた。「ヴェイッコ・サウッコの屋敷の前を航行してきました」ミロが言った。「たしかに、彼のカレンダーに書かれていたとおり、屋敷の裏庭で、ゴルフボールを海に打ちこんでいました。ちょっと気味が悪いと思いませんか？　わたしはゴルフの練習をしている男と、ゴルフをプレーしている男ふたりを同じ日に殺すことになる。人びとはふつう、ゴルフを危険なスポーツだとは思っていません」

「計画とスケジュールはできたのか？」俺は訊いた。

「昔、わたしは、そのころ乗っていた車のキャブレターが欲しくて廃車置場に行きました」ミロは言った。「七〇年代のフォルクスワーゲンのぼろ車でした。ものすごく太った大男が、事務所とは名ばかりの小屋にいて、スプリングが飛びだしているソファーに寝そべり、テレビでメロドラマを観ながら袋から飴菓子を食べていました。このテレビも白黒でウサギの耳のようなアンテナがついた古いやつです。わたしはそいつに、そのキャブレターがあるかと訊きました。『知らないね』と彼は言いました。だから今度は、その年型のフォルクスワーゲンがあるかと訊きました。彼は『知らんよ。あるかもな。自分で探すんだな』と言いました。わたしは、『なんだよ、まったく。じゃああんたは何を知ってるんだ？』と訊きました。そうしたら彼はこう答えました。『あまり多くはないな。知らなければ、それ以上のことを知らなくてすむ』それはくそ野郎の口から出た言葉にしては、驚くほど真実で賢明だと俺は思いました。いまも同じです。あなたはどれくらい知りたいんですか？」

俺は肩をすくめて煙草を川に投げ捨てた。煙草はシュッと音を立て、海へと旅立っていった。「俺が知る必要のあることかな」かつてムーアに言ったように、知識は罪に等しい——犯罪を事前に知っていることは共謀だ。俺はミロとスイートネスと同罪だ。

「あなたが知る必要があるのは、毎朝、わたしとあなたは夜明け前に起きて釣りに出かけるということです。わたしたちがじっさいにするのは、わたしの知っている無人島に行って、不自由なからだで射撃訓練をすることです。それでいいですか？」

「もちろんだ」

「でも興味があるかもしれないから教えますが、昨夜のちょっとした不法侵入で、ユリ・イヴァロ長官はメルセデスのトランクにゴルフバッグを保管しているとわかりました」

彼は立ちあがり、コンピューターの入ったバッグを持った。スイートネスはダッフルバッグを肩にかけ、俺たちは家のなかに入った。「いい家ですね。俺はどこに寝ればいいんですか？」

俺は大きなソファーを指差した。「そこしかない。ベッドはもう全部埋まっている」

「それならヨットで寝ます」彼は言った。「ヨットの寝台は寝心地がいいし、そうすればバレットから目を離さないですむ」

二階に行ってみるとケイトはすでに目を覚まし、セッションに出かける支度をしていた。

「ミロの声が聞こえたわ」彼女は言った。「どうして彼がここにいるの？」

「しばらく俺たちといっしょに滞在する」

「わけがわからないわ。わたしたちは休暇に来たのに、あなたは部下を全員連れてきてる」

頭を回転させるんだ、カリ。「俺はまだじゅうぶんに動けないし、きみも……問題をかかえている。きみがいないあいだ、スイートネスが来て手を貸してくれた。アヌもいたから助かった。俺は痛みがひどく、食料品店を往復するのがやっとだった。イェンナはスイートネスの行くところどこにでもついていくんだ。ミロはしばらく遠くに行っていた。俺は彼とずっと会っていなかったが、彼もまだあまり回復していない。一生残る障害を負い、そのことで落ちこんでいる。俺たちといっしょにいることで、彼にいい影響があるかもしれないと思ったんだ。それにミロはヨットで寝ると言ってる。彼の目的は釣りだ。きみと顔を合わせることはあまりないだろう」

ケイトは疑いのまなざしで俺を見た。「それにミルヤミも。あなたを助ける人がたくさんいた。よかったわね」

「ミルヤミがやってきたのは、彼女がイェンナと仲良くなっていたからだ。いっしょに酒を飲むつもりだったんだろう。ミルヤミは正看護師で、俺がひどい状態なのを見て心配し、なんとかしなければ救急車を呼ぶと言った。だから俺はヤリに電話した。彼は俺の膝とあごにコルチゾン注射をして痛みを緩和してくれた。ヤリはさらに、膝をこれ以上悪化させないためには、毎日プロの手で包帯を替え、ブレースをつける必要があると言った。ミルヤミがやってもいいと申しでてくれた。だから俺は、人でいっぱいのアパートメントで生活することになった」

「ほんとうに彼女と寝なかったの？」

「誓うよ、寝なかった」

ケイトは俺を見て、手の甲で俺の頬をなでた。「わたしがあんなことをしたんだから、もしそうしていても責めたりしないけど、あなたが寝ないでくれてよかった」

俺たちはヘルシンキまで、ほとんど無言で四十五分間車を走らせ、ケイトをトルステンの家の前でおろした。スイートネスと俺は通りの先にある小さな食料品店で六本入りのビールを買った。それをもってカイヴォプイスト公園に行った。広くて美しい公園で芝生の上に座り、すばらしい日と日光を満喫しながらビールを二本ずつ飲んだ。スイートネスがフラスクを取りだした。

「やめてくれ」俺は言った。「ケイトを乗せるときは」

彼は一瞬、反論しようかどうか迷っていたが、フラスクのふたを締めて戻した。

ケイトが出てきたとき、俺たちはジープのなかで待っていた。彼女は俺に、いっしょに後部座席に乗ってほしいと言った。泣いたせいで目が赤く腫れている。俺は彼女といっしょにうしろに乗りこみ、彼女は俺の手を握った。高速道路に出たとき、彼女は俺の肩に頭をもたせかけた。スイートネスはカーステレオをつけなかった。俺たちにフィンランドの沈黙の時間をくれるために。それはしばしば話す言葉よりもずっと多くのことを語る。帰路、俺たちは何も話さなかった。

三十六

うちに帰ると誰もいなかった。イェンナは出かけていた。テーブルに、退屈になったから探検に行くというメモ書きがあった。家事以外、ほとんどすることはなかった。この家はしばらく空き家だったから掃除が必要だ。だが俺はやる気が起きず、膝もコルチゾン注射以前よりは痛まなくなったとはいえ、つねに片手で杖を握っているから、自由な手はひとつだけで、簡単なことをやろうとしてもうまくいかなかった。

代わりにアルヴィドの本を眺めた。彼か、リトヴァか、それともふたりともだったのか、犯罪小説の熱烈なファンだったらしい。ダシール・ハメット、レイモンド・チャンドラー、ジョン・ル・カレ、グレアム・グリーン、ジム・トンプスン、マイ・シューヴァル&ペール・ヴァールー、ミカ・ワルタリの全著作があった。俺はエド・マクベインの87分署シリーズを読破することにした。これでしばらくすることに困らない。アルヴィドの肘掛け椅子に座って、『警官嫌い』を読みはじめた。するとほかの人びとが入ってきた。スイートネスは〈アルコ〉に行って、コッシュを一ダースとビール一ケースを買ってきた。ミロはヨットで、コンピューターの作業をしていた。たぶん声明文を書いているのだろう。

イェンナとスイートネスはいちばん得意なことにとりかかった。テーブル席に座って酒を飲む。ふたりは若い恋人どうしの内輪の冗談を言って、くすくす笑った。やがてみんな空腹を覚え、全員一致でいいレストランに行こうということになった。この旅は俺が思っていたよりずっと、休暇のようになってきた。

俺たちは中世の大聖堂のそばにある、〈ヴァンハ・ラーマンニ〉に行った。レストランになったのは数年前だが、建物は一七九〇年ごろに建てられたものだ。メニューはグルメ向きだった。スイートネスはステーキがないと文句を言った。この店は彼にとって、豚に真珠だ。彼はエスカルゴのゴルゴンゾーラソースをばかにした。食前酒を何杯かとラム肉のあぶり焼きでようやく機嫌を直した。俺は前菜にイノシシ肉のリエット、メインにホッキョクイワナの炭火焼のチョロンソース、サフランとウイキョウ添えを頼んだ。ケイトはサーモンのタール風味を選んだ。だが彼女が食べられないと言いだし、俺たちは料理を交換した。フィンランドの市民権のテストはこれにするべきだ。タール風味をおいしいと思えれば、合格。思えなければ、思えるようになるまで数年間待つ。俺はうまいと思う。

ミロは左手で食事しなければならない。フォークで食べ物を口に運ぶのが大変そうだった。彼は生活のほとんどのことを学び直す必要がある。手術で手根管と橈骨神経が修復され、少しでも右手の機能が戻るといいのだが。障害は人生をつらいものにする。

夕食後、コーヒーとコニャックが出され、スイートネスは母親に連絡してメールをチェックしてもらったと言った。彼はタンペレの警察学校に合格し、またロシア語専攻の学生としてヘルシンキ大学入学も認められた。

大学や応用科学大学（ポリテクニック）の枠は競争が激しい。たとえばある学部では六百人が入学試験を受け、合格するのはたった五十人だ。だから受験勉強を仕事のようにとらえ、複数の学部の試験を受けて確率をあげたほうがいい。スイートネスもそうした。彼はこれで、誰かを叩きのめす以外の職業という将来を手に入れた。

俺は感心して、お祝いのシャンパンを注文した。ドンペリのボトルだ。ケイトは、こんな贅沢をする金がどこから出ているのか不思議に思っているのだろう、と俺は思った。こういうことは、ミロ、スイートネス、俺が金をもつようになったさまざまな犯罪を連想させるはずだ。もしかしたら彼女は、そんなことを頭から追いだし、俺はアルヴィドの遺産で裕福になったと思いこもうとしているのかもしれない。それも一部はほんとうだ。

スイートネスの合格は、俺の人生でもストレスと不安に満ちたこの時期に、明るい徴候になった。俺は妻の心の病のせいで彼女を失うのではないかとおそれている。俺はいつか、脚を失うのではないかとおそれている。俺は自分はどうなってもいいが、みんなが死ぬのではないかとおそれている。俺の仲間たちは自分たちの命を救うために、フィンランドの歴史の流れを変えようとしている。俺はもし彼らが失敗したら、自分たちはどうなってしまうのかとおそれている。この混乱と暴力の時期にもたらされた朗報は、とても貴重だった。

俺たちはレストランを出て歩いて家に戻った。どうやらパターンができてきた。昼間は静かに過ごし、うまい食事をして、長い散歩と早寝。このパターンが、ケイトと俺と俺たちの関係を癒やし、カタルシスをもたらしてくれることを俺は心から願った。

ミロはスイートネスを飲みに誘った。イェンナは自分もふくまれていると思っていたが、そうではないとわかり、むっとしていた。スイートネスが〝男どうしの時間〟が必要なんだと言い聞かせてた。

ケイトと俺は寝る支度をした。俺は携帯電話のアラームをセットした。

「なんのため？」ケイトが訊いた。

「明日朝早く、ミロと釣りに行くことになっている」

彼女を動揺させるのがこわかったので、俺はベッドの自分の側から出ず、身体的接触になりそうなことは、いっさいしていなかった。

俺たちはしばらく無言で横になっていた。「もうわたしにさわりたくもないの？　そんなに怒っているの？」彼女が訊いた。

俺はめんくらった。「俺が何に怒るんだ？　怒ってなんかいない。きみが怒っているのではないかと思って、動揺させないようにしていただけだ」

彼女は仰向けに寝て、両手をからだの横に置き、天井を見つめた。「わたしはあなたが自分の面倒を見られないほど弱っているときに、あなたを見捨てた。たまにあなたに会っても冷たい態度で、子どもにもあまり会わせなかった。そして赤ちゃんをあなたに押しつけて世界の反対側に逃げ、酔っぱらいになった」

俺は驚いていた。こんなことは予想していなかった。「きみは病気だった。ＰＴＳＤに苦しんでいるとトルステンは言っていた。心が傷ついたきみを、俺が怒るわけないじゃないか。その心の傷は俺のせいでもあった。俺はいかがわしいことをたくさんした。醜悪なことも。間違ったことも」

「脳腫瘍の手術があなたをめちゃくちゃにしてしまった」

「そうだ」

俺はあえて言わなかったが、もしいまあらためて同じ状況に置かれたとしても、違うことをしたかどうかはわからなかった。俺は誠意をもってことに取りかかり、少しずつ腐敗の下水に沈んでいった。いつもよかれと思ってやってきた。俺の最大の過ちは、自分が利用されているのに気づかなかったことで、最大の欠点は世間知らずだったことだ。もうそうではない。俺は自分なら何を変えられるか、わかっている。最初からそうだったら、うまく操られることもなく、いまのような状況に陥ることもなかっただろう。

「わたしがあなたに、そういうことをするべきだと言ったのよ」ケイトは言った。「わたしは自分があなたに勧めたことを、嫌悪するようになった。そういうことをするあなたを見て、いったいこの人は誰なのか、わたしが結婚した人はどこに行ってしまったのかと思った」

「きみのせいじゃない。きみは俺が脳腫瘍で死ぬのではないかと思っていた。そういう人間にノーと言うのは難しい。それにきみも俺といっしょで、俺がこの腐敗から抜けだせるだろうと思っていた。けっしてそうはならないということを、俺たちはわかっていなかった。『これは、もうプレーしたくないからと抜けられるゲームじゃない』ということも」

「もうあんなことはしない？」

「ああ」

「麻薬ディーラーから横取りしたりしない？　自分で稼いだのではないお金をもらったりしない？　死体を酸で溶かしたりしない？　もう一度いい警官になる？」

俺は自分が、嘘いつわりのない真実の言葉から、答えを始められればよかったと思った。俺にとってたいせつな人びとの安全をふたたび確保したら、いい警官になって法を遵守する、という言葉で。「また警官に復帰すると決めたら、そうするよ。俺は疲れている。銃弾でからだはぼろぼろになった。精神的にも情緒的にも疲れきっている。退職するかもしれない」

「わたしはもう、あなたにどうしろとは言わない。自分にとっていちばんだと思うことをして。わたしはそんなにひどいことをした？」

「いや」

「まだわたしを愛している？」

「全身全霊をかけて」

「また家族になれると思う？」

「それが俺のいちばんの望みだ」

彼女はさっとこちらを向き、俺の肩に頭を乗せた。「よかった」数分もしないうちに、彼女はなつかしい位置で眠りに落ちた。彼女がこうして眠っていたのは数世紀も前のことのようだった。彼女が戻ってきたことで、まるで魂が生まれ変わったかのように、その年月が俺から剥がれ落ちていくように感じた。

三十七

朝五時半に、家の前の露台からミロのヨットに乗りこんだ。彼はすでに起きていて、音を立ててコーヒーを飲み、マイクロフォンに口述していた。その目から判断して、起き抜けに麻薬をやったのだろう。コンピューターの横にハシシのパイプがあった。ツンとしたにおいがする。つかわれたばかりだということは温かさで確認できた。

「どこに行くんだ？」俺は訊いた。

「最初に、あるものをお見せします。スイートネスと俺はきのう、飲みには行きませんでした」

彼はもうひとつの船室に俺を案内し、帆布をどけて背板の下に置かれた銃器庫を見せた。ロックがドリルで削られ、なくなっている。俺はそのことを指摘した。ミロはため息をついた。「ほかのことすべてと同じで、錠前破りも左手だけでは難しいです。これは少佐のものでした。スイートネスと俺で彼の家に不法侵入して盗んできました。安物の金属板でつくられていてそれほど重くなかったから、持ちあげて、肩にかついでジープまで運びました」

彼は扉をあけた。「五〇口径バレット、アサルト・ライフル二挺、さまざまなハンドガンがあります。計画が一段階進みました」

　俺たちは簡易キッチンに行って、彼は俺にコーヒーを注いでくれた。彼はカップの入った抽斗から拳銃の部品を取りだした。

「コルトの普通分解はできるようになりましたか？」彼は訊いた。

　家にひとりでいるとき、あまりにも暇だったし、射撃を習うと約束していたから、目を閉じてもできるくらい上達した。「ああ、できるようになった」

　彼は俺に銃身と撃針を渡した。「ピトカネンを殺したら、すぐにあなたのコルトの銃身と撃針をこれと取り替えて、二発ほど撃ってください。そうすれば、もし捕まっても、使用済み薬莢につく旋条痕と蹴子痕から、あなたの犯行ではないということになります。射撃練習をしていたとほんとうのことだけを言ってください。それで拳銃とあなたの手についた火薬の残留物の説明がつきます」

　よく考えている。「ローペ・マリネンに濡れ衣を着せる大暴れのあとで、やつをどうやってコテージのそとにおびき出すんだ？」

「〝知らなければ、それ以上のことを知らなくてすむ〟説はどうなったんですか？　知ればそれだけ罪になる」

「俺はすでに罪を犯している」

「まだ決めていません。偽の秘密会合でおびき寄せるか、無理やり誘拐してくるか。やつの家族さえコテージにいなければ、それはどっちでもいいです。極悪非道な犯罪を犯したあとで自殺するには、ひとりであそこに行かないと。そのことはスイートネスがなんとかするはずです」

「実行日を決めたか？」

「まだです。もうすぐですが」

「俺が考えている別のことで、メディアの注目を減らせるかもしれない。ロシア人外交官たちが所有したり賃借したりしているアパートメントにとらわれている娘たちだ。実行日かその前後に、それらのアパートメントに踏みこみ、彼女たちを保護する。日がたてばたつほど、彼女たちの苦しみは長引く。だからもしおまえが実行すると決めているなら、早くしてくれ。人身売買された娘たちの情報を俺たちが流せば、すぐに対処されるはずだ。警察、メディア、何もかも大混乱に陥るだろう。さまざまな機関が効率的に処理できる以上の事件を与えてやるんだ」

「いい考えですね」ミロは言った。「できるだけ早く準備します」

とりあえず、それ以上は何も質問しなかった。歴史を変えてしまうできごとに参加しないという嘘を自分につくことは、究極の自己欺瞞（ぎまん）だ。

ミロがヨットを操舵し、俺が釣った。目的地の無人島に着くころには、かなりの魚を釣りあげた。よく太ったサケ、スズキ、マス。

その島はじっさいにはふたつの島で、あいだは一キロも離れていない。ミロがここを選んだのは、片方の島からもう片方の島を狙って、スナイパーライフルを訓練するためだった。

どちらの島もあまり植物は生えていなかったが、長距離で狙うのにいい木が何本かあった。

ミロは、アドリアン・モローが教えてくれた拳銃の撃ち方を習得すべきだと言った。その撃ち方では照門はつかわず、照星だけをつかい、人差し指で的を指すようにする。俺たちはコツをつかむと、段階的に的をちいさく、距離を長くしていった。また、サイレンサー付きの銃をつかった。なぜならいまは警官ではなく、暗殺者として訓練しているからだ。

最初は十五歩離れたところからごみ箱の蓋を狙った。俺は左手で杖をつかんでいる必要があったので、昔の決闘人のように細く狙いにくい的になるように、横を向いて撃つことにした。ミロは正面を向いて、動かない右手で左手を支えるようにして撃ってみたが、発射の衝撃で激痛が走るようで、だめだった。だからその撃ち方ではなく、俺と同じように横を向き、片手で撃たなければならなかった。

このほうがうまくいった。最初は拳銃がぐらぐらしてしかたなかったし、ごみ箱の蓋にあたったとしても、外側だった。だが千発ぐらい撃つとコツがわかってきて、少なくとも蓋には確実に命中するようになった。

ミロは腹ばいになってバレットを試した。彼は反対側の島の木を狙った。正しいやり方では、人差し指でゆっくりと一定の圧力を引き金にかけるので、狙撃手自身もいつ弾丸が発射されるかわからない。ミロの人差し指ではそれは無理だから、彼は指の先を引き金にかけ、腕ごとゆっくりとうしろに引くことにした。彼は三発連続してはずしただけでなく、大砲と同じくらいとも言われる反動で傷ついた手首をがくんと揺すられ、叫び声をあげた。

　彼は寝返りを打って、左利きのように、左目でスコープを覗いて撃ってみた。もともと右利きだから、簡単なことではない。最初は木にかすりもしなかったが、何発も撃つうちに目が慣れてきて、少くとも木には命中するようになった。

　訓練を終えて、俺はミロに、俺たちは武器もまともにつかえない道化師で、ぜったいにうまくいかないと言った。ヴェイッコ・サウッコを殺すときはどこから撃つつもりだと訊いてみた。「ヨットからです」

　俺は声をあげて笑った。

　ミロはむかっ腹を立てた。「いったい何がそんなにおかしいんです？」

「腹ばいになって撃って木にもあたらないのに、揺れる船の上から動く標的を撃ってあたると思っているのか。ばかばかしくてやってられるか」

　彼の顔はくやしさで歪み、俺はそれを見てますますおかしくなった。

　ミロは冷静なまま、尊厳を保とうとした。「通信販売で買ったものを取りに、ヘルシンキに行ってきます。そうしたら明日、口だけは達者なあなたに、わたしがヨットから数百メートル離れたところにいる彼の頭をどうやって撃ちぬくか、お見せします」

「それはすごい」俺は言った。「たのしみにしてるよ」

　俺たちは帰途についた。彼がすねているあいだに、俺はもっと魚を釣りあげた。

三十八

帰ると、みんなが目を覚ましはじめたところだった。俺はきょうの釣果を見せた。ケイトはにおいをかいで顔をしかめた。ケイトも、魚は食料品店で、発泡スチロールのトレイに載ってラップがかかっているものを好む。狩猟や釣りといった田舎の生活習慣に慣れていない人びとはたいていそうだが、ケイトも、魚は食料品店で、発泡スチロールのトレイに載ってラップがかかっているものを好む。俺は魚を下処理し、二匹は夕食用に冷蔵庫に、残りは冷凍庫に入れた。思いがけないよろこびだったが、冷凍庫には、ウサギからヘラジカのローストまでさまざまな狩猟肉と、アルヴィドとリトヴァが前年に育てた野菜がいっぱい入っていた。ケイトは狩猟肉の料理法を知らないが、俺は知っている。これでレストランの支払いを大幅に節約できるし、たのしい時間つぶしになる。

スイートネスが、イェンナと話をしたと言った。彼女は退屈していて、ヘルシンキに帰りたがっている。そうは言わなかったが、彼も帰りたがっているのが感じられた。

「問題は」彼は言った。「あなたが運転できないことです。ケイトはセッションに行く必要があります。あなたも何か運んだり、どこか、たとえば医者とかに行ったりするのに、手伝いが必要です。あなたが困るとわかっていて帰れません。イェンナをヘルシンキに送っていって、俺だけ戻ってきましょうか？」

　俺は考えてみた。若い恋人たち。イェンナがいなくなったら、スイートネスはさびしさからますます酒量が増えるだろう。彼らがたのしくないのは、ミルヤミがいなくなり、ケイトが帰ってきて、グループ内の関係が変化したからだ。もうここはパーティーの中心ではなくなった。俺たちを殺そうとしている連中は、いま別のことにとり組んでいる。ヤン・ピトカネンだけが、未知数として残っている。サウッコが殺し屋を雇うかもしれないが、ヘルシンキでもポルヴォーでも、銃で撃たれたら死ぬのは同じだ。ミロがヨットに寝泊まりしているから、ケイトと俺はこの家でふたりきりになれる。俺たちには、比較的安全なこの場所で、家族水入らずで過ごすことが必要だ。

「運転ならケイトができる」俺は言った。「彼女はこのごろかなり具合がいい。俺たちはレンタカーを借りるよ。ヘルシンキに戻ってたのしんでくれ。何かあったら、電話する。いろいろとありがとう」

　スイートネスはうなずき、にっこり笑った。イェンナに、ヘルシンキにひとりで戻って彼と二十四時間いっしょにいられなくなるか、ここに残って自分の倍以上の年齢の大人たちのなかで死ぬほど退屈するか、究極の選択をさせずにすんで、ほっとしているのだろう。「帰りがてらに、レンタカー事務所まで乗せていきます」彼は言った。

　ふたりは帰り支度をしにいった。俺はケイトに、彼らが帰ると言った。彼女はよかったとは言わなかったが、そう思っているのは明らかだった。ケイトは酒をやめたばかりで、彼らが毎晩酔っぱらっているのを見れば、そこに加わりたいとは思わなくても、いやな記憶が蘇っていたのだろう。

優秀な刑事である俺は、エレーナ・メルクロワが言ったとおり、ナターシャ・ポリャノワを見つけてみせよう。シャーロック・ホームズ並みの捜査能力を発揮して、グーグルで〝ロシア通商代表部〟〝賃貸物件〟と検索してみると、彼女の名前が出てきた。エイラに事務所がある。そのウェブページには、彼女のメールアドレスとオフィスの電話番号まで載っていた。

スイートネスがビールをとりに一階におりてきた。俺は彼に、いかさまポーカーで儲けた金をまだもっているのかと訊いた。ミルヤミはあの金をつかうチャンスもなかった。

「ええ」彼は答えた。「俺のバックパックのなかの紙袋に入ってます。なぜですか？」

「二十五万借りてもいいか？　俺のオフショア口座からおまえの口座に返しておくから」

彼はケイトがこのあいだ買ったトナカイの角の栓抜きで、ビールの栓をあけた。「いいですよ。なんにつかうんです？」

「賄賂だ。必要かどうかもまだわからない」

彼が金をもってきて、俺はそれを机の抽斗に放りこみ、俺たちはレンタカーを借りにいった。スイートネスとイェンナは帰る途中で、俺たちをレンタカー事務所の前でおろしてくれた。ケイトがどの車にするのかと尋ねた。

俺は腕をさっとひと振りした。「このたくさんの車のなかから、どれでもお好きなものを」彼女はメルセデスの新型、ＳＬクラスのコンバーチブルをちらっと見た。俺はその車を指差した。「あれがいい」

「すごく高そうよ」

俺は肩をすくめた。「だから？　借りるだけだ。思う存分好きな車を運転すればいい」

彼女は俺を値踏みするような目で見た。「あなたお金持ちなんでしょう？」

「ああ。だがそれも長いことじゃない。俺は浪費が大好きで無駄遣いも激しい。たのしめるうちにたのしんでくれ」これはほんとうだ。俺は一文無しにならないかぎり、金のことはどうでもよかった。高級品は好きだが、必要なものは少ない。給料でじゅうぶんやっていける。子どものころ貧乏だったにもかかわらず、金は俺の優先順位の下のほうにある。俺たちはメルセデスで家に帰った。

その晩、数カ月ぶりに家族水入らずの夕食になった。俺が料理しているあいだ、ケイトもそばで見ていてくれた。新鮮なスズキのアンズタケ（シャントレル）ソース。このキノコはおそらく近場の森で採れたものだろう。甘くて俺の親指ほどしかない新ジャガイモ。俺はアルヴィドの高級ワインと酒のコレクションから、シャルドネを選んできた。そとではまだ太陽が照りつけていたが、キャンドルに火を点け、雰囲気を演出した。病気や犯罪、罪や赦しのことは話さなかった。俺はしあわせだった。最後にそう思ったのはいつだったか、思いだせなかった。

あくる朝も、ミロと俺は早朝の〝釣り〟に出かけた。彼はまだ不機嫌だったが、少なくとも口はきいてくれた。前の日に射撃訓練した島に近づくと、ミロはエンジンを切り、碇をおろして、さまざまなものを配置しはじめた。いちばん下が箱、その上になんらかの電子装置、ベニヤ板、折り畳み式で座面と背もたれが布張りのちいさなボートチェア、そして脚が自在に曲がる三脚。彼は三脚の脚がすべてベニヤ板の上に載るように曲げ、三脚の頭が椅子の上部左側、肘掛けの上にくるように調整した。三脚の上にY字形の台を留めた。それは幅五センチほどのはさみが二個ついた万力のようだった。彼はバレットをその上に置き、はさみで挟んで、しっかり固定した。

彼は指一本でライフルを押してみて、三脚の頭が垂直方向にも水平方向にも滑らかに動くことを確認した。「座って見てみてください」彼は言った。

ミロの身長に合わせて配置されていたから、俺は背をかがめてスコープをのぞきこんだ。ヨットは揺れているのに、銃はまったく揺れなかった。まるで硬い地面の上に置かれているようだ。彼は安定した銃座をつくってしまった。ときどきミロは俺を驚かせてくれるが、これはすばらしいのひと言だ。「いったいどうやったんだ?」

「船の上でテレビが観られるのと同じことです。パラボラアンテナがいつも衛星のほうに向いているのはどうなっているのか、考えたことはありませんか? 光ファイバー・ジャイロスコープをつかっているからです。一本の光ファイバーのなかに、二本の反対向きのレーザービームが入っています。回転と反対側に進むビームは、もう一本のビームにくらべてパス遅延が短い。差動位相偏移が計算され、角速度の一部を干渉縞偏移に変換して測定されます。

それによって正確な回転率情報がもたらされます。それは衝撃、振動、加速に影響を受けないからです。可動部品がなく、慣性抵抗にも依存しません。ＮＡＳＡも宇宙プロジェクトで利用するほど信頼性が高い」

「すごいな、高かったんだろう」

「いいえ、そんなことはありません。ものすごく安くすみました」

俺は立ちあがった。「やってみよう」

彼は椅子に座った。「少しずれると思います。この位置だとわたしの銃床の頰付けが少し違うからです。でも機能は証明できます。大きな利点は、わたしは右目をつぶれるし、人差し指だけでライフルにさわればいいということです」

彼は最初の三発を撃ち、スコープで自分の射撃技術を確認して、にっこりした。「見てください」

のぞいてみた。三発が十五センチの範囲に収まっている。「オーケー」俺は言った。「きのう言ったことは取り消す。おまえを笑って悪かった。こいつはすばらしい」

「わたしが発明したわけじゃありません。光ファイバー・ジャイロスコープは火器管制装置で以前から利用されていました。でも謝罪は受け入れました。釣りでもしていてください。わたしは少佐から盗んだライフルの照準装置を調整して、ちゃんとつかえるかどうか確かめないと」

きょうの射撃訓練はきのうよりましだった。ミロは使い捨てのパイ皿をもってきて、俺たちは十五歩の距離からだいたいあてることができた。また千発撃ちつくした。ミロは俺に、彼のビデオを撮影するようにと言った。彼のＤＮＡが外側の服に付着しないように、まず白い紙製の犯罪現場用防護服を着てから、その上に迷彩服を着て、目出し帽をかぶった。白い防護服が見えないように、迷彩服を調節した。

「確認してください。身元がわかるものが何かありますか？」彼が尋ねた。

彼の全身をざっと見た。「手と手首のブレースだ」

「ファック。忘れていました。マリネンから盗んだものがあったんだ」彼はブレースをはずして、カレッジリングを指にはめ、腕時計とスカーフをつけた。さりげなく、巧みな演出だと俺は感心した。変装するときについ忘れてしまうような小物だ。

彼が少佐から盗んだ銃器を撃つところを撮影した。バレット――顔をしかめないように注意して――オートマチックライフル、セミオートマチックの銃が二挺。すべて右手で撃たなければならず、ものすごく痛そうだったが、目出し帽のおかげで痛がっているとはわからなかった。俺かスイートネスのどちらかが代わりになってやりたかった。だがあいにく、これはミロでなければだめだった。彼はローペ・マリネンとほぼ同じ背恰好だ。スイートネスも俺も、偽者を演じるにはからだが大きすぎる。

帰るために荷物をまとめていると、彼がため息をついた。「左手で撃つのはどうしても不自然に感じられて」

俺は左手でマスをかくことについての冗談を言おうかと思ったが、やめておいた。

ミロは首を振り、落胆してしょげかえっていた。俺にはその気持ちがよくわかった。障害をもったときはつらいものだ。俺は彼より長く障害者として生活しているから、慣れている。俺は慰めなかった。何もかも不自然に感じるだろう。何も言えることはない。

帰りに、俺はミロに、いっしょに来て錠前破りをして不法侵入してほしいところがあると言った。

「なんのために？」

「ロシアの通商代表部が借りている事務所だ。彼らが売春させている若い娘たちは、彼らが運営するアパートメントに寝泊まりして働かされている。彼女たち全員のパスポートがそこに保管されている可能性がある。いちばんいいのは、全員分のパスポートがあること。もしくはやつら全員の身元がわかるファイルが、書類でもコンピューターのなかでもいいから、存在すること。誰がどんな役割を果たしているのか突きとめ、すべて解明してやつらの犯罪に終止符を打つ」

「わたしの錠前破りのセットでできるかどうかわかりません。でも電子ロックピックガンがあれば、侵入できます」

ミロはいったいどうやってなんでもハックしてしまうのか、俺はいつも感心していた。

「やつらのコンピューターは？」

「コンピューターは奇妙な小動物です。まず、ほとんどの人はコンピューターにパスワード保護をかけません。かけてもすぐにわかるようなパスワードだから、所有者のことを調べるのが有効です。誕生日。子どもやペットの名前。パスワードがランダム生成されたものの場合、憶えにくいので、たいていの人はそれを書き留めて、マウスパッドの裏とかコンピューターの周りに置いてあります。なかにはデフォルトのパスワードになっているコンピューターもあります。マルチメディアカード、メモリーカード、ピクチャーカードなど、一度もつかったことのないスロットもあります。そういうスロットにわたしのカードを挿入してウイルスに感染させても、ぜったいに気づかれません。彼らはコンピューターを立ちあげるときに、背後から誰かが見ていても、気づきません。もしそういう単純なやり方でうまくいかない場合でも、時間はかかりますが、侵入するやり方はあります。でもたいていの場合、利用するのは人びとの愚かさです」

「俺が考えているのはこうだ。暗殺の実行日の前日に、やつらの事務所で集めた情報を警察と新聞全紙に送る。そうすればおまえたちが計画を実行する日には、警察の半分は手入れと逮捕にかかりきりになっているだろう」

彼はうなずいた。「なるほど、いい案ですね。明日は射撃訓練ではなく、そっちをやりましょう」

俺の携帯電話が鳴った。アイだ。「定期的な報告をと言ってたから」彼は言った。

「監視はだいたい終わり、総合的な報告書をつくった」

「信頼できる暗号化機能付き電子機器をもっているか？」

「いや、ない」

「明日の朝五時半にきみの家に取りにいく。それでいいか？」

「ええ。それなら学校に遅刻しないですむ」彼は電話を切った。

俺は言いにくい、だが避けられない話題をミロに切りだした。「じつはヤン・ピトカネンを殺すことについて、まだ迷っている」

ミロはエンジンを切った。「あなたは偽善者のろくでなしです」俺は座った。彼は傷ついた手で俺の撃たれたあごを狙って殴りかかってきたが、俺は頭を動かし彼の拳をよけた。彼は体勢を立て直したが、もう殴ろうとはしなかった。

「前に、スイートネスが男を殺したことについてあなたに話をしたことがありました。あなたはわたしを女のような泣き虫だとばかにして、めそめそするのはやめろと言った。ピトカネンはあなたの妻子を殺そうとして、わたしの従妹を――虫も殺したことがなかったあの子を――殺害した。でもあなたはまだぐずぐず言っている。あなたは指揮官のはずなのに、すべてわたしが計画して何もかも実行し、スイートネスとわたしがリスクをとる。それなのに、たったひとつの簡単なこともできないと言うんですか？」

彼の言うとおりだ。俺は偽善者だ。「そうは言っていない、だが決心がつかないんだ。後ろ盾になっている人間たちが死ねば、やつは姿をくらまして二度と俺たちに手出ししないだろう。やつを買収してもいいいと思っている」

「ケイトのためですか？」

「ああ、それが大きな理由だ」

「へえ、彼女の命を救ったのはわたしです。あなたじゃない。わたしが彼女のことを大切に思っていないと思いますか？　あの野郎が生きているかぎり、彼女は危険なままだ。この際だからはっきり言っておきます。やつは必ず死にます。もしあなたが殺さないでわたしが殺すことになったら、わたしたちは終わりです。もう二度とあなたとは話さない」

「もし俺がやってケイトにばれたら、俺の結婚生活はおしまいだ」

「誓ってもいいです、これが終わったら、わたしたちは二度とこのことについて話さない。内輪ででも。ケイトはぜったいに知ることはない。あなたは忘れているみたいですが、あいつらはわたしたちとあなたの家族を殺そうとしているんですよ。ケイトを失うより、ケイトとアヌが殺されるのを見るほうがいいんですか？　どちらの行動のほうが、ふたりへの愛情の証(あかし)だと思います？」

ミロは正しい。「俺はもう抜けだしたいだけなんだ。これ以上の血、これ以上の死は望まない」

彼はひっきりなしに煙草に火を点けている。「あなたがこのゲームをプレーすると決めた。もういやだからといって抜けられません。大人になってください」

「血を賭けたゲームか」

「そうです。血を賭けたゲーム」

もし俺がやらなければミロがやる。つまりどちらにしてもピトカネンは死ぬ。ミロはケイトを助けてくれた。それほど大きな真の友情からのおこないに、俺は彼に一生かけても返せない借りができた。「おまえの勝ちだ。俺がやる。だがそのためには、いつ、どこでということを、知る必要がある。おまえの計画すべてを教えてくれ」

「あなたが計画の全体図を知りたがらないのは、自分は悪事にかかわらず、良心の呵責を感じたくないせいか、〝女のような泣き虫〟なせいかと思っていました」

「俺はすでに良心の呵責を感じているし、俺の両手は血にまみれている。そういう意味では、ピトカネンを殺しても大した違いはない。スイートネスはおまえが言えばなんでもやるだろう。俺がおまえの計画を聞くのはいいことだ。批判的な目で見て、穴を見つけられるかもしれないから。ほんのちいさなミスが命取りになる」

　俺たちは朝日を浴びながら家の前の露台に座った。きょうもすばらしい夏の日になりそうだ。ミロは話しはじめた。「ローペ・マリネンを誘拐して、やつの車でやつのサマーコテージに向かいます……」

　俺はさえぎった。「実行のタイミングはどうやって判断する？　やつがひとりきりのときでないとまずい。家族といっしょにいるかもしれないし、友人が訪ねてくるかもしれない。休暇の時期だからな。見ろ、おまえの最初の行動でさえ、予想不可能な変数がふくまれている」

　彼は煙草を吸った。俺もいまならひと箱チェーンスモークして、もうひと箱もいける。

「なにかアイディアはありますか？」

　俺は二、三分考えてみた。「ああ。あの男はソーシャルメディアが大好きだ。もしかしたら旅行プランを公表するかもしれない。やつのブログ、フェイスブック、ツイッターをフォローしろ。何が出てくるかおたのしみだ」

ミロはにやりと笑った。最近はそんなふうに笑うことが少なかった。「いいアイディアですね。もちろん、すでにやつと妻の車にはGPSをつけてあります」

「やつを誘拐するとき」俺は言った。「からだに傷がつく拘束具はつかえない。手首がすりむけていたら、やつが濡れ衣を着せられたという決定的証拠になってしまう」

「たしかに」

俺はクーラーからビールをもってきた。朝からビールを飲むなんて、憶えていないくらい久しぶりだ。「続けろ」

「わたしもやつのコテージに行きます。船を交換するために。やつの船はババ・クルーザーズ・フィッシャーマンです。わたしのよりもあたらしく、まったく違う外観で、大きく、性能がいい。すれちがう船で誰かが写真を撮ったりビデオを撮影したりしているかもしれない。『母さん、久しぶり』というホームビデオに、わたしが操舵している、やつのとは似ても似つかない船の、船体の横にあるシリアル番号が映ってしまったらまずい。だからマリネンの船でサウッコの屋敷まで行くつもりです。そして釣りをしているように見せかけ、五百メートルかもう少し離れた場所に碇をおろします。サウッコがゴルフボールを打ちにやってきたら、その頭を撃ちぬく。最初ので仕留めそこなっても、たぶん海風が銃声を消してくれるでしょう。だいじょうぶです」

俺はビールを飲み干し、手で缶をつぶした。「ここまではいいだろう」

「それからホップ、スキップ、ジャンプで〈ヴォサーリ・ゴルフクラブ〉に向かいます。ユリ・イヴァロ長官のゴルフバッグの底にセムテックスを入れて、携帯電話を仕込んでおきました。彼がバッグの中身をからっぽにしない限り、ぜったいに気づかれません。もしからにしたとしても、よほど気をつけて見ないとわかりません。わたしがその電話にかけると、電気回路が閉じて電流が流れ、プラスチック爆弾が爆発します。その携帯電話には高価な寿命の長いバッテリーを入れて、バッテリー切れにならないようにしておきました。九番ホールは見通しがいいので、罪のない通りすがりの人が巻き添えにならないよう、気をつけることが可能です。そのすぐ下にクラブの船だまりがあります。もし待たなければならなくても、そこに係留されている二、三十の船にまぎれて係留していれば、誰にも気づかれることはありません。タイミングがばっちりなら、わたしは船の速度を緩めるまでもなく、近くを航行しながら起爆して長官と大臣を殺害できるでしょう。彼らはグリーンのそばで、分子レベルにまで粉々になります」

俺は二本目のビールをあけた。彼は説明を続けた。

「わたしはそのままマリネンのコテージに向かいます。そのころには、あなたもピトカネンを殺している。わたしたちはマリネンに、わたしがビデオのなかで着た迷彩服を着させて、さっき盗んだ銃をそのへんに置いておきます。家族の命を奪うと脅して、彼に拳銃自殺させ、さっき撮影したビデオとわたしがいま執筆している声明文を、インターネット上に拡散します。

あなたが集めた、長官と大臣の醜聞もいっしょに。ふたりが二件の殺人の現場にいたという証拠写真と、彼らの人格をおとしめるような写真も。それからスイートネスとわたしは、ヨットでわたしのサマーコテージに行きます。そこにわたしの車を置いておきます。わたしたちは敵を全員倒したお祝いをして、サウナに入り、その気になったら、ヘルシンキに戻ります」

「それから？」

「それから、わたしが言ったように、何もなかったように、元の生活に戻ります。わたしは警官として復帰する。スイートネスは教育を受ける。あなたはなんでも好きなことをしてください。あなたも警官に戻ってくれたらいいとは思います。また相棒としてやれたら」

「ふたつ問題がある。俺が醜聞を集めたのは、そもそも内務大臣の命令だった。彼は人種差別雑誌を創刊してサウッコを懐柔しようとしていたんだ。その写真の出所がマリネンであるかのように見せたところで、簡単に俺までたどれるだろう。だからそれは二日ほど様子を見てからにしよう。そのときに長官と大臣のイメージを悪くする必要があったら、ネット上に写真を載せる。もうひとつの問題は、俺は車を運転できない。ＳＵＰＯの主任捜査員を殺すためにヘルシンキまで乗せていってくれと言ったら、ケイトはいい顔をしないだろう」

「そうか。そのことは考えていませんでした」ミロは言った。「実行日が決まったら、ケイトには何か口実を言って、バスでヘルシンキに行ってください」

安堵の波が全身を駆け巡った。もし俺がやる気になれなかったら、ピトカネンを殺さなかった理由を公共交通機関のせいにすればいい。それとも、ヘルシンキまでは行ったが、彼の動きについていけなかった、足が不自由なせいでチャンスを逃したと言ってもいい。事実そうなる可能性は高い。それ以外、ミロの計画にはなんの穴も見つからなかった。だがいくらいい計画を立ててもそのとおりにはいかないものだ。そしてちいさなミスや、これがでっちあげだという疑いが生じれば――この大量殺人事件の捜査は長い時間をかけて徹底的におこなわれるだろう――俺たちは、かならず逮捕される。

三十九

次の日の早朝、アイを訪ねた。スイートネスが彼を推薦してくれてよかった。彼はしっかりしている。シャワーを浴び、着替えて、コーヒーとプッラ――甘パン――を用意して、俺たちを待っていた。プッラは冷凍だったが、俺たちは朝食がまだだろうと、オーヴンで温めたものを出してくれた。彼は玉座に座り、チェーンスモーキングしていた。俺たち嘆願者は、彼のそばに椅子をもっていった。コーヒーとプッラをごちそうになる。俺はコーヒーが高価なスペシャルブレンドだと気づいた。

「すべてあなたのリクエストどおりにやった」彼は言った。「だがそのやり方ではうまくいかなかったので、ぼくたちはもう一歩進めた。車を尾行して十七の売春宿を突きとめたよ。すべての車の車両番号を調べたが、プレートは簡単に交換できることに気がついた。だから車に鍵をつけた」

そんな言葉は知らなかった。「〝鍵をつけた〟?」

「鍵で、燃料タンクのすぐ上の塗装を二センチから五センチほどこそげとり、車を特定しやすくしたんだ。それと外交官たちひとりひとりの写真を撮るだけでなく、これも奪っておいた」彼はたくさんの財布とパスポートを俺に手渡した。「あなたが捜している人間をわかりやすくするために、全員の顔に傷をつけておいた」

「徹底しているな」俺は言った。

「あなたが支払ってくれた金額に見合うことをしただけだ。そして最後になるが、売春宿はすべて捜索した。あなたが捜している少女はそのどこにもいなかった。見つけられなくて申し訳ない。全力を尽くしたんだが」

　俺は彼の言葉を信じた。「きみたちはよくやってくれた」俺は言った。「また連絡するかもしれない。それに、もし何かあったら、いつでも遠慮なく電話してくれ」

「それではこれで取引完了だ」彼はそう言って立ちあがった。もう帰れという合図だ。


　ミロと俺がいっしょに不法侵入するのは久しぶりに感じたが、じっさいには二、三カ月ぶりだった。俺たちはまだコツを忘れていなかった。朝六時半にロシア通商代表部の事務所に侵入し、七時には脱出していた。希望はすべてかなえられた。備品室にあった段ボール箱のなかにたくさんのパスポートがばらばらに入っていたのだ。娘たちが到着するたびに無造作に投げこまれたのだろう。もって帰るつもりだった。

　やつらは事務所にひとつだけあるコンピューターの電源を落とすことも、パスワード保護をかけることもしていなかった。外交特権の保護によって、怠慢かつ不注意になっているのだろう。名前、住所、電話番号が入っていた。俺は前に、一七九人の女性にたいして十七の売春宿では数が合わないだろうと思っていた。サーシャのｉＰａｄのなかにあった記録が不完全だったのは、彼はヘルシンキにいる売春婦の情報しか知らなかったからだ。しかしここは事務局だ。ネットワークはストックホルム、オスロ、コペンハーゲン、その他の都市にまで広がっていた。

誰がどの女性たちを管理しているのか、その名前と国籍が一覧になっていた。ロシアの外交団の犯罪組織で働くフィンランド人一覧と、彼らの給料を記録した帳簿もあった。俺はミロに、ロヴィーセにかんする情報をなんでもいいから探すように指示した。彼女の現在の居場所をふくむ記録があるのではないかと俺は期待していた。もしそうなら、いますぐ行って、彼女を助ける。だが情報はまったくなく、俺の希望は打ちくだかれた。ミロはコンピューターの電源を切り、俺たちは電源コードもふくめて全部もっていくことにした。人身売買組織はこれで、いつでも一網打尽にできる。あとはただミロの暗殺実行日を待ち、情報を公開するだけだ。

ミロと俺の軋轢（あつれき）は解消されたか、少なくとも当面は脇にどけられた。大きな成果をあげた朝に彼も満足していた。俺はその日はずっとエド・マクベインを読んで過ごした。ケイトは電子ブックをもってきていたので、本をダウンロードすることができた。何週間も待たされて、アメリカやイギリスからのばか高い送料を支払う代わりに、あっという間に安く本を買える。彼女はその日のほとんどをソファーの上で過ごし、ＰＴＳＤについての本を読んでいた。きょうのセッションは、俺の付き添いはいらないと言った。気分がよく、ひとりで遠出してもだいじょうぶだからと。

　この旅行はほんとうに夏季休暇のようになり、大量殺人のことさえ頭から追いだせれば、俺はリラックスして、平和な気分になれた。それほど難しいことではなかった。俺の家族を殺そうとしたろくでなしどもの死を心配する気にはなれなかった。俺のおもな役割は、シェフと皿洗いになった。俺は料理本を眺め、夕食にウサギ肉の蒸し煮を出そうかと考えた。その夜、ケイトと俺はおずおずと、へたくそなセックスをした。まるで恥ずかしがり屋で経験不足のティーンエージャーどうしのようだった。

　家が警官だらけでなくなり、犯罪、死、暴力の話のない静かな生活が、俺たちを近づけた。俺たちはすぐにたのしい一日の過ごし方を見つけた。金はじゅうぶんにある。俺は退職して娘といっしょに過ごすこと、ふたり目の子どもをつくることを考えはじめた。俺の人生にはめずらしく、心から調和を感じられる日々だった。

　だが火曜日がやってきて、すべてが台無しになった。ケイトはセッションに出かけた。俺はアヌと遊んでいた。ミロがドアをノックした。ヤン・ピトカネンを殺すためにバスでヘルシンキに出向く必要はなかった。彼の車につけたＧＰＳ追跡装置によれば、向こうから俺のところにやってくるつもりらしい。

　俺は間の抜けた質問をした。「どうやって俺たちを見つけたんだ？」

「何を言ってるんですか。あなたがこの家を所有していることは公記録に載っていますし、わたしの船にもＧＰＳがついていました。腐っても秘密警察の諜報員だったということです」

たぶん避けられないことなのだろう。だが何よりも腹立たしいのは、アヌを急いで寝かせてひとりで置いていかなければならないということだ。いままで一度もこんなことはしたことがないのに。俺は手早く着替えた。まず防弾チョッキ、その上にシャツと上着を着た。ミロはこちらを見ていない。俺は、これを流血なしで終わらせるチャンスが少しでもあったときのために、スイートネスから借りた二十五万ユーロを上着のポケットに入れた。そしてサイレンサー付きのコルトをその下のホルスターに差した。ミロのｉＰａｄで、ピトカネンの車を追跡できる。ｉＰａｄは彼のコンピューターと同期されている。

車はなかったので、俺たちはゆっくりと、それでも俺には精いっぱいの速さで、ピトカネンの方向に歩いていった。彼の車が近づいてきて、俺たちに気づき、離れたところからスピードを緩めるのがわかった。不意を突くことができなくなったとわかり、どうするのがいちばんいいか、考えているのだろう。やつは俺たちの横で停車し、「大聖堂で待っている」と言った。

すばらしい。大聖堂――大仰な名前のわりには七五〇人しか入れない小さな教会――のもっとも古い部分は一三〇〇年代にさかのぼる。これまでに何度も部分的に破壊されてきた。最近では二〇〇六年、放火によって屋根が燃えた。それでも現存する建物の大部分は数百年前に建てられたもので、美しく、神の存在を感じられる場所だった。そこを冒瀆しようというのか。

やつの車がとまっていた。俺たちよりだいぶ先に到着したのだろう。その車を見張って待つという手もあったが、それは許されなかった。なぜならうちに置いてきた子どもがいるからだ。もうひとつの手は正面玄関に歩いていって、どうなるか見るというものだった。教会は加護を求める場所だとされている。やつがここを選んだのは、それが理由であってほしかった。

俺たちが教会のなかに入ると、うしろでドアがしまった。なかには俺たちしかいなかった。するとカタカタカタという音がして、ミロが倒れた。また同じ音が三回して、まるでマイク・タイソンの連続パンチを胸に受けたような衝撃を感じたが、俺は倒れなかった。ピトカネンは教会の入口から二十メートルほど奥に入ったところにある会衆席に陣取っていた。俺たちが入ってくると同時に、サイレンサー付きの拳銃で撃ってきたのだ。もし防弾チョッキを着装していなかったら、ふたりとも死んでいた。

「いいかげんにしろ」俺は言った。「ここは神の家だ。殺し合いならおもてでやろう」

「だからこそ」やつは言った。「ここを選んだんだ」

俺は言った。「顔の傷痕のことは悪かった。自分も経験者だからわかる。それに妻が愛人と仲よくできないのはまったく残念なことだ。だがこれはあまりにもいかれている」

やつが答えた。「俺は神の罰だ。もしおまえが大きな罪を犯していなければ、神は俺のような禍(わざわい)をおまえに差し向けることはなかっただろう」

なるほど。あまりにもいかれすぎていて、これとくらべたらミロが穏健でごくまともに思えてくる。

そのうえこの男は射撃の名手らしい。かがみこみ、その頭が見えなくなった。俺はミロに左に行けと合図し、自分は真ん中の通路を歩いていった。

ピトカネンが頭を出し、俺は発砲した。弾は高くはずれ、やつよりもずっと奥の会衆席にあたってドスッという音を立てた。だがそれでやつは頭をあげられなくなり、ミロと俺に挟まれた。ミロが発砲し、スライドが動く音がした。からだを低くして何も言わないのははずれたということだが、ピトカネンを追いこんでいる。サイレンサー付きの武器のせいで、まるでサイレント映画のなかに入りこんでしまったように感じる。さしずめ俺は西部劇のスター、トム・ミックスか。ピトカネンが隠れている会衆席までやってきた。やつはさらに二回、俺の心臓を撃った。やつの銃のスライドがうしろまでさがっているのが見えた。弾薬切れだ。弾倉を交換する。俺はやつを撃つ必要さえない。拳銃で狙うだけで向こうは狼狽し、動作が遅くなる。俺はいいほうの脚で片足跳びをして近づき、やつに覆いかぶさった。

やつはもがいたが、俺のほうがからだも大きく力も強かった。押さえつけてシャツの下をさぐった。防弾チョッキを着ている。めくりあげ、その下にコルトの銃口を差しこみ、胸郭の下部にあてた。重要臓器に四発撃ちこんだ。からだがだらりとなる。死んだ魚のような目が俺を見上げた。

杖をつかみ、会衆席に手をついて立ちあがった。大声で叫ぶ。「ミロ、生きてるか?」

彼の姿は見えなかった。まだ床に寝ている。「ええ、ただくそいまいましいほど痛くて」

「いいから、起きてこっちに来い」

　彼はよろめき、ふらつきながらこっちにやってきた。

「こいつのポケットに車の鍵が入っていないか見てくれ。死体をここから運びだしてうちに帰らないと。アヌがひとりきりだ。ケイトが先に帰ったら死ぬほど大騒ぎするだろう」

　入口までは遠かったが、大聖堂の側面には目立たない出口があった。俺は、どちらもからだの不自由なふたりが、めった打ちに等しい打撃をくらったあとで、ぶつくさ文句を言ったり、うめいたり、罵ったりしながら死体を引きずっているのが、滑稽に思えてきた。金属のかけらがいくつか木製の会衆席に埋めこまれた以外、教会には損害はなかった。使用済みの薬莢は謎の伝説となるだろう。俺たちがピトカネンを引きずった跡には、血痕も残らなかった。

　ついていた。ピトカネンが平均的な身長と体重で。さらについていたのは、ミロには片腕でピトカネンをもちあげてやつの車のトランクに入れる力はなかったが、俺にはあったことだ。そうして俺たちは車を走らせ、うちからさほど遠くない場所に駐車した。

　俺はミロに、おまえは妻に不在を説明する必要はないから、死体の処理はおまえの仕事だと申し渡した。俺がうちに帰って十五分後に、ケイトが帰宅した。そのときにはからだがこわばりすぎて、ほとんど動けなかった。ケイトには、アヌをミロのヨットに連れていったと話した。下船時に、彼からアヌを受けとろうとして転び、垂直支持梁に胸を強打したと。彼女は見てあげると言った。俺の左胸は黒と青のあざが残り、腫れていた。彼女はレントゲンを撮ったほうがいいかもしれないと言った。俺はだいじょうぶだと言った。彼女は怪我がよくなるようにと、アメリカ人のようにキスをするのではなく、フィンランドのやり方で、息を吹きかけた。日に日にフィンランド人らしくなっている。

四十

その週、ケイトと俺は、静かに水入らずの時間を過ごした。いまは銃にさわりたくもなかった。俺は彼女に、釣りに飽きたと言って、いっしょに朝寝坊した。俺たちは本を読み、映画を観て、うまいものを食べた。過去のことも、未来のことも、話さなかった。俺たちは厳密にいまを生きていた。

七月二十二日の金曜日、ふたりで夕方のニュースを観ていた。ノルウェーで、アンネシュ・ベーリン・ブレイヴィークという男が、政治的動機から凶悪な殺人事件を起こした。午後三時三十分ごろ、彼はオスロで爆弾を爆発させ、政府の建物を破壊した。そこから労働党の青年部会の集会が行われていたウトヤ島に移動した。そこで銃を乱射した。犠牲者の数はまだわからないが、六十人から八十人が死亡し、そのほとんどが十代の若者だった。

彼は大量殺人をおかす一時間半前、インターネットをつかって千ページを超えるみずからの声明を数百以上のメールアドレスに送りつけ、公開していた。声明のタイトルは『ヨーロッパ独立宣言』。彼の政治思想が述べられていた。いくつかの主張のなかでも、白人国家主義、またヨーロッパのキリスト教世界を維持するために、西側諸国に住むイスラム教徒の強制送還あるいは絶滅を強く訴えていた。彼はテンプル騎士団の精神で、カウンタージハードを始めたいと考えており、イスラムとの戦いを誓う反ジハードのネオ・テンプル騎士団、〈キリストとソロモン神殿の貧しき戦友たち〉の一員であると言っていた。

俺たちの計画の観点からもっとも興味深かったのは、彼の文章と思想がローペ・マリネンのそれに似ていたことだった。

破壊された建物の映像が流れた。爆発で数人が亡くなった。ウトヤ島にいた人たちのなかには携帯電話やビデオカメラで攻撃を録画していた人びとがいた。その一部がニュースで放映された。子どもたちが撃たれ、死んでいく。胸が痛くなった。ケイトは泣きだした。俺も見ていられなかった。

ミロが電話してきて、ヨットに来てくれと言った。俺はケイトに、彼は何か片付けていて、両手がつかえる人間が必要みたいだと説明した。彼女を抱きしめ、キスをして、もうテレビは消して、これ以上恐ろしいものを見るのはやめたほうがいいと言った。彼女はやめなかった。

ミロはテレビのある船室で、コッシュのボトルとビールを用意していた。メディアが何度も事件をくり返し放送しているのかと思ったが、彼が録画していたものだった。彼はコッシュを注いだ。「明日、決行します」彼は言った。「あなたの言うとおりでした――マリネンは自分のブログに旅行日程をあげています。彼は自分の最高傑作執筆のためにサマーコテージに行くようです。人間嫌いの文化的正当性にかんする本らしいですよ」

「わかっているだろうが」俺は言った。「最初の銃弾を発射したら、もうあと戻りはできない」

　彼はうなずいた。「わかっています。マリネンが明日ブレイヴィークに呼応する行動を起こす、それで決まりです。銃、ビデオ、声明。誰も彼以外を調べようとは思わないでしょう。わたしたちは無罪放免だ」

　俺も同意見だった。「おまえの成功を祈って乾杯しよう」俺は言った。俺たちはいっきに飲み干し、煙草に火を点けた。

「もしあなたがタックルしなかったら、ピトカネンはわたしたちふたりを殺していました」

「ああ、そうだろう」

　ミロはおかわりを注いだ。「ありがとうございます」

　戦友。血の兄弟。「やつの死体をどうした？」

「車で田舎に運び、口にセムテックスを詰めて歯科治療記録をふっとばし、それからダクトテープで両手を顔に貼りつけて指も爆破し、それはもちろん指紋を消すためですが、そのあとはご想像どおりです。わたしがその付近にいたことを誰にも見られないように、森のなかを十キロくらい歩いてバス停のある道に出ました」

　訓練の成果で、俺たちはかなり優秀な犯罪者になった。

　彼は段ボール箱を指差した。テープで封をして住所も記入してあり、すぐに郵送できる。

「管理売春の情報を公にすることで、世間の関心をわたしたちからそらせると言いましたね。

もうきょうは時間が遅いし、金曜日です。月曜日まで待つしかない。そうしたらこれを発送し、関係書類を全部インターネット上にばらまけます。同時に、長官と大臣のセックスと殺人にかかわる記録を公開してもいい」

「先に俺に確認してくれ。状況が変わった。きょうの事件のあとでは、世間の目を俺たちからそらす工作は必要ないかもしれない。悪人たちはドアが蹴破られるまで何もできやしない。それにやつらの名前もわかっている。管理売春組織と殺人事件の捜査で警察は人手不足になり、メディアは大騒ぎになる。蜂の巣をつついたような混乱だ。タイミングはよく考えて決めよう」

「もう行ってください」ミロは言った。「声明を多少修正する必要があります。ブレイヴィークの声明をざっと読んで、こちらのを変える。ブレイヴィークとマリネンがずっと連絡をとりあっていて、同じネオ・テンプル騎士団に入っていたことにします。そういうちいさなことです」

俺は立ちあがり、俺たちは兄弟のように抱擁した。「おまえならやれる」俺は言った。

彼はにっこりした。「あなたの声が主の耳に届きますように」

四十一

目覚めてすぐに、恐怖と不安を感じた。無理してそうした感情をしまいこみ、ケイトにきょうは出かけないかと誘った。アンティークショップ巡りでもいい。家にいたくなかった。テレビの前に座って、つぎつぎ事件が起きるのを見ていたいという誘惑は強すぎる。

ケイトはいいわねと言った。彼女はレンタカーのメルセデスSLクラスを気に入っていて、ドライブできるならどんな理由でも大歓迎だった。俺たちはいくつか店を訪ねた。何度も休憩して俺の膝を休め、ビールで痛みをやわらげた。周囲の人びとが会話していた。爆弾や惨事といった言葉が聞こえてきた。そして夕方になり、俺は外食を提案した。家に帰ったのは夜十時のニュースが始まる少し前で、ようやく俺はきょうの結果を知ることを自分に許した。何もかも防犯カメラに録画されていた。ヴェイッコ・サウッコの頭部はまるで見えない壁にぶちあたったメロンのように爆発した。国家警察長官と内務大臣は九番ホールのグリーン近くで、カートからおりたところだった。分子レベルの木っ端微塵だった。ゴルフカートがあった場所には、煙のたなびく穴しか残らなかった。ニュースキャスターが、マリネンの声明から引用した。彼のサマーコテージの現場にいた記者たちは室内には入れなかったが、マリネンが五〇口径バレットライフルをあごの下にあて、足の親指で引き金を引いて自殺したという警察の談話を伝えた。彼らは言わなかったが、それはつまり、死体の頭部はなくなっていたということだ。

陰謀やでっちあげの話は何もなかった。ただ、なぜ国会議員であり人種差別グループの非公式の首領であった著名な人物が、このようなことをしたのか、さまざまな推測が述べられた。テレビは、公式の場で話している情緒不安定そうなマリネンの映像を流した。心理学者やコンサルタントが自説を述べた。それだけでじゅうぶん、ミロとスイートネスが捕まることはない、ふたりとも自由で、俺たちと家族は安全だと安心できた。

この思いきった凶悪な行いのせいで悔恨に襲われるかと思っていたが、感じたのは安堵だけだった。突然ものすごく妻と愛を交わしたくなった。

火曜日、ふたたびたいへんな騒ぎになった。人身売買で売春させられていた大勢の女性たちのパスポートが警察に届いた。フィンランドおよび外国の住所が添えられていた。俺がミロに指示を出し、国家警察長官と内務大臣が、明らかに殺された被害者といっしょに写っている写真がインターネットに公開された。ロシア人外交官によって運営されていた売春宿のアパートメントに警察が一斉手入れをおこなった。数十人が逮捕された。いい日になった。

首相から電話があった。「きょうわたしのオフィスまで来てもらえないか?」彼は尋ねた。

「申し訳ありませんが、わたしはいまポルヴォーにいて、車の運転もできません。バス旅は揺れがはげしく、怪我をした膝が痛みます。おじゃますることはできません」

彼の声に憔悴（しょうすい）がにじんでいた。「それならわたしがポルヴォーに行こうか？」

そこまで言われて断るわけにはいかない。「光栄です」

一時間後、首相は到着し、ケイトと挨拶を交わした。俺はアルヴィドのコレクションから、年代ものの貴重なシングルモルトのスコッチを注いだ。暖かい日差しを口実に、俺たちはふたりきりになれる裏庭に出た。

「きみは死者の評判をおとしめているだろう」首相は言った。

俺は否定せず、ただ黙っていた。

「きみがヤーコ・パッカラをつかって集めた醜聞を見た」

「わたしにそれを集めろと指示したのは内務大臣でした」俺は言った。「なんとおっしゃっていたかな？　そうそう、〝ひとつのことに秀でた人間は、別のことにも秀でる〟と。わたしは言われたことをしたまでです」俺はつけ加えた。「彼がヤーコを叩きのめしたのは残酷で不要なことでした」

「きみからそんな苦情を聞かされるとは、興味深い。ヤーコ・パッカラなんてどうでもいい。オスモはきみに、わたしの政敵の醜聞を集めるように言ったはずだ。国民連合党の上層部のものではなく」

「わたしは病的なほどの完璧主義なものですから」

彼は本題を切りだした。「何が望みだ？」

れをくださることはできません。内面から生じるものですから」

「そうだ。だがわたしはきみの仕事上の満足を計らうことはできる」

「退職しようと思っています」

彼は一歩さがり、まじまじと俺を見た。「たしかに、あまり元気そうとは言えないが」

「撃たれてひどい怪我を負いました」

「たわ言はよせ」彼は言った。「内務大臣と国家警察長官——とくに惜しい人材でもなかったが——どちらもわが党のメンバーだった。あのふたりのビデオから、彼らの仲間、さらには腐敗疑惑にまで捜査の手が及ぶだろう。悪いことに疑惑の大部分は事実ときている。もしきみがこれ以上、国民連合党にかかわる醜聞を流すようなことがあれば、わたしは政府の重要課題に取り組むのではなく、党のイメージ回復に注力せざるをえなくなる。辞職を願いでる高官も出てくるだろう。国家捜査局長もそのひとりだ。きみが醜聞を消去するなら——葬り去り、もうこの世に存在しないと保証するなら——きみをその後任に任命しよう」

あまりにもおかしくて、思わず大笑いしてしまった。「たとえわたしが消去すると言ったとしても、じっさいにはそんなことをするはずがないとご存じでしょう」

彼もつられて失笑し、俺といっしょに笑った。「ダメもとで言ってみてもいいだろう」

「こうしましょう」俺は言った。「あなたの醜聞は消去します」

彼は安堵のため息をついた。「まあいいだろう」

究極の皮肉だ。ユリ・イヴァロは、自分がフィンランドのJ・エドガー・フーヴァーになるために、俺に特殊部隊の指揮をとるように口説いた。彼は死に、もし俺がその気になれば、それだけ大きな権力が自分のものになる。

俺は残りのスコッチを飲み干し、首相に煙草を勧めた。彼は断り、俺は煙草に火を点けた。

「わたしより先に、大勢の人たちがそのポストの順番待ちをしているはずです」

「それはわたしの問題だ、きみのではない。きみは国民に人気がある。ヒロイックな人物だと思われている。大きな事件を解決し、撃たれてぼろぼろになり、それでも屈せずに前に進む。わたしから見れば、醜聞の有無とは関係なく、きみがいちばんの人選だ」

「もしわたしがその仕事を引き受けるなら、みずから現場で指揮をとります。どの事件を捜査するかを決め、捜査員も自分で選びます。書類ばかりの局長にはなりません」

「どんなふうにやろうとかまわんよ、仕事さえきちんとやってくれたら。きみが書類仕事を誰かに任せても、わたしの知ったことではない」

「さっき、何が望みだとおっしゃいました。もしその仕事を引き受けたら、女性の人身売買にかかわる人間に罰を与えたい。フィンランド人でもロシア人外交官でも」

「ロシア人外交官十四人に疑いがかかっているんだぞ。そんなこと、どうやって実現できる？」

「五人の有罪で手を打ちます。刑期が長く、ロシアの刑務所に収監されるなら。コネが強くて起訴できない場合は、五人射殺でもかまいません。プーチンに電話してください。あなたにはその力がある。かかわったフィンランド人は全員起訴してください」

彼はうんざりしたように鼻息荒く言った。「それは可能だ」

「お返事はいつまでにすればいいですか？」俺は言った。

「いまだ。わかるだろう、そうでなければきみに言われてここまで来ない」

「週末でいいですか？」

「だめだ。一連の事件を捜査する調査委員会を組織する必要がある。きみが率いるんだ」ますますいい。俺は自分と共犯者の犯罪を、自分で捜査することになる。単独犯の殺人鬼説を定着させ、ミロ、スイートネス、自分が無罪放免になるために、仕事を引き受けざるをえないだろう。自分を護ることはともかく、彼らを護ることは重要だ。それだけの借りがある。

「もう行かなければ」首相は言った。「これほどの大量の死や暴力やイメージダウンはわたしにとって悪夢だ。それで答えは？」

「引き受けます」俺は言った。「写真撮影のときにいっしょに写れるよう、連絡が必要ですか？」

「そうだな」彼は言った。「それはありがたい」

握手を交わし、俺は彼の車まで見送った。家のなかに入って腰掛け、膝を休めた。カットが椅子のうしろのいつもの場所にやってきて、俺の首を絞めるみたいに前脚を首に巻きつけた。俺は『警官嫌い』の続きを読みはじめた。

エピローグ

　二〇一一年十月一日。

　ホテル〈カンプ〉のバーの席に座った。「局長は何になさいますか?」バーテンダーが尋ねた。

　俺はいまや国家捜査局長だ。膝は手術でよくなり、また運転できるようになった。痛みはいまも、そしてこれからも常に存在するだろうが、堪えられる程度で、人はそういうものには慣れるものだ。

「マティーニを。俺の好みは知っているだろう」

「すばらしい選択ですね」

　ロヴィーセ・タムが裏からきれいなグラスをもってきてカウンターのなかの決まった場所にしまいはじめた。彼女がサーシャ・ミコヤンの前にひざまずいているところにエレーナが入ってきたとき以来、ロヴィーセはまったく危険な目に遭っていなかった。エレーナはロヴィーセを自分に引き渡すように求め、夫はいつもどおり、彼女の言うことを聞いた。エレーナはロヴィーセをホテル〈スカンディック・マルスキ〉に滞在させ、クレジットカードを預けて、なんでも少女の言うことを聞いてやるようにとスタッフに頼んだ。ロヴィーセには俺の電話番号を渡して、俺がテレビに出るまで部屋のそとには出ないで、食事はルームサービスですませるようにと言った。俺がテレビに出たら、ロヴィーセは俺に電話して、自分の居所を言うことになっていた。それで彼女が電話してきた。

エレーナは俺をかなり信頼してくれていたらしい。俺が勝利してテレビに出ると思っていたのだから。ひょっとしたら、彼女も俺と同じで、ひとりの少女を救うことで、轟く蹄の音や鳴り響くトランペットの音が聞こえたのだろうか。彼女が死ぬとき、せめてその音が聞こえたことを願う。ひょっとしたら彼女は、犠牲によって〝動産〟から救済者ジャンヌ・ダルクになれると思っていたのだろうか。もしそうなら、俺の目には、見事にそうなったと映る。

ロヴィーセは約束された秘書の仕事には就けなかったが、〈カンプ〉でテーブルを片付けたり厨房の単純作業をやったりしてじゅうぶんたのしそうだ。

ケイトに彼女を紹介したとき、トランペットの音も蹄の響きも聞こえなかったが、それでも俺は満ち足りた気持ちになった。スイートネスの言うとおりだった。ロヴィーセと百人以上の娘たちを助けても、ケイトがすべてを赦すと言って、俺の腕のなかに駆けこんでくるわけではなかった。だがそれでも俺の信念は揺らぐことはない。ゆっくりと、だが着実に、俺たちの結婚はもとに戻りつつある。

どうやら人間というものは、少しずつしか癒えないものらしい。スイートネスは警察学校に通っている。気に入ったと言っているが、そのせいで朝から晩まで酒を飲めなくなった。

自分で思ったよりも堪えているらしい。先週、ミロは、人差し指の先をかすかに動かすことができた。もしかしたら右手が動くようになるかもしれないという希望が出てきた。

　フィンランドのマティーニのレシピは、ジンが三、ベルモットが一。モップが水を吸い取るほどドライにつくる。ベルモットがジンを圧倒する。バーテンダーはボンベイ・サファイアとベルモットを混ぜてダブルをつくり、レモンピールでグラスの縁をなぞって、シェイカーを二回ほど振ってグラスに注いだ。カクテルにもふたつ入っているが、もうひとつのマティーニグラスに盛ったクラッシュアイスの上にも、オリーヴを二、三個追加した。

　バーテンダーはケイトだ。きょうが産休明けの復帰一日目。本職のバーテンダーに休憩をとらせている。

「ほかにご注文はございますか、局長？」

　ひと口飲む。完璧だ。「こんなによくできた酒にはチップをはずまないとな」俺はギフト包装した箱をバーカウンターに置き、彼女のほうへ滑らせた。彼女は箱をあけて、ダイヤモンドのイヤリングと揃いのトップのついたネックレスを見つけた。

　彼女は息をのんだ。「カリ！　どうして？」それ以外の言葉は出てこない。

「そんな気分だから」それはほんとうだった。きょうの午後、衝動的に買ったものだ。「仕事のあと、そのまま残ってディナーはどうだい？」

「アヌのベビーシッターを頼まないと」

「もう手配した」

「それならいいわ」彼女は言った。「デートね。あとで映画を観てもいいし」

「いいな」俺は言い、次の客の注文をとる彼女のほほえみに見とれた。

解説

福田和代

「これは、彼（彼女）にしか書けない！」

この言葉こそ、多くの作家が期待する賛辞だろう。唯一無二の存在であることは、小説に限らず、クリエイターたらんとする人たちの目標のひとつに違いない。

本書の著者ジェイムズ・トンプソンには、心からその言葉を贈りたい。

——あなたにしか、カリ・ヴァーラは書けなかった。

トンプソンのカリ・ヴァーラ警部ものは、『極夜（カーモス）』『凍氷』『白の迷路』と続き、『血の極点』で完結となる予定だ。五作めとなるはずだった〝Helsinki Dead〟執筆中の二〇一四年八月に、著者が四十九歳で急死してしまったからだ。残念なことに、これは著者の（おそらくは）意図せざる結末だった。最期をつまびらかにする記事は出ていないが、どうやら事故死だったようだ。

トンプソンよりストーリーテリングが上手な作家、泣かせる作家はあまた存在するだろうが、これほどユニークな作品を世に送り出すことができたのは、米国に生まれ、フィンランド人の妻を持ち、長年フィンランドで暮らしたトンプソンならではだ。彼のなかで米国とフインランドが火花を散らし、ある時は皮肉な視線で両国の文化を比較する。「ムーミン」を生んだフィンランド。「世界でいちばん暮らしやすい国」の、隠れた差別意識や移民排斥運動など、暗部を容赦なく暴き出す。

トンプソンの翻訳作品は、たった四作しか残されていないが、彼の名前はある種の「異形(いぎょう)の作家」として、長く読者の記憶に残るだろう。

どこが、どう異形か。

――まるで、輪廻(りんね)のようだ。

この解説を書くために、あらためて全巻を読み返して、そんな感慨を抱いた。物語の内容はシームレスに続いているのに、第一巻『極夜』と、この『血の極点』では、主人公カリ・ヴァーラがほとんど別人だ。一巻ごとに転生して、異なるステージに上がる主人公の物語を読んでいるかのようだ。

シリーズの初期、カリ・ヴァーラ警部は、フィンランドのスキー・リゾート地、キッティラの警察署長として登場した。署長みずから殺人事件の捜査に乗りだきねばならないほど小さな田舎町で、「難しい殺人事件の捜査を指揮するのは久しぶり」だった。若いころには米国に留学して捜査手法を学んだ経験があり、窃盗犯を追って膝を撃たれ、それでも犯人を射殺したことでフィンランド警察の英雄的な立場にある。

妻ケイトはアメリカ人で、複合レジャー施設〈レヴィ・センター〉の総支配人を務めており、カリの子どもを妊娠中だった。カリは美しい妻を愛し、幸せな家庭を築いていた。

黒人女優の惨殺という凄惨な事件で、フィンランドという自然豊かな国の人種差別的な一面を描いてはいたが、作品には牧歌的な詩情さえ感じられた。まだ、一般的なミステリーの範疇におさまっていたのだ。

ところが、「明日は数分間だけ太陽がのぼる」と喜ぶ極夜の北極圏から、都会的な首都へルシンキの殺人捜査課へ異動し、まもなく国家警察長官直属の特殊部隊に転属となり、超法規的な活動に手を染めたことにより、状況は様変わりする。たった四巻で、カリ・ヴァーラの肉体と精神、彼を取り巻く環境は激変するのだ。これほどアップダウンの激しい主人公も珍しい。作品世界は、いつの間にか獣性たぎる血みどろのノワールに転じている。

前作で、カリは国家警察長官と内務大臣の甘言にだまされ、麻薬のディーラーを襲撃して麻薬取引の金と薬物を奪うという、非合法な活動に手を染めた。チームメンバーは、IQ172の天才で、武器オタクかつハッカー、薬物依存で他人の家に侵入して覗きをするのがなによりの趣味という暴走警官のミロと、童顔の巨人で膂力(りょりょく)が強く、見かけよりずっと手先が器用で賢いのだが、アルコール依存のスイートネスことスロのふたりだ。ミロの従妹で看護師のミルヤミ、スロの恋人イェンナという、抜群の美女たちも登場して、なにかと手助けをする。

なんという、ド派手な仲間たち！

ともに死地をくぐるうち、彼らはファミリーとしての結束を固めていくが、カリの判断ミスにより、カリとミロは重傷を負い、ケイトは修復不可能なほど、精神に深い傷を負う。カリの家庭は、危機に瀕している。しかも、彼らを無理やり仲間に引きずりこんだ国家警察長官、内務大臣とその手下の諜報員、カリに息子を殺され一千万ユーロを奪われたと恨む極右の資産家、極右のブロガーなど有力者たちが、カリと家族、仲間たちの生命をおびやかす。まさに四面楚歌のどん底状態から、本作『血の極点』は始まる。

これまで、カリは警察官として事件解決に力を尽くしてきた。しかし、『血の極点』は、とことん追い詰められたカリが、初めて自分と家族、そして仲間のために闘う物語なのだ。

特殊部隊として活動するうち、カリの行動は一般的な警察官の範疇から、ずるずると逸脱していくのだが、それでも彼は「正しい警官でありたい」と願い続けている。自分は悪党になるために警官になったわけではない。よごれた警官ではいたくない。カリのその真情は、純粋すぎてせつないほどだ。彼は仲間を守り、ケイトの愛を取り戻したい。

特殊部隊のリーダーを引き受けたのも、通常の警察機能では摘発が困難な、人身売買による売春組織を潰すためと説明されたからだ。悲惨な境遇に置かれた女性たちを救うことができると信じて、カリは不道徳な任務に身を投じた。やがて彼は、自分がどれだけ世間知らずの甘ちゃんであったか悟る。

彼らの壮絶な戦いの行方は、本編にてお楽しみいただくとして——。

既刊の解説と内容がかぶるが、今後トンプソンの新作が刊行されることはないかもしれないから、著者の略歴を重ねて書いておく。

ジェイムズ・トンプソンは一九六四年に米国のケンタッキー州で生まれ、二〇一四年にフィンランドで亡くなった。著者自身のＷＥＢサイトの紹介によれば、フィンランド人の妻とヘルシンキで暮らし、ヘルシンキ大学で英語文献学の修士号を取得した。過去にバーテンダー、クラブの用心棒、建設作業員、兵士といったさまざまな職業に就いた経験を持つそうだ。そのすべての体験が、カリ・ヴァーラものに注ぎこまれたであろうことは、想像に難くない。

カリ・ヴァーラ警部もの以外に、フィンランド語で出版された長編小説が二作存在する。〝Jerusalemin veri（エルサレムの血）〟（二〇〇八年）、〝Jumalan nimeen（神の名は）〟（二〇一〇年）というタイトルから、ぷんぷんと漂うトンプソンらしさを嗅いで妄想をたくましくしている。

また、米国のAkashic Books社から出ているアンソロジー〝Helsinki Noir〟を編纂し、彼自身も〝The Hand of Ai〟という小説を書いている。タイトルでお気づきのとおり、『血の極点』に登場したスイートネスの親戚、アイ少年が主人公の短編だ。アイとは本名ではなく、母親がつけたあだ名で、「痛い！」という意味のフィンランド語だそうだ。この少年、『血の極点』でも独特の存在感があり、重要な役割を果たすのだが、もし続編が書かれていたら、間違いなく再登場しただろう。ひょっとするとトンプソンは、アイを気に入っていたのかもしれない。

アンソロジーに収録されている作家は、マリア・カッリオシリーズのレーナ・レヘトライネン以外、ほとんど日本では紹介されていない方ばかりのようで、今後、フィンランド発のミステリーとして紹介されていくかもしれない。その日を楽しみに待ちたい。

さて、北欧の早世したミステリー作家といえば、ベストセラーとなった『ミレニアム』シリーズの作者、スティーグ・ラーソンを思い浮かべる方も多いだろう。実は、ラーソンが亡くなった時に、トンプソンはブログで追悼文――と呼ぶには少々皮肉まじりで刺激的ですらあるが――を書いている。そのなかに、こんな一節があった。
（メディアが「次のスティーグ・ラーソンは誰か」と言い続けていることを批判して）

しかし、ラーソンは逝ってしまった。次のラーソンは現れないだろうし、現れるべきでもない。彼の作品は独創的だった。世界が必要としているのは、我々を別世界に連れ去ってくれる、新しい唯一無二の声だ。

こうして見るとまるで、トンプソン自身について書いているようではないだろうか。彼こそ、読者を別世界に連れ去る、独創的な語り部だった――あるいは、そうありたいと彼自身が願っていたのではないか。
トンプソンは、現代のカレワラ（フィンランドの古典的な叙事詩）をつむいでいた。だからこそ、カリ・ヴァーラと仲間たちはフィンランド警察の英雄でなければならず、あれほど暴力的で、巻を重ねるにつれて心身の傷を増やし、激しい葛藤に身を沈めねばならなかった。英雄とはそうした、生贄（いけにえ）にも似た存在だからだ。激しい暴力の末に、新たなステージに上り、心身ともに成長して甦るのだ。

ともあれ――カリ・ヴァーラ警部ものは、これにて幕を下ろしてしまった。

本作は、カリと仲間たちが、次なるステージに上がることを予感させる結末となっているだけに、無念としか言いようがない。特に、本作において劇的な変化を遂げた、若いミロとスイートネスの今後が、気になってしかたがない。しかし、矛盾するようだが、これが最初から用意された最終巻でしたと言われれば、それはそれで納得できる終わり方でもあるので、読者諸氏には欲求不満と消化不良をあまり心配せずに、読み進められたい。

いまはただ、著者ジェイムズ・トンプソンの安らかな眠りを祈るのみだ。

集英社文庫

血の極点（ち の きょくてん）

2016年1月25日　第1刷　　定価はカバーに表示してあります。

著　者　ジェイムズ・トンプソン
訳　者　高里（たかさと）ひろ
発行者　村田登志江
発行所　株式会社 集英社
東京都千代田区一ツ橋2-5-10　〒101-8050
電話　【編集部】03-3230-6095
【読者係】03-3230-6080
【販売部】03-3230-6393（書店専用）
印　刷　中央精版印刷株式会社　株式会社美松堂
製　本　中央精版印刷株式会社

フォーマットデザイン　アリヤマデザインストア　　マークデザイン　居山浩二

ISBN978-4-08-760717-8 C0197